Magdalen Nabb

Cosimo

Roman

Aus dem Englischen von
Ursula Koesters-Roth

Diogenes

Titel des Originals: ›Cosimo‹
Umschlagillustration: Max Pechstein,
›Liegender Rückenakt‹, 1911
Leopold-Hoesch-Museum
der Stadt Düren
© 2004 ProLitteris,
Zürich

www.diogenes.ch
100/04/44/1
ISBN 3 257 06454 3

I

Noch bevor er richtig wach geworden war, wußte Cosimo, daß es Samstag war. Er wußte auch, daß er sich naß gemacht hatte, denn er fror. Mit fünfeinhalb Jahren macht man nicht mehr ins Bett – sagte Milena immer, wenn sie die Laken wechselte: Auch ohne nasse Bettwäsche habe ich in dieser riesigen Wohnung mit all den Staubfängern mehr als genug zu tun.

Bitte, Milena, sag Papa nichts davon. Bitte!

Er ist nicht hier, da werde ich ihm wohl kaum etwas sagen können, oder?

Und wenn er zurückkommt? Verrat ihm bitte nichts, und Großmutter auch nicht, ja?

Deine Großmutter habe ich seit Ewigkeiten nicht mehr gesehen. Außerdem werde ich fürs Putzen bezahlt, nicht fürs Quatschen. Wenn es mir darum ginge, könnte ich noch ganz andere Dinge erzählen.

Welche denn, Milena?

Milena schwieg. Das bedeutete nicht, daß sie böse auf Cosimo war. Sie machte immer beide Betten in seinem Zimmer, Guidos und Angelos, und sie zeigte ihm, in welcher Schublade der Kommode er am Samstag oder Sonntag Ersatzlaken finden konnte. Wenn Milena im Hause war, konnte er sie in der Küche rumoren hören, wo sie Cosimo die Milch zubereitete, mit Keksen, zum Eintunken. Samstags war es ganz still, außer in der Diele, wo die hohe Standuhr stand, direkt neben dem dunklen Bücherschrank mit der Bleiverglasung. Cosimo mochte die Uhr nicht. Sie tickte langsam und unheilverkündend. Tick... Tack...

Einmal hatte Papa ihn zu der Uhr hochgehoben: Das ist eine Großvateruhr, sie hat einmal deinem Opa gehört, und eines Tages wird sie dir gehören.

Ich weiß. Alles wird eines Tages mir gehören. Hat Großmutter gesagt.

Die Hände seines Vaters, die ihn hochhielten, waren groß und die Finger sehr lang, aber sie taten ihm nicht weh.

Cosimo wollte die große Uhr nicht haben. Für ihn verkörperte sie den toten Großvater. Manchmal, wenn er daran vorbeihuschte, sah er aus den Augenwinkeln, wie sich hinter dem Glas etwas bewegte, und es war nicht das Pendel! Er mußte an der Uhr vorbei, wenn er in die Küche wollte. Cosimo tastete nach Teddy Braun und versteckte sich unter der Bettdecke, den Teddy eng an sich gedrückt.

»Hab keine Angst«, flüsterte er in der Dunkelheit. »Heute ist Samstag, ich kümmere mich um dich, ich werde mich immer um dich kümmern.« Der Teddy war ganz platt gedrückt, so fest preßte ihn Cosimo an die Brust. Teddy Brauns Füllung war nicht mehr die beste – kein Wunder, er war ja auch sehr alt, viel, viel älter als Cosimo. Früher hatte er einmal Papa gehört. Das Fell hatte mit der Zeit stark gelitten, und die Knopfaugen waren verlorengegangen, deswegen war Teddy Braun jetzt blind. Aber er konnte hören, denn Milena hatte ihm das Ohr wieder angenäht, damit Cosimo sich beruhigte und zu weinen aufhörte. Sie hatte das braune Zeug von Angelos Kissen aufgesammelt, es kurzerhand zurück in den Teddy gestopft und seinen Kopf und die Brust wieder zusammengenäht. Tante Matty schloß Teddy Braun und Cosimo in die Arme und strich ihnen über den Kopf, bis die lauten Stimmen darin leiser wurden.

Ruhig, ganz ruhig. Alles in Ordnung, nichts passiert, gar nichts passiert...

Ich kann... ich kann aber nicht aufhören zu weinen, Tante Matty.

Das macht nichts. Weine nur, danach wirst du dich besser fühlen. Ich halte dich fest und wiege dich ein wenig hin und her wie ein Baby. Magst du das?

Aber ich... ich bin kein Baby mehr... und Großmutter... Großmutter will nicht, daß ich weine. Dafür bin ich schon zu groß.

Wenn du zum Weinen zu groß wärest, würdest du nicht mehr auf meinem Schoß sitzen können. Niemand ist zu groß, um getröstet zu werden, das weißt du doch, nicht wahr?

Auch die Erwachsenen nicht?

Auch die Erwachsenen nicht. Selbst dein Vater nicht, wenn er traurig ist.

Und auch... und auch...

Aber ja, mein Schatz... auch deine Mutter nicht. Sie ist manchmal sehr traurig.

Konnte sie deshalb... konnte sie deshalb nicht aufwachen? Weil sie... weil sie zu traurig war?

Armes, kleines Häschen, kuschel dich nur in meine Arme.

Und Cosimo kuschelte sich in ihre Arme. Er konnte sich noch immer weinen hören, im Takt mit dem Hin- und Herwiegen, aber jetzt war es ein ruhiges, getröstetes Weinen.

Armes, kleines Häschen. Ja, ich glaube, du bist wirklich ein Häschen. Ich weiß, du kannst es mir nicht verraten, weil du noch immer weinst, aber ich glaube wirklich, daß du ein Häschen sein mußt. Kleines, weiches Köpfchen... so streichelzart... wein nur, das ist in Ordnung, das ist okay... und sind das nicht Schnurrhaare auf deinen runden Bäckchen, mein kleines, braunes Häschen. Aber ja, natürlich, das sind welche!

Nein, ich bin kein... ich bin...

Bist du sicher?

Ja!

Bist du wirklich ganz, ganz sicher?

Ja!

Aber das sind Hasenohren.

Das sind keine Hasenohren!

Sie sind aber ganz, ganz lang. Sieh doch nur, wie lang ich sie streicheln muß. Lange, warme, pelzige Ohren sind das. Sie zucken und beben wie deine Nase. Fühl doch nur.

Noch immer weinend streckte er die Hand aus und tastete nach der warmen Hand, die seine ›Hasenohren‹ streichelte.

Kannst du spüren, wie ich sie streichle? He! Du lachst doch nicht etwa? Oder etwa doch? Eigentlich weinst du doch noch. Laß mich mal sehen... Nein! Soooo große, graue Augen! Blitzende Augen! Das Häschen lacht ja und weint überhaupt nicht mehr!

Doch, ich weine noch... und wie ich weine! Und er glaubte, er weine tatsächlich, doch dann mußte er feststellen, daß er in Wirklichkeit lachte und nur so tat, als ob er weine, und schließlich war er völlig durcheinander und mußte noch mehr lachen.

Tante Matty war warm und kuschelig, ihr Pulli roch so gut wie Daisys frisches Heu. Als er sie bat, ihn mit zu sich nach Hause zu nehmen, da drückte sie ihn ein wenig enger an sich.

Schschsch... mein kleines Häschen, schschschsch... und was ist mit deiner Mami? Was soll sie denn anfangen ohne ihren kleinen Cosimo?

Sie senkte die Knie, so daß er von ihrem Schoß glitt. Er fror. Als er sie fragte, ob das Gespenst Teddy weh getan hätte, behauptete sie, es gäbe keine Gespenster. Das seien nur dumme Geschichten. Vielleicht sei ein Vogel durch das offene Schlafzimmerfenster geflogen und habe Teddy gepickt. Seitdem sorgte Cosimo dafür, daß Milena die Fensterläden fast immer geschlossen ließ. So konnten sie sich einreden, es sei ein Vogel gewesen. Tante Matty nahm ihn mit ans Meer und verriet ihm Teddy Brauns geheime Botschaft. Als er wieder nach Hause kam, sagte Milena, er solle Teddy Braun mit in den Kindergarten nehmen.

Also packte Cosimo Teddy Braun in den blauen Rucksack und nahm ihn jeden Tag mit in den Kindergarten. So konnte ihm nichts passieren. Cosimo drückte den Teddy noch fester an sich, zitternd, denn sein Schlafanzug war naß und kalt. Unter der Decke konnte er sich und Teddy Braun atmen hören und fühlen, wie sich im gleichen Takt ihre Brustkörbe hoben und senkten.

»Wir müssen nicht aufstehen, wenn wir nicht wollen. Wir können ebensogut hierbleiben. Und du bist weder häßlich noch schmutzig.« Das entsprach nicht ganz der Wahrheit, dessen war sich Cosimo durchaus bewußt. Der Bär, zerdrückt und zerschlissen, mit Flicknähten am Kopf und ohne Augen, war sehr häßlich und sehr schmutzig, aber Cosimo liebte ihn dafür nur um so mehr. Doch wie sehr er ihn auch liebte, der arme Bär sah immer traurig aus.

Traurig und verfroren. Verfroren und naß. Hungrig.

»Wenn doch nur Milena hier wäre, dann könnten wir jetzt frühstücken.«

Eine Weile lang lagen sie ganz still da und Cosimo dachte an all die Sachen, die er jetzt gerne essen würde. An Brot mit Erdnußbutter. Das hatte er einmal bei Lilla gegessen, damals, als sie ihn nach dem Kindergarten mit zu sich nach Hause genommen hatte, weil niemand bei ihm daheim war. Lilla war seine allerbeste Freundin, denn sie war immer nett. Sie ging schon zur Schule, weil sie zwölf war. Ihre Mutter kam aus Amerika, und Lilla sagte immer ›Mommy‹ zu ihr. Er hatte Teddy Braun unzählige Male von dem Erdnußbutterbrot bei Lilla erzählt, denn damals trug er ihn noch nicht im Rucksack mit sich herum.

»Das nächste Mal nehme ich dich mit und lasse dich probieren. Es ist ganz dick und weich und warm und so lecker, daß dir der Magen knurrt. Überall liegen Spielsachen herum, auf dem Boden, auf den Stühlen, auf dem Bett. Der Boden ist ganz warm, und man kann sich einfach auf den roten Teppich legen und fernsehen. Es duftet nach Lillas netter Mutter, und sie hat ein Lied gesungen, in dem mein Name vorkommt, und dann das Gleiche mit Lillas Namen und mit Baby... Lilla, Lilla, Bo-Lilla, Banana bana Bo-Lilla, Fee-fi-fo-Lilla...«

Er sang Teddy das Lied mit ›Baby, Baby, Bo-Baby‹ vor, dann versuchte er es mit ›Cosimo‹, aber das war zu schwierig, und er dachte lieber wieder an das Erdnußbutterbrot und den warmen Teppich. Sein Magen knurrte.

»Du bist hungrig...« Cosimo wollte nicht aufstehen, weil es Samstag war, aber er mußte Teddy Braun etwas zu essen machen. Aus dem sicheren Versteck unter der Decke warf er einen verstohlenen Blick in den großen Raum. Die schweren Vorhänge waren nicht zugezogen, und obwohl die äußeren Läden geschlossen waren, wurde es nie stockdunkel in dem Zimmer. Nachts fielen gelbe Lichtstreifen von den Straßenlaternen durch die Lamellen der Läden auf den Boden. Jetzt zierten ihn die hellen Streifen der Wintersonne. Der Himmel an der Zimmerdecke leuchtete immer in strahlendem Blau, pausbäckige Engel auf rosa Wolken streckten die Hand nach Cosimo aus. Cosimo kletterte aus dem Bett und betrachtete den dunkelbraunen Holzengel am Kopfende. Der Engel hielt einen Finger an die Lippen und den anderen mahnend in die Höhe, damit alle leise waren und Cosimos Schlaf nicht störten.

»Schon in Ordnung, Guido. Ich bin wach.«

Der Engel am anderen Bett hieß Angelo. Milena glaubte, die beiden Engel unterschieden sich nicht, aber da irrte sie sich. Angelo kümmerte sich nicht um Teddy Braun, er hatte ihn damals einfach im Stich gelassen. Guidos Gesicht war viel netter. Als Papa noch ein Kind war, hatte er in Guidos Bett geschlafen. Er sagte, die beiden Engel seien verschieden, sie seien zwar vor langer, langer Zeit von ein und demselben Mann geschnitzt worden, aber niemand könne zwei genau gleiche Dinge herstellen. Die Engel befehlen nicht nur jedem, still zu sein, weil du dort schläfst, hatte ihm die Großmutter erzählt, sie beten auch zu Gott, damit dir nichts passiert in der Dunkelheit. Und solltest du im Schlaf sterben, bringen die Engel deine Seele direkt zum Jesuskind. Cosimo wollte nicht im Schlaf sterben, und noch sehr lange, nachdem sie das erzählt hatte, hielt er sich die ganze Nacht wach. Morgens fühlte er sich dann krank und weinte und konnte nicht in den Kindergarten gehen. Jetzt blieb er nicht mehr mit aller Gewalt auf, denn das weiße Gespenst, das manchmal am Fußende seines Bettes auftauchte, machte ihm mehr Angst als die Vorstellung, mit Guido zum Jesuskind zu gehen. Deshalb versteckten sich Cosimo und Teddy Braun immer unter der Decke und versuchten, so schnell wie möglich einzuschlafen.

Cosimo hielt Teddy Braun fest an sich gedrückt, ließ sich aus dem Bett auf den Bettvorleger gleiten und öffnete das Türchen mit der Sechs auf dem Adventskalender, der auf seinem Nachttisch stand. Tante Matty hatte ihm den Kalender geschenkt, und er hatte mit ihr telefonieren dürfen.

Aber vergiß nicht, jeden Tag nur ein Türchen. Kannst du bis vierundzwanzig zählen?

Ja.

Sechs. Eine Katze mit mächtigen Schnurrhaaren schaute ihn an.

»Ginger!« Sie schimmerte eher gelblich, aber das konnte nur Ginger sein. Hinter den anderen Türchen befanden sich ein Tannenbaum, ein Geschenkpäckchen, eine Kerze, ein Geschwisterpaar und ein Mistelzweig. Cosimo mochte alle Bilder und betrachtete sie jeden Morgen aufs neue.

Aber das sechste war das schönste von allen. Sobald seine Füße den nackten Boden berührten, ging er auf Zehenspitzen. Obwohl es schön warm im Zimmer war, fühlte sich der gesprenkelte Marmorfußboden immer kalt an. Klettere nicht auf Stühle, mahnte seine Großmutter. Aber Milena hatte die Spielzeugkoppel oben auf die Kommode geräumt, als sie den Boden gewischt hatte. Jetzt mußte er sie wieder herunterholen.

»Bleib du hier auf dem Boden sitzen, nur eine Minute, ich hol sie schnell.« Cosimo kletterte vorsichtig auf den Stuhl und kniete sich zuerst darauf. Dann richtete er sich langsam auf. Er mußte aufpassen, denn die nackten Füße fanden auf der glatten Sitzfläche keinen richtigen Halt. Im Stehen konnte er das Foto von Papa und dem Herzog sehen. Sie posierten mit Seilen und Eispickeln am Fuße eines verschneiten Berges. Das Seil und der Eispickel seines Vaters hingen über dem Foto an der Wand. Darunter, auf der Kommode, wartete Daisy auf der Koppel.

»Komm schon, Daisy!« Cosimo streckte die Hand aus und tat so, als hielte er dem winzigen, kleinen Plastikpferd ein Stückchen Zucker vor die Nase.

Davon kriegt sie Würmer.

Das zumindest behauptete Vittorio immer, wenn Cosimo der echten Daisy in der dunklen, übelriechenden Box ein Stück Zucker gab. Cosimo hatte keine Ahnung, wie sich Würmer, die in der Erde lebten, in einem Stück Zukker verstecken konnten, aber er wußte, daß Vittorio Kaninchen tötete. Cosimo hatte Lilla davon erzählt, als sie auf ihn aufpassen kam. Sie hatte mit ihm die Spielzeugkoppel gebastelt, um ihn ein bißchen aufzumuntern, ein Stück grün angemalter Pappe mit einem Büschel echtem Heu und einem kleinen Häufchen Hafer, umschlossen von einem Zaun aus Streichhölzern. Das kleine Plastikpferd hatte Lillas Mutter für Cosimo aus einer Kiste herausgesucht, die überquoll vor lauter Spielsachen, die sie aussortiert hatte. Es war eine große Holzkiste mit Metallecken und schwarzer Schrift an den Seiten. Alles mögliche hatte sie darin gesammelt, außer Daisy noch jede Menge andere Tierfiguren aus Plastik in den verschiedensten Größen, sogar eine Giraffe, einen zerbrochenen Kreisel, Arme und Beine von Puppen, zerfledderte Bücher und Comic-Hefte, einen pinkfarbenen Plastikschirm, zahllose Zeichenstiftstummel, Teile von Puzzlespielen und jede Menge Staubflocken. Lillas Mutter warf die Sachen nicht weg. Sie schenkte Cosimo das Pferd, nahm seine Wangen in ihre warmen Hände und schaute ihn freundlich an: Schenk mir ein Lächeln. Dann gab ihm Lilla noch zwei Buntstiftstummel, einen grünen und einen orangefarbenen, damit er Möhren für sein Pferd zeichnen konnte.

Jetzt stand Daisy auf Cosimos Koppel, auf herrlich saftigem grünen Gras. Vittorio ließ sie nie nach draußen und dennoch war sie nicht allein. Vorsichtig hob Cosimo die Pappe hoch und ließ sich langsam in Sitzposition auf den Stuhl hinunter, um dann die Spielzeugkoppel vor Teddy Braun auf dem Boden aufzubauen. Ganz in Daisys Nähe lag eine Puppe, die Cosimo auf dem Spielplatz gefunden, in die Tasche gesteckt und mit nach Hause genommen hatte. Sie war klein, aber immer noch viel größer als das Pferd. Die Puppe war Lilla. Neben ihr saß ein Porzellanhund, Rodrigo. Den hatte er sich von Großmutter zum Geburtstag gewünscht. Allerdings war der Hund ganz weiß gewesen, und Rodrigo mußte große schwarze und graue Flecken auf der langen Nase haben. Lilla hatte ihm gesagt, er solle die Nase einfach anmalen.

Und wenn Großmutter das sieht?

Na und? Es ist doch *dein* Hund! Außerdem besucht sie euch doch nie, hast du gesagt. Wenn überhaupt, dann fährst du zu ihr, oder nicht?

Ja... Dennoch traute Cosimo sich nicht. Außerdem besaß er keine Malfarben. Schließlich hat Lilla Rodrigo mit nach Hause genommen, denn ihr Vater war Künstler und besaß ganz viele Farben. Sie malte Rodrigo an und brachte ihm den Hund am nächsten Tag wieder mit.

Siehst du? Und weil ich es gemacht habe, kann deine Großmutter nicht mit dir schimpfen, wenn sie es sieht.

Cosimo hätte sich gerne eine kleinere Puppe zu Weihnachten gewünscht, aber das konnte er nicht, schließlich war er ein Junge. Deswegen hatte er sich das Bild eines kleinen Mädchens aus einer Illustrierten ausgeschnitten. Das war Christina, seine beste Freundin aus dem Kindergarten. Als nächstes wollte er eine Katze mit rötlichem Fell, wie die Katze unten im Garten, die ebenfalls zu seinen Freundinnen zählte. Er könnte Tante Matty bitten, ihm eine zu kaufen. Wenn er doch nur etwas Papier hätte, damit er für Daisy ein paar frische Möhren zeichnen könnte! Aber erst mußte er Teddy Braun etwas zu essen machen, denn inzwischen war er wirklich hungrig. Cosimo hob ihn vom Boden auf und verließ das Schlafzimmer auf Zehenspitzen. Er ging durch den Flur ins gelbe Bad, machte Pipi und zog den nassen Schlafanzug aus. Nur mit der Schlafanzugjacke bekleidet und mit Teddy Braun auf dem Arm tippelte er vorsichtig ans andere Ende des Flurs, ganz dicht an der Wand entlang, wo der marmorierte Boden eine schwarze Einfassung mit bunten Marmorblumen aufwies. Er ging gerne über diesen Rand, wegen der Blumen, aber hauptsächlich, weil die Heizungsrohre zu der großen Heizung am anderen Ende des Flurs genau unter dieser Einfassung verliefen und sich deswegen die Steine ganz warm an den nackten Füßen anfühlten. Er sang, während er ging, allerdings ganz leise, weil er keinen Lärm machen durfte.

»Lilla, Lilla, Bo-Lilla, Banana-bana Bo-Lilla, Fee-fi-fo-Lilla…«

Tick… Tack…

Teddy Braun machte das nichts aus, er konnte ja nichts sehen. Cosimo versuchte, die Augen fest zuzukneifen, als er an der großen, furchteinflößenden Uhr vorbeiging, aber er konnte es nicht verhindern, doch einen Blick auf den toten Großvater zu erhaschen, ein weißes Flattern hinter dem dicken Glas. Vor Schreck fuhr er zusammen, rannte zitternd in die Küche.

Alles war sauber und aufgeräumt. Keine köstlichen Düfte wie sonst, wenn Milena da war. Er mußte wieder auf einen Stuhl klettern.

Sonst komme ich doch nicht dran, Großmutter.

Du mußt an nichts drankommen. Dies ist mein Haus. Wenn du etwas haben möchtest, dann frage mich oder deinen Vater, und ein Diener wird es dir bringen.

Aber Mutter, die Zeiten, da wir drei Diener hatten, sind vorbei, und ganz gewiß haben unsere Angestellten keine Zeit, sich um ein kleines Kind zu kümmern.

Das ist noch lange kein Grund, ungehorsam zu sein und auf Stühle zu klettern.

Es war kein Angestellter da und keine Milena, also hatte er vielleicht doch einen Grund. Cosimo zog sich den Stuhl an den Schrank mit den Keksen heran. Er holte sich einen Teller und stellte ihn auf den Tisch, zusammen mit einem hohen Berg Kekse für sich und Teddy Braun. Er war nicht ungehorsam, lief nicht mit dem Keks in der Hand durch das Zimmer. Bei Lilla durfte man sich mit dem Teller auf den Boden legen und beim Essen fernsehen, man mußte nur darauf achten, nicht allzusehr zu krümeln.

»Krümel nicht alles voll, Ted.« Teddy Braun krümelte nicht.

»Wir müssen uns beeilen und hier fertig werden, damit ich dich mit in den Garten nehmen kann. Vielleicht will Ginger spielen.« Teddy Braun beeilte sich.

Cosimo verließ die Küche und versuchte, einen möglichst großen Bogen um die Standuhr zu machen. Teddy Braun hielt er schützend an sich gedrückt, die Augen fest zusammengekniffen. Als er nach rechts abbog, um den langen Flur, der zum Eßzimmer führte, hinunterzugehen, prallte er zitternd gegen die Wand, nur weil er sich so fern wie möglich von der Uhr zu halten versuchte. Cosimo sah den toten Großvater nicht, dennoch blieb er sicherheitshalber beim Alkoven stehen und versteckte sich. Der Alkoven befand sich auf der rechten Seite direkt vor dem Eßzimmer. Cosimo versteckte sich gern dort. Hier fühlte er sich geborgen. Der Alkoven war mit einem gestreiften Sofa, zwei Stühlen und einem Beistelltisch möbliert, auf dem ein Telefon stand. Die anderen Telefone waren hoch oben an der Wand angebracht, aber dieses Telefon stand auf einem ganz niedrigen Tischchen. Wenn man sich unter dem Sofa versteckte, konnte man beobachten, wie Schuhe mit hohen Absätzen vorbeimarschierten. Cosimo versteckte sich jetzt dort, aber niemand kam vorbei. »Zwei, zwei, null, sieben, null, sieben, acht«, flüsterte er Teddy Braun in das angenähte Ohr. Dann krabbelte er aus seinem Versteck heraus und ging ins Eßzimmer.

Das Eßzimmer besaß einen ganz eigenen Geruch, einen traurigen Erwachsenengeruch. Milena meinte, das käme von den Zigarren, die die Männer hier rauchten. Cosimo glaubte, es sei das Putzmittel, mit dem Milena das Silber auf dem langen Tisch polierte. Es war nicht das Wachs, mit dem Milena den Tisch und den Boden wienerte, denn das verströmte einen warmen, beruhigenden Duft, den er aus der Kirche kannte, in der er im Anschluß an die Messe ganz allein für den toten Großvater eine Kerze hatte anzünden dürfen. Die hohen Fenster, die den Blick auf den Garten öffneten, befanden sich am anderen Ende des Raumes. Cosimo stieg die vier Stufen hoch und kniete sich auf die linke Fensterbank. Teddy Braun setzte er neben sich. Cosimo wählte immer das linke Fenster, denn von dort aus konnte er weiter nach rechts blicken, wo die hohen steinernen Torbogen so mit Ranken bewachsen waren, daß sie herunterhingen wie Haar, grün und dicht im Sommer, zu dieser Jahreszeit rot und ziemlich struppig. Hinter den Bogen befanden sich große Glastüren. Der Mann im grauen Overall, der sehr alte Dinge reparierte, arbeitete manchmal dort draußen, malte, leimte oder lackierte etwas. Er war Cosimos Freund, und Cosimo winkte ihm jeden Tag zu.

Einmal hatte der Mann ihn gesehen und zurückgewunken. Seit damals wartete Cosimo darauf, daß sein Freund noch einmal zu ihm hochschaute. Aber er hatte es nie wieder getan. Cosimo wußte, daß sich der Eingang zu dem Laden seines Freundes in der Parallelstraße befand. Er wußte genau wo, war aber noch nie dort hingegangen.

Der Mann von der Baumschule, der unten im Garten Pflanzen verkaufte, schaute nie hoch, weil sein Rücken ganz krumm war. Er konnte nicht gut laufen. Milena sagte, das käme daher, weil er sich den ganzen Tag lang über die Blumentöpfe bücken und so schwer arbeiten müsse. Cosimo winkte ihm dennoch zu, denn die große Katze mit dem roten Fell gehörte ihm. Cosimo hatte gesehen, wie sie zusammen durch die gleiche Tür geschlüpft waren, in den privaten Teil des Gartens, wo der Mann von der Baumschule das ganze Jahr über für eine herrliche Blütenpracht sorgte. Normalerweise, wenn die Sonne herauskam, saß eine dicke, alte Dame mit weißem Haar und einem Stock auf einem Stuhl zwischen den Blumen. Aber heute saß sie nicht dort. Die dicke, rote Katze legte sich gerne auf die niedrige Mauer zwischen den großen, roten Töpfen mit Stiefmütterchen. Sie döste auch jetzt dort in der Wintersonne. Cosimo winkte der Katze zu: »Ginger! Guten Morgen, Ginger. Werd doch mal wach, nur für einen kurzen Augenblick, damit ich dir erzählen kann, wie du in meinem Adventskalender aussiehst.« Ginger wachte auf. Sie gähnte, stellte sich auf die Vorderpfoten, streckte sich genüßlich und winkte Cosimo mit ihrem buschigen Schwanz.

»Ginger! Ted, sie winkt uns. Du kannst sie nicht sehen, aber du kannst ihr zurückwinken.« Teddy Braun winkte.

Cosimo gähnte und streckte sich, ahmte Ginger nach. Die Katze unten im Garten sprang von der Mauer und marschierte in Richtung der Gewächshäuser. Hinter den Gewächshäusern ragten hohe Bäume in den Himmel. Vielleicht wollte Ginger auf einen Baum klettern, um dort oben in den nackten Ästen zu sitzen.

»Geh nicht, Ginger. Warte, ich habe dir doch noch gar nicht erzählt...« Aber Ginger verschwand hinter den hochgestapelten Blumentöpfen. Eine Weile lang geschah nichts weiter im Garten. Cosimo und Ted knieten auf der Fensterbank, die Nasen fest an das kalte Glas gepreßt, so daß es stellenweise beschlug, während sie darauf warteten, was als nächstes passieren würde. Nach einer langen Wartezeit kam der Gärtner aus einem der Gewächshäuser heraus und hantierte mit einer langen, schwarzen Schnur und einigen Blumentöpfen. Cosimo hatte ihn das schon oft tun sehen, aber als er Milena einmal fragte, was der Gärtner denn da unten eigentlich mache, war sie böse geworden: Du solltest unten im Hof sein und spielen wie die anderen Kinder. Dann kämst du auch nicht auf so komische Gedanken. Komm jetzt da runter. Ich muß die Stufen wachsen, sonst hält mir die Signora eine gewaltige Standpauke.

Cosimo hatte die ›anderen Kinder‹ im Hof spielen sehen. Sie rannten um den Brunnen herum und schrien so laut sie konnten. Die Hunde, die ebenfalls im Hof spielten, jagten ihnen hinterher. Ein paar Kinder fuhren Dreirad, aber es waren auch große Jungen dort unten, mit Fahrrädern. Cosimo kannte keines der Kinder, denn sie gingen in den Kindergarten in der Straße hinter dem Hof. Cosimo und Lilla fuhren mit dem Bus zum amerikanischen Kindergarten, weil er Englisch lernen mußte. Die ›anderen Kinder‹ trugen über ihrer normalen Kleidung blaue Tuniken, die unter ihren Mänteln hervorschauten, und sie hatten Taschen mit Comic-Figuren darauf. Cosimo sah sie morgens, wenn er mit Lilla auf den Schulbus wartete. Sie schubsten sich gegenseitig, kreischten und flüsterten sich Geheimnisse zu, und manchmal kämpften die Jungen miteinander. Cosimo mochte sie alle und wünschte sich sehr, zu ihnen zu gehören, besonders wünschte er sich, daß der grobschlächtige dunkelhaarige Junge mit den fröhlichen, braunen Augen sein Freund werden würde.

Cosimo nannte ihn Pierino und erfand herrliche Geschichten mit ihm in der Hauptrolle. In einer davon besuchte er mit Pierino seine Großmutter. Er stellte ihm Daisy vor, und als Pierino sie reiten wollte, befahl er Vittorio, die von dicken Staubflocken und zahllosen Spinnweben bedeckte Decke und den Sattel herunterzuholen und das Pferd zu satteln. Pierino hatte überhaupt keine Furcht vor Vittorio und auch nicht die geringste Angst beim Reiten. Er sprang über Gatter, Zäune und Mauern, die so hoch waren, daß Cosimo nicht einmal darüberschauen konnte, so wie Papa, als er ein kleiner Junge war. Obwohl Cosimo sich diese Geschichten selbst ausdachte, passierte zum Schluß immer etwas ganz Schreckliches, daran konnte er nichts ändern. Manchmal fing er dann noch einmal von vorne an, vorsichtig, ängstlich darauf bedacht, alles richtig zu machen: Sie hielten vor dem Eingang zu Großmutters Haus, liefen zum Stall, mit Zuckerstückchen in den Taschen, und dann … egal, wie sorgfältig Cosimo auch den Teil vermied, als Daisy stolperte, auf Pierino stürzte und ihn zu Tode quetschte, auch wenn er es nicht zuließ, daß Vittorio Daisys Hufe säuberte, damit Daisy nicht ausschlagen und Pierino am Kopf treffen konnte, irgend etwas wirklich Schreckliches, mit dem Cosimo nicht rechnen konnte, geschah immer; er konnte nichts dagegen tun. Einmal explodierte etwas, und das Haus seiner Großmutter stand in Flammen, einmal regnete es und regnete und regnete, bis es zu einem Erdrutsch kam, wie er es im Fernsehen in den Nachrichten gesehen hatte, und alles wurde von einer Schlamm- und Erdlawine verschluckt. Er schaffte es nicht, Pierino zu retten, obwohl er all seine Kraft aufbot, um die vom Schlamm glitschige Hand festzuhalten. Schließlich bat Cosimo in seinen Geschichten, Pierino nach Hause begleiten zu dürfen, auch wenn es bei Pierino keine Daisy gab. Das Haus, in dem Pierino wohnte, hatte große Ähnlichkeit mit Lillas Haus. Jeden Morgen ging Pierino mit seinen Freunden an der Bushaltestelle vorbei. Ciao, ciao! grüßte Cosimo dann.

Mit wem redest du?

Mit dem Jungen dort. Der mit der roten Tasche. Das ist mein Freund.

Da kommt der Bus. Komm schon. Und warum schließt du nicht mit einem Kind aus deinem Kindergarten Freundschaft? Dann hättest du in der Pause jemanden zum Spielen.

Ich habe eine Freundin. Christina. Sie hat langes, lokkiges Haar und blaue Augen, und ich werde sie heiraten. Lilla, darf ich heute neben dir sitzen?

Nein. Ich möchte mit meinen Freunden reden. Setz dich hierher. Da sitzt du praktisch neben mir, nur der Gang ist zwischen uns.

Cosimo setzte sich. Er schaute das große Mädchen nicht an, das neben ihm saß. Sie saß immer dort am Fenster. Ein großes Pflaster klebte auf einem ihrer Brillengläser, trotzdem las sie immer ein Buch. Sie trug rosafarbene Hosen mit Tupfen, eine dick wattierte, pinkfarbene Jacke und hatte kräftige Beine. Cosimo wollte lieber stehen und sich an der Rücklehne von Lillas Sitz festhalten, aber der Fahrer bemerkte das immer sofort und schnauzte ihn dann an, daß er sich setzen solle.

Im Garten war noch immer niemand aufgetaucht, und so erfand Cosimo eine Geschichte mit Pierino, wie sie ganz allein dort hinuntergingen. Pierino war größer als Cosimo, und darum war es ganz in Ordnung, wenn sie allein bis zur nächsten Straße spazierten. Zuerst trug Pierino die Tunika unter seinem blauen Anorak, darum mußte Cosimo noch einmal von vorne anfangen, weil Samstag war. Dann fiel ihm ein, daß die ›anderen Kinder‹ auch samstags zur Schule gingen, und hätte beinahe ein drittes Mal mit der Geschichte von vorne anfangen müssen.

»Ich hab's, so müßte es gehen... Pierino holt mich auf dem Nachhauseweg von der Schule ab, und wir spielen eine Weile im Garten. Dann gehen wir beide zu ihm nach Hause und essen Berge von Spaghetti mit Tomatensauce und Erdnußbutterbrote.«

Cosimo preßte die Stirn fest an die Scheibe und lächelte in den Garten hinunter, wo er mit Pierino umherstreifte. Ginger gesellte sich zu ihnen. Sie marschierten zwischen den Pflanzen umher, die an hohen Stöcken emporrankten, und Cosimo beschloß, daß sie noch immer blühten, zumindest ein paar davon, die, die er vom Fenster aus nicht sehen konnte, denn er wollte, daß Pierino ihren Duft riechen konnte. Einmal kam der Mann, der das Treppenhaus wischte, mit einer großen Leiter und öffnete die hohen Fenster, weil er sie putzen wollte. Cosimo hatte sich weit hinausgelehnt und tief und genußvoll die süße, warme Luft eingeatmet, bis Milena kam und ihn vom Fensterbrett herunterzerrte, weil es zu gefährlich war.

Aber Milena, riech doch nur.

Das ist Jasmin und bestimmt kein Grund, aus dem Fenster zu fallen und sich das Genick zu brechen. Solange die Fenster offenstehen, kannst du es überall im Haus riechen.

Jasmin. Noch lange nachdem alle Fenster wieder geschlossen waren, erfüllte der Duft das ganze Haus. Sogar der traurige Erwachsenengeruch im Eßzimmer war verschwunden. Dann kehrte er zurück, der Himmel fiel auf ihn herab, Teddy Braun war verschwunden, stürzte kreiselnd hinab, brach sich den Hals, große Hände griffen nach Cosimo, zerrten ihn zurück, setzten ihn wütend auf den Boden des Eßzimmers ... Oder war das an einem anderen Tag ...

Cosimo drückte Teddy Braun fest an die Brust, vergaß Pierino, sah nur noch Teddy Braun durch die Luft stürzen, tiefer und tiefer, hörte Schreie ... Die Hände, die ihm Teddy Braun zurück in die Arme legten, gehörten nicht Tante Matty. Es waren große Männerhände. Vielleicht die von dem Mann mit der Leiter oder von dem Mann, der müde war und sich in Mamis Bett ausruhte. Der Mann schrie laut.

Um Gottes willen, Francesca. Bist du verrückt?

So ist das also! Du hältst mich für verrückt. Nur keine Hemmungen, fall ruhig in den Chor der anderen mit ein!

Das tue ich nicht. Beruhige dich.

Ich will mich aber nicht beruhigen. Ich will keine Beruhigungsmittel oder Schlaftabletten nehmen, damit Ruhe ist, und mein Mann – sofern man ihn überhaupt als solchen bezeichnen kann...

Nun mach mal halblang. Das ist nicht das Ende der Welt. Er ist ein guter Mann, und nach all dem...

Sie lachte und lachte und lachte. Cosimos Mund fühlte sich gräßlich verklebt an. Er hätte gerne etwas getrunken. Aber ihre spitzen Fingernägel gruben sich in seine Schulter, hielten ihn fest, taten ihm weh. Cosimo hielt die Luft an, hörte die Männerstimme leise flüstern.

Na komm, dem Jungen zuliebe...

Dem Jungen zuliebe! Ha! Alles, was in diesem Hause geschieht, geschieht ›dem Jungen zuliebe‹! Glaubst du, sie sorgen sich um *ihn*? Ha! Sie sorgen sich nicht um ihn, sondern nur um das, was er repräsentiert. Begreifst du das?

Übertreibst du da nicht ein bißchen? Ich bin sicher, er...

Übertreib doch nicht so, Francesca. Nimm eine Tablette, Francesca, dem Jungen zuliebe, Francesca.

Der Junge kann nichts dafür!

Der Mann war kein Freund von Cosimo – weil er niemals lächelte. Er starrte einfach nur auf ihn herunter, mit gerunzelter Stirn. Er roch nach Zigaretten und nach etwas anderem. Außerdem war er der Grund dafür, daß Cosimo ins Eßzimmer eingeschlossen wurde, bis jemand gerannt kam und lärmende Stimmen den Raum erfüllten. Er haßte Cosimo nicht, ganz im Gegensatz zu Vittorio, der, sobald er Cosimo den Rücken kehrte, ihn verdammten kleinen Bastard schimpfte, nur weil Cosimo weinte und wollte, daß er die arme Daisy nach draußen ließ. Der Mann hatte Mitleid mit ihm, darum sprach er immer sehr leise und freundlich mit ihm, weil er ihm keine Angst einjagen wollte. Er hatte ihn nicht einmal ausgeschimpft, als Cosimo ins Schlafzimmer marschiert kam, weil er Hunger hatte. Sie hatte nur ›O Gott‹ gesagt und die Decke bis ans Kinn hochgezogen. Ihre Augen waren ganz groß und hatten tiefe Schatten, so als hätte sie Kopfschmerzen, und Cosimo hatte ebenfalls ganz leise und freundlich gesprochen, um sie nicht zu erschrecken.

Das macht doch nichts, hatte Milena gesagt. Ich habe auch Titten. Alle Frauen haben welche.

Dann war er im Eßzimmer und nach dem Geschrei rettete der Mann Teddy Braun. Hatte er ihn aufgefangen oder war er den ganzen Weg hinunter in den Garten gelaufen, um ihn zu retten? Cosimo erinnerte sich nicht mehr. Der feste Griff, der ihm solche Angst einjagte, lockerte sich plötzlich. Der Mann beugte sich zu ihm herunter, damit er verstehen konnte, was Cosimo sagte.

Trinken…

Aber ja, geh nur. Und paß auf deinen Teddy auf. Laß ihn nicht wieder fallen.

Armes Kerlchen… Die ruhige Stimme des Mannes in Cosimos Rücken.

Glaubst du, mir sei das egal? Glaubst du etwa, ich hätte mir das Chaos hier selbst eingebrockt? Ich habe ihn geboren. Er ist auch mein Sohn! Kümmert das hier eigentlich irgend jemanden? Du kannst dir ja gar nicht vorstellen…

Ja, das kann ich nicht. Ich kann dir nicht helfen, Francesca. Ich bin nicht die Lösung.

Cosimo war ins gelbe Bad gerannt, um etwas Wasser aus dem Hahn zu trinken. Dort konnte ihn der tote Großvater nicht sehen. Dann versteckte er sich im Alkoven, Teddy Braun fest an sich gedrückt, damit er nicht in die Tiefe stürzte und sich den Hals brach.

Das Herz in seiner Brust pochte heftig gegen Teddy Brauns Brust. Cosimo kniff die Augen fest zusammen, damit die furchterregenden Worte und Bilder in seinem Kopf verschwanden... Ich habe ihn geboren. Cosimo wußte, was das bedeutete. Maria hat das Jesuskind an Weihnachten geboren, und die Krippe mit dem sternenförmigen Lämpchen in Großmutters Wohnzimmer würde bis zum ersten Weihnachtstag leer bleiben, bis auf Maria und Joseph, den Ochsen und den Esel natürlich. Cosimo würde das Jesuskind selbst in die Krippe legen. Es trug weiße Windeln und streckte die kleinen, rosafarbenen Hände aus.

»Pierino, komm, wir gehen mit Ginger...« Aber Pierino war aus der Geschichte verschwunden, genau wie Ginger aus dem Garten. Erwachsenenstimmen lärmten in Cosimos Ohren.

Zum Schlachter, der macht Hundefleisch aus ihr...

Im Schlaf gestorben...

Geschlachtet und in den Himmel gekommen.

Das Genick gebrochen und Füllung herausgequollen.

Cosimo preßte Teddy Braun an sich. Er bekam keine Luft mehr. Und heute war kein Mann mit einer Leiter da, der die Fenster öffnete und den traurigen Erwachsenengeruch vertrieb. Er kletterte von der Fensterbank, rannte durch das Eßzimmer zur Tür hinaus, atmete tief durch und blieb stehen. War das Lärm von draußen oder kam das klopfende Geräusch aus seiner Brust? Er spähte den Flur hinunter. Die Doppeltür auf der rechten Seite war geschlossen. Jetzt hörte er auch nichts mehr. Cosimo wandte sich nach links und balancierte auf Zehenspitzen den schwarzen, mit Blumen verzierten Rand entlang zum Alkoven zurück, um sich dort zu verstecken und zu lauschen. Da war nichts.

Zwei, zwei, null, sieben, null, sieben, acht.

Du bist groß genug, um die Nummer im Kopf zu behalten, nicht wahr, Cosimo?

Ja.

Wenn Milena da ist, kannst du sie fragen, aber wenn du alleine bist, mußt du sie im Kopf haben, schaffst du das?

Ja.

Falls ich nicht zu Hause bin, wird dir meine Stimme sagen, was du tun mußt.

Ja.

Es macht nichts, wenn sie es hört, niemand weiß, was die geheime Botschaft bedeutet, nur wir beide, nicht wahr?

Ja.

Guter Junge. Wiederhole es für mich.

Cosimo verließ den Alkoven und trottete über den Flur in den Salon, um auf der Straße nach seinen Freunden Ausschau zu halten.

»Zwei, zwei, null, sieben, null, sieben, acht... Ted, Ted, Bo-Ted, Banana-bana Bo-Ted, Fee-fi-fo Ted...«

Im Salon roch es nach Wachs, Sauberkeit und Leere. An der Decke waren keine Bilder, nur hölzerne Quadrate, verziert mit einer rotgoldenen Rosette. Am Teppichrand blieb er stehen. Der Teppich war sehr alt, älter noch als Großmutter. Papa hatte Milena verboten, ihn zu saugen, worüber sie sich ziemlich ärgerte. Cosimo mochte den Teppich, denn darauf konnte man viele Spiele spielen, wie zum Beispiel Hasen, Rehe oder Blumen jagen. Er spielte mit Ted, sie wechselten sich ab. Man mußte mit geschlossenen Augen auf dem Teppich hin und her hüpfen und bis zehn zählen. Wenn man dann den rechten Zeh ausstreckte und dieser auf ein Reh zeigte, hatte man drei Stücke Spielschokolade gewonnen, für einen Hasen gab es zwei und für eine Blume nur eins. Heute spielte Cosimo das Spiel nicht. Er hatte es eilig, aus dem Fenster zu schauen. Der Teppich war ein See; Teddy und er waren Bergsteiger, die vom Sessel auf das Sofa und auf den nächsten Sessel kletterten, um das Ufer auf der anderen Seite des Sees zu erreichen, ohne ins Wasser zu fallen. Cosimo tat so, als benutze er einen Eispickel, wie sein Vater bei schwierigen Aufstiegen. Sie fielen nicht ins Wasser. Als sie am anderen Ufer in Sicherheit waren, blieben sie stehen und betrachteten wie immer das Foto in dem Silberrahmen auf dem kleinen, runden Tisch zwischen den beiden Fenstern, die den Blick zum Himmel öffneten.

»Pssst, Ted. Baby-Cosimo schläft.« Ted legte die eine Tatze auf die Lippen, die andere hielt er hoch in die Luft. Alles war ruhig. Baby-Cosimo schlief, das glatte, braune Köpfchen mit den Pausbäckchen ruhte auf blasser Seide und Perlen. Über dem Bett wachte mit liebevollem Blick und der schwachen Andeutung eines Lächelns ein wunderschönes, ovales, von langen, glänzenden Locken umrahmtes Gesicht. Cosimo betrachtete das Bild lange, atmete ganz ruhig, tat so, als schliefe er, erinnerte sich an die kuschelige Wärme und daran, wie sich die Perlen anfühlten, die er abzureißen versuchte. Milena behauptete, er sei viel zu klein gewesen, um sich daran erinnern zu können, er phantasiere sich das alles nur zusammen, wie er sich immer alles zusammenphantasiere. Cosimo schloß die Augen und drückte Teddy Braun an sich, streichelte die eigene Wange, während er schaukelte, vor und zurück, vor und zurück, und ein Schlaflied sang: »Schlafe, mein Prinzchen, es ruh'n / Schäfchen und Vögelein nun / Garten und Wiese verstummt, / auch nicht ein Bienchen mehr summt.«

Dann öffnete er die Augen, weil ihm etwas anderes einfiel.

»Baby, Baby, Bo-baby, Banana-bana Bo-baby... Lilla, bitte komm.«

Manchmal kam Lilla Sonntag morgens und nahm ihn mit in den Park, wo er die riesigen Goldfische füttern durfte, die fast so groß waren wie er selbst. Sie erlaubte ihm, bis zur steinernen Einfassung zu gehen und sie mit Brot zu füttern.

Lilla, schau dir den an! Sieh nur, was für ein großes Maul er hat.

Paß auf, daß er dir nicht die Zehen abbeißt.

Cosimo hatte keine Angst vor den riesigen Mäulern oder dem großen, marmornen Poseidon, der das grünliche Wasser mit seinem Dreizack aufrührte. Aber er fürchtete sich ein bißchen vor dem trüben, grünlichen Wasser mit dem schleimigen Unkraut, tief, so tief wie das große, silbergraue Meer. Cosimo hatte Angst vor dem silbergrauen Meer, das bis zum anderen Ende der Welt reichte, hellglitzernd und erschreckend lebendig. Er bekam Herzklopfen davon, so arg, daß er beim bloßen Gedanken daran kaum noch atmen konnte. Einmal hatte er Tante Matty davon erzählt.

Aber warum hast du denn Angst, Cosimo? Es ist so schön! Schau doch nur, wie vergnügt deine Cousins herumplanschen.

Kommt raus! Hol sie da heraus!

Schschsch. Sieh doch mal, hier ist das hübsche Eimerchen, das wir extra gekauft haben. Hast du das schon vergessen? Der Stand, wo wir ihn gekauft haben, hat dir sehr gefallen, weißt du noch?

Ja.

Er konnte ihn vor sich sehen, wenn er die Augen schloß. Bunte Luftschlangen und Luftballons, die im Wind flatterten und sich als dunkle Schatten gegen den blauen Himmel über seinem Kopf abzeichneten; rosafarbene und gelbe Windmühlen auf Stelzen, deren Flügel glänzten und sich drehten, glänzten und sich drehten.

Wir könnten zusammen bis ans Wasser gehen und deinen hübschen neuen Eimer mit Wasser füllen. Es ist gar nicht tief.

Nein.

Aber warum denn nicht, Cosimo? Warum? Sag's mir.

Weil die Sonne dann ganz kalt wird und alle Leute weggehen, einer nach dem anderen. Und dann wird Cosimo ganz allein dort draußen in dem schrecklichen, silbrigen Meer sein!

Schschsch. Aber nein, nein. Schon gut, schon gut. Komm her zu mir, auf meinen Schoß. Du zitterst ja am ganzen Körper. Schschsch. Du bist ganz außer dir, nicht wahr?

Ja.

Sieh doch nur. Das Meer ist blau und grün. Schau es dir an, die winzigen, weißen Schaumkronen, dort, wo die Wellen sich brechen. Ist das nicht wunderschön?

Ja, aber dann wird es wieder schrecklich silbrig.

Woher weißt du das?

Ich erinnere mich daran.

Cosimo und Teddy Braun stiegen die Treppen zum Fenster hoch, um Ausschau nach Lilla zu halten.

Lilla mochte das Meer. Sie war wie Tante Matty. Sie hatte vor nichts Angst. Vielleicht konnte sie heute kommen, hatte sie gestern nach der Schule gesagt.

Lilla... bitte komm doch.

Vielleicht, wenn meine Mutter mich nicht zum Einkaufen schickt.

Dann war sie gegangen, die Straße hinunter. Sie hatte nichts versprochen.

Cosimo preßte die Stirn an die kalte Scheibe. Sie war nicht da. Auf der anderen Seite der engen Gasse, die zu keiner Stunde des Tages auch nur ein Sonnenstrahl erreichte, befand sich eine Bäckerei und nebenan ein Kramladen, der Waschpulver, Pfannen, hohe Stapel gestreifter Kissen und Eimer mit Plastikblumen auf dem Bürgersteig anbot. Cosimo drückte die rechte Wange gegen die Scheibe und starrte angestrengt nach links, wo ein Fleckchen Sonnenlicht das Ende der Straße und den Beginn des Marktplatzes markierte. Sein Atem senkte sich als nebliger Beschlag auf die Scheibe, den er sogleich wegwischte. Wenn er doch nur noch ein wenig weiter hinten die Stände erkennen könnte, wo sie Kohl und Clementinen, große, glänzende Paprikaschoten und Dattelpflaumen verkauften. Cosimo liebte Dattelpflaumen, orange-golden wie die Wintersonne, wenn sie am Ende der Zypressenallee hinter Großmutters Haus unterging. Großmutter hatte einen Dattelpflaumenbaum, dessen nackte Äste zahllose weiche, orangenmusfarbene Kleckse zierten. Er aß die Dattelpflaumen nicht besonders gerne, denn das Fruchtfleisch war schleimig, und beim Essen ›rollten sich einem die Zehennägel auf‹, wie Milena sagte. Er aß sie trotzdem, denn er mochte die leuchtende Farbe, und der Stengel löste sich mit einem leichten Plopp – wie ein Badewannenstöpsel. Auf dem Markt gab es auch große, pastellfarbene Chrysanthemen für das Haus des toten Großvaters in der Nähe der Kirche.

Entschuldige, Großmutter, darf ich dich etwas fragen? Warum ist heute das Fest der Toten?

Heute ist Allerseelen, das ist kein Fest im üblichen Sinne, sondern der Tag, an dem man aller Verstorbenen gedenkt. Allerseelen ist immer am zweiten November.

Aber warum?

Großmutter antwortete ihm nie, wenn er nach dem Warum fragte. Lillas Mutter beantwortete alle Fragen und erzählte Lilla tausenderlei Dinge. Fast so schön wie bei Lilla daheim war es, wenn sie ihn mitnahm zum Marktplatz, wo sie mit Rodrigo redeten. Rodrigo thronte immer auf einem Kissen in einem breiten, hohen Korbstuhl vor der Tür der Werkstatt, in der Giorgio Bilder aus buntem Marmor machte.

Wenn Lilla Giorgio rief, kam er auf einen Plausch vor die Tür, die Hände hinter dem Rücken verschränkt, den dicken Bauch unter dem grauen Arbeitsoverall wie eine Kugel vor sich herschiebend.

Giorgio, warum sitzt Rodrigo auf dem Stuhl?

Weil es sein Stuhl ist.

Aber Hunde haben keine Stühle.

Rodrigo hat einen.

Rodrigo ließ sich mit heraushängender Zunge die Brust kraulen, das Maul ein wenig offen, so daß es aussah, als lächle er. Über Cosimos Kopf hinweg beobachtete er die Stände und die Marktbesucher. Er lief nie zum Brunnen, wo die anderen Hunde spielten, und als Cosimo wissen wollte, warum er das nicht tat, erklärte Giorgio, daß Rodrigo ein ernster Hund sei, der es vorzog, auf seinem Stuhl zu sitzen und nachzudenken. Rodrigo war der beste Hund auf der ganzen Welt, groß und mutig und freundlich und ernst, und immer saß er auf dem Stuhl. Auch jetzt saß er dort, obwohl Cosimo ihn nicht sehen konnte. »Ciao, Rodrigo, ciao…« flüsterte Cosimo. Die Wange noch immer fest gegen die Scheibe gedrückt, schloß er die Augen und stellte sich vor, wie Rodrigo aufrecht auf seinem Stuhl thronte und nachdachte. Rodrigo konnte alles sehen, auch die Chrysanthemen und die Dattelpflaumen – Dattelpflaumen… Chrysanthemen – große, gewaltige Worte zum Denken. Und direkt vor Rodrigos Geschäft befand sich Torquatos Stand mit Kohl und Küchenkräutern. Torquatos Augen lächelten, und er trug eine grüne Schürze, die bis auf den Boden reichte. Cosimo hatte es gesehen, als er unter dem Stand nachgeschaut hatte, ob die kleine Carolina in der mit Zeitungen ausgelegten Kiste schlief. Sie lag nicht oft in der Kiste. Sie war nicht wie Rodrigo. Sie dachte nicht gerne nach. Entweder schlief sie eng zusammengerollt in der Kiste, oder sie tobte mit ihren Freunden am Brunnen. Torquato ließ sie machen, wozu sie gerade Lust hatte. Er war nett. Als Lilla einmal sagte, daß seine Waren nicht gerade hübsch aussahen, sagte er nur: Na und? Im Bauch ist es dunkel, oder nicht? und zwinkerte Cosimo freundlich zu, während er für die Suppe eine Möhre, ein wenig Petersilie, Rosmarin und eine Stange Sellerie in Zeitungspapier einwickelte. Er brach die Selleriestange immer in zwei Teile. Seine Hände waren ganz rot und von vielen schwarzen Rissen durchzogen, fleißige, freundliche Hände, die viele Dinge geschickt erledigen konnten. Cosimo schnüffelte an der Scheibe, erinnerte sich an den Geruch von Sellerie und Petersilie und an den köstlichen Geruch vom Nachbarstand, an dem die Arbeiter mit dicken Fleischscheiben belegte Brötchen kauften, die sie aus der braunen Papiertüte aßen, während ihnen der heiße, köstliche Bratensaft vom Kinn tropfte. Cosimo hatte noch nie ein solches Brötchen probiert, tat jetzt aber so, als ob er eines äße, wischte sich den Bratensaft mit dem Finger vom Kinn und hielt ihn Teddy Braun hin, damit er kosten konnte.

»Du hast Hunger, Ted, nicht wahr?«

Wenn Lilla doch endlich kommen würde. Vielleicht war es schon zu spät. Cosimo konnte ein wenig die Uhr lesen, aber nicht gut genug, um wirklich sicher zu sein. Die Uhr im Salon zierten goldene Schnörkel mit zwei Frauenfiguren, doch sie war stehengeblieben. Es mußte noch Morgen sein, denn unter dem Fenster gingen noch immer Frauen mit Wollmützen oder bunten Kopftüchern und schweren Einkaufstaschen vorbei. Ein langer, niedriger Schrank marschierte ebenfalls unter dem Fenster vorbei, zumindest sah es aus, als ob er auf Männerfüßen laufen würde. Ein paar große Jungen ließen die Motoren ihrer Mopeds immer wieder aufheulen und schickten Abgaswolken zu Cosimo herauf. Er sah das Dach eines vorbeifahrenden Taxis, das laut hupte, um die Jungen von der Straße zu scheuchen. Wenn der Morgen erst einmal vorbei war, würde niemand mehr auf der Straße zu sehen sein. Es würde so ruhig sein, daß Cosimo die Erkennungsmelodie der Mittagsnachrichten aus dem Fenster der Wohnung auf der anderen Straßenseite hören konnte. Niemals tauchten irgendwelche Kindergesichter an den Fenstern dort drüben auf. Obwohl Cosimo es sich sehr wünschte. Sie könnten miteinander reden, sich zuwinken. Wie Kai und Gerda in dem Märchen *Die Schneekönigin,* das Lilla ihm vorgelesen hatte. Am allerschönsten wäre es, wenn Christina, seine beste Freundin aus dem Kindergarten, dort drüben leben würde. Christina war ein stilles Mädchen mit pausbäckigem Gesicht und lockigem Haar. Die Puppe, die sie stets in ihrer Tasche bei sich trug, hatte Zöpfe. Sie spielte immer mit zwei anderen Mädchen. Dann sprachen sie mit Erwachsenenstimmen. Cosimo konnte nicht verstehen, was sie sagten. Manchmal, wenn er sich etwas näher zu ihnen gesellte, damit er ihr Gespräch belauschen konnte, schrien sie: Geh weg, Ungeheuer! Nur Christina schrie nicht. Sie schrie nie, darum hatte Cosimo sie zu seiner besten Freundin erwählt. Wenn sie auf der anderen Seite wohnen würde, könnte er ihr winken.

Cosimo stellte sich vor, daß Christina und Pierino Geschwister waren und auf der anderen Seite der Straße wohnten und am Fenster nach ihm Ausschau hielten, so wie das Geschwisterpaar in seinem Adventskalender.

»Wink ihnen, Ted! Ich weiß, du kannst sie nicht sehen, aber sie sehen dich. Wink!«

Und Teddy Braun winkte.

»Wenn ich groß bin, komme ich mit der Hand bis dort oben hin und kann das Fenster öffnen. Dann können wir uns hinauslehnen und einen Teil des Marktplatzes sehen. Ich werde dich sehr gut festhalten, daß du mir nicht hinausfällst. Nun komm schon, wir müssen wieder hinunter.«

Sie kletterten hinunter, blieben kurz stehen, um das Foto zu betrachten. Cosimo hielt Teddy an die Brust gedrückt, strich ihm über den Kopf. Schlafe, mein Prinzchen...

Eine Tür schlug zu.

Cosimo erstarrte, preßte Teddy Braun ein wenig fester an sich und lauschte. Dann schlich er über den Teppich zurück, ohne zu spielen, lauschte und stahl sich auf Zehenspitzen über den Flur zum Alkoven, wo er sich unter dem Sofa versteckte. Weiße Füße gingen vorbei, den Saum eines weißen Bademantels hinter sich herschleifend, den Flur hinunter auf sein Zimmer zu. Das Bett fiel ihm wieder ein und Milena, die Waschmaschine im gelben Bad, und daß Milena gesagt hatte, er solle alles dort hinbringen. Das Herz klopfte ihm bis zum Hals, als er unter dem Sofa hinausglitt und laut rufend den Flur entlangrannte.

»Es tut mir leid, es tut mir soo leid! Milena hat gesagt... ich wollte doch... es tut mir soo leid...«

Der weiße Bademantel umfing ihn, er wurde hochgehoben. Die Dusche war eiskalt, dann kochend heiß und dann nur noch warm. Er versuchte das Handtuch, das ihn trockenrieb, zu streicheln, flüsterte: Es tut mir leid, aber das Schreien war so laut, daß er seine eigenen Worte nicht verstehen konnte. Cosimo weinte nicht. Er wurde den Flur hinuntergezerrt, hielt die Luft an, um sich nicht übergeben zu müssen. Plötzlich war alles ganz still, fliegende

Hände kleideten ihn an. Dann waren sie verschwunden. Er saß auf dem Bett, lauschte. Nach einer Weile schlich er hinaus und starrte auf die Flügeltüren am anderen Ende des Flurs. Sie waren nicht ganz geschlossen, ganz leise konnte er das Radio hören, also durfte er sich ruhig noch ein wenig näher wagen. Er hatte Angst, wollte zu seiner Mami.

Cosimo spähte ins Ankleidezimmer. Die Tür zum Bad stand offen, das Radio spielte, ein Mann sang. Eingehüllt in den weißen Bademantel, saß sie vor dem Frisiertisch, weit vorgebeugt starrte sie in den Spiegel. Cosimo wartete ein wenig, bis er hörte, wie sie das Lied mitsummte, das der Mann sang. Dann ging er hinein. Die Nase fast am Spiegel klebend, zupfte sie sich mit der Pinzette ein widerspenstiges Haar aus der Augenbraue und strich dann mit den Fingern über die dunklen Ränder unter den Augen.

»Sieh mich nur an!«

Cosimo sah, daß sie zu dem Gesicht im Spiegel sprach, nicht mit ihm, aber er ging ein wenig näher, streichelte ihren Arm: »Was hast du? Geht es dir schlecht?«

»Mir geht es schlecht, und ich bin schwanger.«

Cosimo wußte nicht, was das bedeutete. Er wartete, bis sie sich seinem Gesicht im Spiegel zuwandte: »Du wirst einen kleinen Bruder bekommen. Oder eine Schwester.« Sie drehte sich zu ihm um, umklammerte ihn fest. »Das darfst du aber niemandem erzählen, niemandem! Hast du das verstanden? Wage es ja nicht, auch nur ein Wort davon deinem Vater zu erzählen.«

Cosimo blickte so ernst wie möglich, um ihr zu zeigen, daß er es begriffen hatte: »Ich werde es niemandem verraten. Das verspreche ich«, flüsterte er leise. Sie hatte ihm noch nie zuvor ein Geheimnis anvertraut, und er wollte, daß sie weitersprach. »Wo kommt es her?«

»Aus meinem Bauch.«

Er schaute dorthin, wo der Gürtel den Bademantel zusammenhielt. »Wird es heute kommen?«

»Nein. Das dauert noch eine ganze Weile.«

»War ich auch in deinem Bauch?«

»Ja, und da war mir ebenfalls übel, so wie jetzt.«

»War das Jesuskind auch im Bauch seiner Mutter?«

»Aber ja. Gib mir die Schachtel mit den Kosmetiktüchern.«

»Bitte. Darf ich sie für dich öffnen?« Er öffnete die Schachtel ganz vorsichtig, während er sich vorstellte, wie Jesus und Cosimo mit spitzen Babyfingern von innen die Bäuche ihrer Mütter piekten und ihnen weh taten.

»Darf ich dich etwas fragen?«

»Red nicht so mit mir, fang gar nicht erst damit an. Frag schon!«

Sie cremte sich das Gesicht ein und streckte die Hand nach den Tüchern aus.

»Jetzt frag endlich! Wir sind spät dran.«

»Warum sind wir spät dran?«

»Wir gehen aus.« Aber sie beeilte sich nicht. Sie tupfte sich sehr langsam und sorgfältig die Creme aus dem Gesicht und begann dann, verschiedene Farben aufzutragen. Cosimo schaute ihr eine Weile zu und sagte dann: »Darf ich… es tut mir leid… darf ich auf deinem Schoß sitzen?«

»Nicht, während ich mich schminke.«

»Und danach?«

»Ich hab's dir doch schon gesagt. Wir gehen aus.«

Cosimo senkte den Kopf, stieß seiner Mutter leicht gegen den Oberarm und quengelte mit Babystimme: »Armes Cosimo-Baby, das arme Cosimo-Baby will seine Mami ...«, bis sie nachgab, den Arm hob und ihm gestattete, den Kopf an ihre Brust zu drücken. Sie lachte leise, aber dann entdeckte er im Spiegel, wie sie ihre Lippen anstarrte, die sie leicht geöffnet hielt, während sie sie mit dem roten Lippenstift nachzog. Er versuchte erst gar nicht, sie dazu zu bewegen, ihn ein wenig hin- und herzuwiegen, denn sie würde böse werden, wenn sie den Lippenstift verschmierte. Statt dessen fragte er das Gesicht im Spiegel: »Darf ich Großmutter morgen von meinem Baby-Bruder erzählen?«

»Untersteh dich!« Sie stieß ihn von sich fort, hielt seine Arme aber mit eisernem Griff fest. Ihr Gesicht war seinem ganz nahe, so rot wie der Lippenstift, die Augen glitzerten. »Hörst du, was ich sage? Du verrätst der alten Schachtel nichts von mir, kein Wort, niemals! Hast du das verstanden?«

»Ich verrate nichts, bestimmt nicht! Es tut mir leid! Es tut mir leid!« Ihre Nägel bohrten sich tief in seine Arme, dann ließ sie ihn los, schaute ihn nicht mehr an, nicht einmal mehr im Spiegel. Sie verschloß die Tiegel und Töpfchen mit den entsprechenden Deckeln, schlug auf das Radio, um es auszuschalten, und sagte: »Geh in dein Zimmer und warte. Ich muß mich anziehen. Und laß bloß den schmutzigen, alten Bären dort. Den nimmst du heute nicht mit.«

Cosimo stand in der hinteren Ecke neben der Tür, als seine Mutter aus einer Silberschale, die auf dem düsteren Bücherregal neben der Standuhr des toten Großvaters stand, den riesigen Schlüssel nahm. »Darf ich die Treppe runtergehen?« erkundigte sich Cosimo, während sie auf den Aufzug warteten.

»Nein.«

Cosimo mochte den Aufzug, besonders wenn sie nach unten fuhren. Er konnte den Knopf für das Erdgeschoß erreichen und selbst drücken, aber das große Treppenhaus mochte er noch lieber. Er mochte den Absatz auf halbem Weg nach unten, wo das andere Treppenhaus in das ihre mündete, und unten den gefliesten Flur, denn beide Male konnte er die zwei letzten Stufen hinunterspringen. Die Wand am Treppenabsatz schmückte das Bild eines riesigen Schildes mit Vaters Wappen, das sich zu ihm herabneigte, wie der Stein an der Hausfront von Großmutter, nur daß dieses Wappen hier schöner aussah, denn es leuchtete in bunten Farben. Während sie auf den Aufzug warteten, starrte er zu der kleineren Tür auf der anderen Seite des Flurs. Er hatte diese Wohnung nie betreten, aber er hatte die Frau gesehen, die dort wohnte, und einmal hatte sie ihn angelächelt, bevor sie die Tür schloß. Papa war bei ihm gewesen. Als er ihn fragte, ob er hineingehen und mit der lächelnden Dame Freundschaft schließen dürfe, hatte er nein gesagt. Sie sei eine Mieterin, eine Kunststudentin. Cosimo wußte, was eine Mieterin war, in Großmutters Haus auf dem Lande wohnten viele. Mieter waren Fremde. Das waren freundliche, ehrbare Menschen, sagte Großmutter, aber sie konnten sich nicht vernünftig ausdrücken. Er wußte nicht, was eine Kunststudentin machte, doch es mußte etwas Schönes sein, denn sie hatte sehr freundliche Augen. Zu dem Treppenhaus, das auf die andere Seite des Hauses führte, gehörten noch mehr Mieter, aber die grüßten nur seine Eltern. Cosimo sahen sie gar nicht. Der Aufzug kam.

»Darf ich auf den Knopf drücken?« Noch bevor sie antworten konnte, hatte er ihn bereits mit aller Kraft hinuntergedrückt. »Fahr nach unten«, befahl er ihm. Der Aufzug gehorchte. Vor lauter Freude hüpfte Cosimo auf und nieder. Unten in der düsteren Passage nahm er ihre Hand und ging neben ihr, den Kopf in den Nacken gelegt, damit er die kleine Glühbirne in der großen, eisernen Laterne anschauen konnte. Die Laterne machte ihm nur ein bißchen angst, längst nicht soviel wie die dunklen, drohenden Schatten und die Schritte, die auf dem rauhen Pflaster widerhallten. Selbst Lilla war es nicht ganz geheuer, wenn sie ihn abholen kam. Als Cosimo nach dem Grund fragte, meinte sie, die Haupteingangstür könne nicht wirklich die ganze Zeit offenstehen, nur wenn sein Vater zum Beispiel den Wagen aus dem Hof fahren wollte, sonst könnten sich Räuber einfach dort verstecken, bis es Nacht wurde. Cosimo stellte sich vor, daß die dunklen Schatten um ihn herum alles Räuber waren. Vielleicht war es ja ein Räuber gewesen, der Teddy Braun weh getan hatte, und nicht das Gespenst, und Cosimo hatte das bloß vergessen. Cosimo bekam eine Gänsehaut. Er umklammerte die Hand seiner Mutter, bis sie die kleine Tür erreicht hatten, die in eine der beiden großen Flügeltüren eingelassen war. Sie war von oben bis unten mit Metallverzierungen beschlagen, aber sie reichte nicht ganz bis auf den Boden, so daß man einen Schritt über die Schwelle machen mußte. Cosimo mochte das und er sah gerne zu, wie die Tür mit dem alten Eisenschlüssel, der größer war als ihre Hand, auf- und zugeschlossen wurde. Am besten aber gefiel es ihm draußen auf der Straße. Sie war schöner als die Straße, die er vom Salonfenster aus sehen konnte, denn hier waren mehr Menschen unterwegs und es gab mehr Geschäfte, sogar eines, das winzige Singvögel verkaufte. Sie hatten ein buntes Gefieder und zwitscherten in den Käfigen um die Wette. Wenn er einmal groß war, würde er nach unten gehen, ganz alleine, die Käfige öffnen, wenn der Mann gerade nicht hinschaute, und alle Vögel würden wegfliegen und in dem Park leben, wo er sie mit Lilla besuchen und füttern könnte. Er würde alle Kaninchen und Hundebabys aus den Käfigen freikaufen und sie mit hinaus aufs Land nehmen, wo sie die ganze Zeit im Freien spielen konnten. Er glaubte, daß sein Geld für alle reichen würde, aber ganz sicher war er nicht, denn als er Großmutter einmal gefragt hatte, sagte sie, er würde später einmal sehr viel Verantwortung tragen müssen. Dann sagte sie noch, sie hoffe, daß er das verstehe, und er sagte ja, aber er hatte es nicht verstanden.

»Können wir auf der anderen Straßenseite auf das Taxi warten? Dann kann ich solange die Kaninchen betrachten.«

»Nein, da kommt es schon.«

Das Taxi fuhr mit ihnen am Markt vorbei. Cosimo drückte die Nase an die Scheibe, versuchte Rodrigo zu entdecken, aber die vielen Menschen und Autos versperrten ihm die Sicht. Die einzigen Stände, die er sah, boten Kleidung in luftiger Höhe an. Sie passierten noch weitere Straßen und fuhren schließlich über den Fluß. Wenn man über den Fluß fuhr, konnte man den Himmel sehen. Heute war er wolkenlos und tiefblau. Die Häuser auf der anderen Seite glitzerten im Sonnenlicht und blendeten ihn.

Sie stiegen aus. Cosimo sah eine Treppe, die mit einem roten Teppich ausgelegt war, und einen Mann in Uniform und Menschen mit Koffern. Dann kam ein Stück glatter Fußboden, dann wieder Teppich. Es gab lange, weiße Tischtücher, Frauenbeine, keine Kinder. Cosimo wurde hochgehoben, er vernahm Stimmengewirr und die Frauen sagten: »Was für ein süßes, kleines Kerlchen! Ist er nicht niedlich?« »Diese großen, grauen Augen!« »Ganz der Vater!«

Sie schoben ihm hohe Kissen unter, so daß er an den Tisch heranreichen konnte. »Entschuldigen Sie bitte, könnte ich wohl einen Schluck Wasser haben?« fragte er höflich, wie Großmutter es ihn gelehrt hatte; aber niemand hörte seine Bitte. Ein Kellner kam und schenkte jedem am Tisch Wasser ein, doch es war so kalt und sprudelte so heftig, daß Cosimo es nicht trinken konnte. Es prickelte in der Nase. Cosimo war sich nicht sicher, ob er vielleicht ausgeschimpft werden würde, wenn er die Kohlensäure mit dem Löffel hinausrührte, so wie Milena es ihm gezeigt hatte. Er betrachtete all die Frauen am Tisch, die ihn längst wieder vergessen hatten. Er wußte, daß es unhöflich war, sie zu unterbrechen. Cosimo konnte noch immer die Kekse schmecken, die er mit Teddy Brown in der Küche gegessen hatte. Hätte er doch jetzt nur ein Glas warme Milch statt des eiskalten Sprudelwassers! Teddy Braun fiel ihm wieder ein, der unter dem Sofa im Alkoven auf Cosimos Füße wartete. Er würde Hunger haben. Auf dem Tisch standen jetzt die Horsd'œuvres, jeder nahm sich davon und jemand gab auch ihm einige. Der Lärm an seinem und den anderen Tischen war enorm. Cosimo legte die Hände an die Ohren, hielt sie zu, öffnete sie wieder, hielt sie zu, öffnete sie, so daß der Lärm zu einem Waahh-uuum-waah-uuum-waaah-Geräusch verschmolz.

»Hör auf damit und iß deinen Teller leer.« Eine große, weiße Serviette wurde ihm um den Hals gebunden.

Cosimo aß die Toastscheibchen. Eines mit Pilzen, eines mit Käse und Anchovis, eines mit rotem Kaviar, bei dem er nur so tat, als ob er es äße, das er aber rasch wieder ausspuckte, damit er sich nicht übergeben mußte. Er spuckte es hinter seiner Serviette aus, wo niemand es sehen konnte, aber allein der Gedanke daran verursachte ihm Übelkeit, und er mußte einen Schluck Wasser trinken, Kohlensäure hin oder her. Doch von der Kohlensäure mußte er husten, das Glas fiel um und das Wasser floß auf die Tischdecke. Er hielt die Luft an, schaute in all die Gesichter. Aber statt böse zu gucken, sagten sie alle nur wieder ›Liebes, kleines Kerlchen‹ und streichelten ihm über den Kopf. Jemand schenkte ihm neues Sprudelwasser ein. »Gibt es auch Spaghetti?« erkundigte er sich.

Niemand sagte, daß es unhöflich sei zu fragen.

»Aber ja, mein Kleiner, es gibt auch Spaghetti. Francesca, was ist mit dem zweiten Gang? Ich glaube nicht, daß mariniertes Wildschwein... haben wir Hähnchenfleisch? Niemand hat gewußt, daß er kommt, aber ich bin sicher, daß wir in der Küche etwas Passendes für ihn finden!...«

Sie erzählte ihnen, Lilla hätte sie versetzt. »Ist das nicht die kleine Amerikanerin?« erkundigte sich jemand. »Gut für sein Englisch. Zu meiner Zeit gab es nur englische Kindermädchen, aber jetzt sind es die Mädchen von der amerikanischen Schule und Au-pair-Mädchen natürlich. Ein unglückseliger Akzent. Die Zeiten ändern sich leider ...«

Hatte die Frau gesagt, Lilla sei klein? Sie ging doch schon in die Schule der Großen und war überhaupt nicht mehr klein.

Cosimo hatte Lust auf Spaghetti, aber er mußte sich noch sehr, sehr lange gedulden, bis sie kamen, denn die Frauen redeten und redeten und redeten. Dann wurden sie gebracht. Mit Fleischstückchen in der Sauce! Cosimo mochte nur Tomatensauce, dennoch begann er zu essen. Er aß lange Zeit daran, und die Spaghetti breiteten sich auf dem Teller aus, wurden mehr. Dann waren sie kalt. »Das reicht jetzt. Du mußt etwas Fleisch essen«, sagte sie. Der Kellner räumte alle Teller ab. Cosimo wollte kein Fleisch essen. Er mochte Fleisch nicht. Er wollte nach Hause gehen und mit Teddy Braun kuscheln, ihn trösten, weil er so schrecklich lange ganz allein unter dem Sofa hatte liegen müssen. Die Unterhaltung um ihn herum wurde lauter und lauter. Niemand sah, daß er wieder Waaah-uuum-waaah-uuum mit den Ohren machte. Dann tastete er mit der Hand unter der Serviette herum, um die Bissen, die er ausgespuckt hatte, vom Hemd zu klauben und unter den Tisch fallen zu lassen. Er streckte einen Zeh aus, versuchte den Boden zu erreichen, wollte nur ein wenig spielen und sich die Zeit vertreiben. Aber das gelang ihm nicht, ohne vom Kissen hinunterzurutschen. Im letzten Augenblick konnte er sich noch am Tisch festhalten und wieder zurück nach oben schieben. Er versuchte es mit dem anderen Fuß, vorsichtiger, aber jemand hielt ihn am Arm fest. Es war eine Dame mit steifem Haar und einer großen Brosche. »Mußt du vielleicht für kleine Jungs?« flüsterte sie ihm ins Ohr.

»Nein, danke.« Dann stellte der Kellner einen riesengroßen Teller mit braungestreiftem Hühnchen vor ihn hin. Cosimo schaute den Teller an, der größer als sein Gesicht war, nahm das riesige Silbermesser und die Gabel in die Hand und überlegte, was er tun sollte. Er konnte schon ganz alleine Fleisch schneiden, aber dieses Stück war sehr groß, und außerdem standen sehr viele Dinge auf dem Tisch, die alle umfallen könnten, wenn er etwas falsch machte. Wenn er doch nur Rodrigo das Fleisch geben könnte, oder wenn er es unter dem Tisch verschwinden lassen könnte wie die anderen Bissen, die er ausgespuckt hatte! Wenn die kleine Caroline in der Schachtel hier wäre, sie würde das Fleisch für ihn essen. Er zog das Hühnchen auf dem Teller mit dem Messer zu sich heran, nur ein wenig, und behielt dabei die aufeinander einredenden Gesichter im Auge. Dann noch ein wenig weiter und noch ein wenig, aber gerade, als das Fleisch fast in die Serviette gerutscht wäre, sagte jemand ganz leise ›Hoppala‹ und nahm ihm Messer und Gabel aus der Hand.

Zwei fremde Hände begannen das Hähnchen aufzuschneiden. Cosimo blickte auf, um zu sehen, wer hinter seinem Stuhl stand. Es war der Kellner, der die Spaghetti abgeräumt hatte. Schnell wie ein Zauberer schnitt er das Fleisch in schmale Streifen, legte sie wieder zu einem Stück zusammen und gab Cosimo die Gabel in die rechte Hand. »So ist es besser, nicht wahr? Und hier ist auch ein wenig Salat für dich.«

Cosimo wollte keinen Salat, er wollte überhaupt nichts mehr, aber er konnte versuchen, das Hähnchen unter dem Salat zu verstecken. Zuerst pickte er ein wenig vom Rand, aber er rührte die einzelnen Stücke nicht mit der Gabel an, denn sonst würde das Fleisch nur noch mehr werden und nicht mehr unter den Salat passen. Hühnchen mit braunen Grillstreifen war nicht so lecker wie im Ofen gebackenes. Es schmeckte bitter. »Möchtest du vielleicht ein wenig von dem Wildschwein versuchen?« fragte die Dame mit dem steifen Haar und der großen Brosche. Sie fragte, als verrate sie ein großes Geheimnis. »Nein, danke«, schlug Cosimo höflich aus. Das schlammfarbene Fleisch sah nicht gerade appetitlich aus. Die Frau kümmerte sich nicht weiter um Cosimo. Sie unterhielt sich schon wieder mit den anderen, noch bevor er danke gesagt hatte. Cosimo überlegte, warum sie hatte wissen wollen, ob er zur Toilette müsse. Und wo er gerade so darüber nachdachte, wäre er eigentlich ganz gerne gegangen. Aber jetzt konnte er nicht mehr zur Toilette, denn er hatte nein gesagt. Cosimo rutschte auf dem Stuhl herum. Warum nur unterhielten sich Erwachsene so schrecklich gern und warum waren nie Kinder da? Er legte den Kopf in den Nacken und starrte die Decke an. Keine Wolken und keine Cherubinen, keine Quadrate mit geschnitzten Rosetten, die er zählen konnte, eigentlich gar nichts, was sich anzuschauen lohnte, bis auf den Kronleuchter. Er schloß die Augen und sang ganz leise ein paar Zeilen von Ted, Bo-Ted.

»Cosimo.«

Er öffnete die Augen. Der Teller mit dem Hähnchen unter dem Salat war fort. Jemand hatte ihm ein großes Stück weichen Kuchen gegeben.

»Ich wette, du magst Kuchen, nicht wahr?« sagte die Dame mit dem steifen Haar. »Mein kleiner Junge mochte Kuchen viel lieber als Fleisch, genau wie du.«

»Kommt er her?« erkundigte sich Cosimo, während er ein großes Stück von dem Kuchen auf die Gabel spießte.

»Wie bitte? Aber nein, mein Lieber, er ist jetzt ein erwachsener Mann. Aber er mag noch immer Kuchen.«

Cosimo aß viel Kuchen, aber er schaffte es nicht, den Teller leer zu essen. In dem Kuchen war Eiscreme, und sein Mund wurde eiskalt. Er hätte jetzt gerne gefragt, ob sie heimgehen konnten, aber dann hätte er die Frauen in ihrer Unterhaltung unterbrechen müssen. Einige von ihnen rauchten jetzt, er konnte die Rauchwölkchen zur Decke aufsteigen sehen. Die rauchgeschwängerte Luft machte ihn müde und traurig. Am liebsten hätte er den Kopf neben den Teller auf das weiße Tischtuch gelegt, aber er traute sich nicht.

»Möchtest du noch ein wenig mehr?« Der nette Kellner war wieder da. Cosimo schüttelte den Kopf und schaute dem Kellner fest in die Augen. Es waren dunkle, traurige, gleichzeitig aber auch sehr freundliche Augen, und er hatte eine schöne, sanfte Stimme.

»Nein, herzlichen Dank. Darf ich Sie bitte etwas fragen?«

»Aber natürlich.«

»Würden Sie mir bitte zeigen, wo die Toilette ist?«

»Sehr gerne, mein Herr«, antwortete der Kellner. Er sah vollkommen ernst aus, aber seine Augen blitzten vor Lachen. Warum? Cosimo hatte ganz freundlich gefragt, so wie Großmutter es ihn gelehrt hatte. Der Kellner zog für ihn den Stuhl zurück. Cosimo entschuldigte sich bei seinen Tischnachbarinnen, während er von den Kissen hinunterglitt, aber die beachteten ihn gar nicht. Gemeinsam liefen sie an all den Tischen vorbei, zurück zu dem Flur mit dem glatten Boden. Cosimo mußte rennen, um Schritt halten zu können.

»Haben Sie auch einen kleinen Jungen?«

»Ich habe zwei und noch ein kleines Mädchen.«

»Werden sie kommen, damit ich mit ihnen spielen kann?«

»Heute nicht.«

»Warum kommen sie heute nicht?«

»Hier ist es. Kommst du alleine zurecht?«

»Ja. Ich bin schon fünfeinhalb. Danke sehr.«

Cosimo kam alleine zurecht. Allerdings konnte er den Seifenspender nicht erreichen, um sich die Hände zu waschen. Aber er kam an die Maschine heran, die die Hände mit Luft trocknete. Und er wußte, was er tun mußte, damit sie anging. Das hatte er im Krankenhaus gelernt, während er auf Tante Matty wartete, als seine Mami für lange, lange Zeit schlafen gegangen und sein Papa nach Hause gekommen war.

»Zwei, zwei, null, sieben, null, sieben, acht. Ted, Ted, Bo-Ted ...«

Draußen im Flur bekam er Herzklopfen. Hatte der Kellner gesagt, daß er links oder rechts abbiegen müsse? Er konnte sich nicht erinnern. Dann entdeckte er den Tisch mit den Blumen und rannte den ganzen Weg zurück. Sie tranken Kaffee, und die Luft war voller Rauch, aber sie redeten nicht mehr soviel, denn eine dicke Dame hatte sich erhoben und sprach zu allen. Cosimo blieb nahe bei der Tür, hinter einem der Tische, verhielt sich still, um nicht zu stören. Die Damen in seiner Nähe waren nicht still, sie flüsterten miteinander.

»Ja, schon gut, aber wer ist *sie* eigentlich?«

»Die Tochter irgendeines Generals, glaube ich.«

»Carabinieri, natürlich.«

»Armee.«

»Tatsächlich? Aber niemand, den man kennen muß, oder?«

»Niemand Besonderes. Hat sich ein kleines Haus auf dem Gut gebaut, als er sich aus dem Berufsleben zurückzog. Es heißt, seine Tochter habe sich eine Weile lang um die Finanzen des Guts gekümmert – nun ja, er war erst sechsundvierzig, ich habe gehört, daß nicht nur seine Mutter, sondern sogar der Erzbischof höchstpersönlich ...«

Sie sprachen nicht über die fette Dame. Cosimo verstand nicht, was sie sagten, aber er wußte, von welchem General sie sprachen, denn auf dem Nachttisch seiner Mutter stand sein Foto. Das war der andere tote Großvater. Aber der hatte keine Standuhr gehabt, sondern eine Uniform und freundliche, traurige Augen, wie die des netten Kellners. Dann klatschten alle Beifall, und Cosimo eilte an seinen Platz. Die Dame mit dem steifen Haar und der Brosche stand auf.

»Vielen Dank, Prinzessin. Und jetzt wird unsere neue Sekretärin – darf ich Francesca sagen? ...«

Sie klatschten wieder. Als seine Mutter aufstand, glaubte Cosimo, daß sie jetzt heimgingen, aber da begann sie ebenfalls, eine Rede zu halten. Die Dame mit dem steifen Haar hatte sich wieder hingesetzt. Sie schaute Cosimo an, einen Finger auf den Lippen, genau wie Guido über Cosimos Bett.

Er wartete lange, verhielt sich ganz still, und dann, ganz plötzlich, berührte eine Hand seinen Kopf, sachte, und Foto-Mami schaute auf ihn herab. Cosimo riß die Augen weit auf und lächelte sie so freundlich an, wie er konnte. Er fühlte, wie er an das rote, weiche Kleid gedrückt wurde.

»Wenn ich es nicht schon aus tausenderlei anderen Gründen für meine Pflicht hielte, diesen unglücklichen, behinderten Kindern zu helfen, so müßte ich es allein deswegen tun, um Gott für das Glück zu danken, diesen prachtvollen, gesunden Sohn haben zu dürfen.« Alle klatschten und wiederholten, was für ein niedlicher, kleiner Kerl er doch sei. Cosimo streckte sich, um Foto-Mami fest zu umarmen, schloß die Augen, als seine Wangen die zarte Haut streiften, nach der er sich so sehr sehnte. Dann wurde er hochgehoben und geküßt und war glücklich. Als er wieder Boden unter den Füßen spürte, klammerte er sich weiter an ihr fest, aber sie löste seine Hände und band ihm die Serviette ab. »Wir gehen. Leg die schön zusammen, sei ein braver Junge.«

Cosimo war ein braver Junge und dachte daran, was Großmutter ihn gelehrt hatte. »Das bin ich, schau. Ich knülle sie nur ein wenig zusammen, damit man sieht, daß sie benutzt ist, und der Kellner sie mitnehmen kann.« Er bemerkte, daß ihm alle zuhörten und dabei lächelten. Er wollte ihnen zeigen, wie groß er schon war. Und sprach so laut und so deutlich er konnte: »Es gehört sich nicht, schmutzige Servietten zusammenzulegen und wieder in den Ring zu schieben. Das machen nur gewöhnliche Leute. Hat Großmutter gesagt.« Er schaute beifallheischend in die Runde, wartete, daß sie wieder ›niedlicher, kleiner Kerl‹ sagten, so wie vorhin, weil er alles richtig gemacht hatte. Aber sie schauten weg, und ein harter Griff zog ihn vom Tisch weg, Foto-Mami war verschwunden.

Im Taxi war sie böse mit ihm, aber sie schimpfte nicht. Cosimo spähte aus seiner Ecke zu ihr hinüber, um zu sehen, ob sie schimpfen wollte, aber er glaubte, daß sie weinte. Er wußte, daß er schuld war, aber er verstand nicht, was er falsch gemacht hatte. Es mußte was damit zu tun haben, daß er ›gewöhnliche Leute‹ gesagt hatte. War das ein schlechter Ausdruck? Aber das konnte es kaum sein, da Großmutter ihn benutzt hatte. Er hatte sich solche Mühe gegeben, brav zu sein. Cosimo rutschte zu ihr hinüber, stupste mit dem Kopf gegen ihren Arm, wollte Baby-Cosimo sein. Aber sie öffnete die Tasche, suchte nach einem Taschentuch, um sich die Nase zu putzen, und stieß sein Gesicht mit dem Ellbogen fort.

Zu Hause ließ sie die Handtasche auf einen Stuhl im Flur fallen. »Geh spielen. Ich brauche ein wenig Ruhe.«

Tick... Tack... Er rannte hinter ihr her, wollte mit der Uhr des toten Großvaters nicht alleine bleiben, aber die hohen Absätze klackerten schnell auf dem Boden des langen Flurs davon, er konnte sie nicht einholen. Die Türen zu ihrem Schlafzimmer schlugen zu. Cosimo blieb stehen. Wo sollte er hin? Die Türen zum Eßzimmer standen offen, aber er hatte Angst, daß ihn der Geruch zu traurig machen würde. Da fiel ihm Teddy Braun im Alkoven wieder ein.

»Ich bin hier, Ted. Alles ist gut. Jetzt ist alles wieder gut.« Er ging runter auf die Knie, glitt unter das Sofa und fand Teddy Braun. »Du bist jetzt nicht mehr allein. Ich bin wieder da. Du bist nicht allein.« Mit laut klopfenden Herzen schmiegten sie sich eng aneinander, Teddy Braun ohne Augen, Cosimo mit geschlossenen Augen. »Wo sollen wir hin, Ted? Wo möchtest du hin?« Cosimo glaubte nicht, daß Ted im Wohnzimmer aus dem Fenster schauen wollte, denn bis die Geschäfte um vier Uhr wieder aufmachten, lag die Straße ganz bestimmt wie ausgestorben da, und er wußte nicht, wie spät es war. Das Eßzimmer könnte besser sein, selbst wenn sich der alte Mann im Garten ausruhte wie seine Mami, so war vielleicht wenigstens Ginger da. Aber da war dieser traurige Geruch. Dann fiel ihm ein, daß morgen Sonntag war und er Daisys Tasche fertigmachen mußte. Cosimo krabbelte unter dem Sofa hervor und rannte in die Küche, preßte Teddy Braun vors Gesicht, damit der tote Großvater ihn nicht sehen konnte.

»Du kannst ihn nicht sehen, Ted, also kann er dir auch keine Angst machen.«

In der Küche setzte Cosimo Teddy Braun an den Tisch und zog die Schublade auf, in der Milena gebrauchte Tragetaschen aus dem Supermarkt ordentlich zusammengefaltet aufbewahrte. Er wählte eine mit einem bunten Obstbild und sah dann in den Kühlschrank.

Du darfst nur die Reste auf der linken Seite vom Gemüsefach nehmen, hast du das verstanden?

Ja, und ein paar Zuckerstückchen.

Aber nur ein paar.

Im Gemüsefach auf der linken Seite fand er ein paar Möhrenstrunke und drei ganze Möhren, die ein wenig weich geworden waren, und zwei schrumpelige Äpfel, die Torquato vom Markt Milena extra für Cosimo und Daisy gegeben hatte. Cosimo nahm fünf Zuckerstückchen aus der Dose im Schrank neben dem Kühlschrank, legte dann aber lieber zwei wieder zurück, falls Daisy davon tatsächlich Würmer bekommen sollte. Als er sich vorstellte, wie Daisy den ganzen Tag mutterseelenallein in der übelriechenden Dunkelheit mit den Nüstern an den eisernen Gitterstäben stand, wurde ihm so eng ums Herz, daß er kaum noch atmen konnte.

»Ich komme, Daisy. Morgen komme ich und bringe dir Karotten und Äpfel und Zucker. Und eines Tages, wenn ich groß genug bin, daß ich so hoch hinaufreichen kann, werde ich dich draußen im Sonnenschein spielen lassen, wenn Vittorio nicht da ist.«

Cosimo verstaute den Zucker zusammen mit den Möhren und den Äpfeln in der Tragetasche und stellte sie dann zurück in den Kühlschrank, wie Milena es ihm gesagt hatte, damit die Sachen bis zum nächsten Tag nicht verdarben.

»Das wäre erledigt«, erklärte Cosimo, Milenas Stimme nachahmend. Dann fiel ihm wieder ein, daß Teddy Braun Stunden um Stunden unter dem Sofa zugebracht hatte, einsam und allein wie Daisy. Wie konnte er ihn ein wenig aufmuntern?

»Ich weiß! Wir trinken zusammen ein Glas Milch.«

Armer, kleiner Kerl! Armer, kleiner Kerl! Das sagte Milena immer zu Cosimo.

Darf ich dich was fragen? Kann ich ein Glas Milch haben?

Armer, kleiner Kerl! Bestimmt hast du kein Frühstück bekommen.

Doch, Milena, du hast es mir gemacht.

Habe ich nicht.

Doch, ich habe gefrühstückt. Ganz bestimmt. Du hast es nur vergessen, Milena.

Nun ja, wenn das so ist, dann kannst du jetzt nicht schon wieder Milch haben wollen, oder?

Ich hätte aber gerne welche. Bitte, Milena, bitte, bitte.

Sie schenkte ihm bereits ein Glas ein. Aber eigentlich wollte Cosimo überhaupt keine Milch. Er wollte nur, daß Milena ihm ein Glas einschenkte, ihm über den Kopf strich und ihm erlaubte, sich an den Küchentisch zu setzen, und ihm von dem kranken Herzen ihres Mannes erzählte, während sie das Geschirr vom gestrigen Abend spülte und die Sauce für die Pasta vorbereitete.

Er muß mindestens fünfzehn Kilo abnehmen, aber er hört nicht auf den Arzt. Ich habe ihn gefragt, wie er sich das vorstellt, wie ich wohl zurechtkommen soll, wenn er im Krankenhaus landet.

Und wie wirst du zurechtkommen, Milena?

Im Kühlschrank standen zwei große Packungen Milch, aber keine war offen. Vorsichtig holte Cosimo eine heraus und stellte sie auf den Tisch. Er hatte gesehen, wie Milena die Packungen öffnete, und wußte, daß man die beiden Kartonecken oben auseinanderziehen mußte, aber als er es versuchte, gelang es ihm nicht, weil er nicht so hoch auf den Tisch hinaufreichen konnte.

»Kein Problem, Ted. Ich hab schon eine Idee, wie es geht.« Er hatte einmal gesehen, was Amadeo in Großmutters Weinkeller gemacht hatte, als sich ein Korken nicht herausziehen ließ. Er nahm die Packung vom Tisch herunter und klemmte sie sich zwischen die Knie. So hatte er sie in bequemer Reichweite und gleichzeitig fest im Griff. Cosimo zog die beiden gegenüberliegenden Enden der Packung vorsichtig auseinander.

»Sieh nur, Ted, das funktioniert wunderbar!« In dem Moment aber, als die Packung endlich aufging, gab sie unter dem Druck seiner Knie nach, und die ganze kalte Milch schoß in einer hohen Fontäne heraus und floß überallhin. Cosimo sprang erschrocken auf und ließ die Packung fallen. Die Schuhe waren voller Milch, die Hose war naß, und auf dem Boden glänzte eine große Milchpfütze. Er hob die Packung auf. Ein kleiner Rest war noch darin, aber er traute sich nicht mehr, davon noch etwas zu trinken. Er stellte die Packung zurück in den Kühlschrank und überlegte, was nun zu tun war. Cosimo wußte, daß in Milenas großem Schrank Wischmops standen. Er holte einen heraus, aber als er versuchte, die Milch aufzuwischen, verteilte er sie nur noch weiter, und die Milchpfütze wurde größer und größer. Er stellte den Mop zurück in den Schrank. Milena würde ihn saubermachen, wenn sie wiederkam. Manchmal war Milena wütend, zum Beispiel, als Papa ihr gesagt hatte, sie dürfe den Teppich im Salon nicht saugen, aber sie schimpfte nie mit Cosimo.

Cosimo nahm Teddy Braun und versteckte sich hinter ihm, als er an der Eingangstür vorbei den Flur hinunter zum Eßzimmer flitzte. Wenn sie Gäste eingeladen hatten, benutzte Milena zum Servieren eine besondere Küchentür, die zu einer Vorratskammer und von dort aus durch eine Art Geheimtür direkt ins Eßzimmer führte. Wenn sie diesen Weg nahm, konnte der tote Großvater sie nicht sehen. Cosimo mochte die Geheimtür. Im Eßzimmer fiel sie überhaupt nicht auf, denn sie war mit der gleichen Tapete überklebt wie die Wand. Man mußte schon genau hinschauen, um den kleinen Messinggriff zu erkennen. Aber wenn sie keine Gäste hatten, war die Tür verschlossen. Cosimo wußte, warum das so war. In der Vorratskammer lagerten die Weinflaschen, die sie von Großmutter mitgebracht hatten, und Milena würde sie sonst stehlen. Er wußte allerdings nicht, weshalb Milena sie stehlen sollte. Milena trank keinen Wein, weil sie davon rote Flecken im Gesicht bekam. Vittorio allerdings stahl Großmutters Wein. Cosimo hatte gesehen, wie er eine große Flasche unter seinem weiten Mantel versteckt hatte, als er nach Hause ging.

In der Mitte des Eßzimmers blieben Cosimo und Teddy Braun stehen. Der traurige Erwachsenengeruch war wirklich durchdringend.

»Komm, wir schnüffeln ein wenig an uns, Ted.« Und sie drückten die Nasen aneinander und trösteten sich mit ihrem eigenen Geruch. Eng umschlungen kletterten sie zum linken Fenster hoch.

»Ginger, komm schon, bitte, komm doch, Ginger.«

Ginger lag nicht auf der Mauer neben der Schale mit den Stiefmütterchen. Sie schlich auch nicht zwischen den Blumentöpfen in den Gewächshäusern herum.

»Vielleicht ist sie nur ein wenig Milch trinken gegangen, Ted. Wir sagen ihr, daß sie nach hier oben kommen und die ganze Milch vom Küchenboden aufschlecken kann. Das wäre toll ... und Pierino soll auch kommen, dann können wir alle zusammen spielen.« Das war eine wirklich tolle Idee, und Cosimo malte sich eine ganze Weile lang aus, wie sie alle vier zusammen spielen und lachen würden. Dann würden sie Lilla besuchen und auf dem gemütlichen roten Teppich Brote mit Erdnußbutter essen. Sie spielten stundenlang miteinander, und Cosimo und Teddy Braun drückten sich und kuschelten miteinander und lachten und winkten ganz vielen Phantasiemenschen unten im Garten zu.

Aber dann konnte Cosimo nicht einmal mehr die Phantasiemenschen sehen. Er setzte Teddy Braun auf die Fensterbank und preßte die Stirn gegen die Scheibe. Alles sah traurig aus. Die wenigen Blätter, die noch in dem dichten Rebengewirr hingen, glänzten dunkel. Sie mußten naß sein. Regnete es? Nichts rührte sich, nicht einmal das tote Laub. Cosimo konnte den Himmel nicht sehen. Wegen der riesigen Traufen erreichte der Regen die Scheiben nicht. Selbst wenn er bis dort hinaufreichen und das Fenster hätte öffnen können, den Regen hätte er nicht spüren können. An den Kieswegen konnte er auch nichts erkennen. Es wurde dunkler und dunkler, und nach und nach verschwand der Garten in trübem Nebel.

»Ginger...« Aber Ginger kam nicht. Der Garten – ein trübseliger Anblick. Drüben in Gingers Haus leuchtete ein schwaches Licht. Cosimo beobachtete es, damit er von seinem Platz am Fenster winken konnte, falls er jemanden entdeckte. Aber er entdeckte niemanden. Dann schlossen sich die Rollos, das Licht verschwand, alles war wieder dunkel. Die trübe Dunkelheit lastete schwer, lastete auf seiner Brust, ließ den Kloß in seinem Hals anschwellen. Cosimo blieb mäuschenstill sitzen, hatte Angst, sich zu bewegen, starrte auf den Boden. Der dunkle, nasse Garten war traurig anzusehen, aber das Zimmer hinter ihm war dunkler, und das war viel schlimmer. Furchterregend. Ein leises Wimmern drang aus seiner Kehle. Ungewollt. Er würde nicht weinen, denn Weinen tat man mit Absicht, es sei denn, man hatte sich wirklich böse den Kopf gestoßen und bekam keine Luft mehr, bis man zu weinen anfing.

»Nicht weinen, Ted. Und du weinst auch nicht.« Teddy

Braun weinte nicht. Wieder stieg dieses dumpfe Wimmern in seiner Kehle hoch. Cosimo drückte Teddy Braun so fest an seine Brust, daß es weh tat. Er wollte vom Fenster hinunterklettern und durch das große, düstere Eßzimmer in den Flur gehen. Aber er wußte, daß er das nicht konnte. Wenn er es bis zu seinem Zimmer schaffen würde, da stand eine Lampe hinter seinem Adventskalender, die er ohne fremde Hilfe anmachen konnte. Aber die Lampe war nur ein Nachtlicht, und überall im Zimmer würden Schatten tanzen. Sie mußte ihm immer versprechen, das Nachtlicht anzulassen.

Die ganze Nacht.

Die ganze Nacht. Versprochen.

Aber in den Nächten, wenn das Gespenst kam, ging es immer aus. Man konnte sich nicht darauf verlassen. Die Lichtschalter waren alle so hoch, daß er auf einen Stuhl klettern mußte, um sie zu erreichen, im Dunkeln... und vom Schalter trennten ihn das dunkle, nach Erwachsenen riechende Eßzimmer und der lange, dunkle Flur.

Wieder ertönte dieses klagende Wimmern, fast schon ein Heulen. »Ich weine nicht, Ted.« Doch da war es schon wieder. Dann dachte Cosimo an den Alkoven, daran, daß sie sich unter dem Sofa in Sicherheit bringen könnten, an die Lampe auf dem kleinen Tischchen neben dem Telefon. Der Alkoven lag näher als sein Zimmer. Aber wie sollten sie nur hier hinauskommen? Im Dunkeln roch es in dem Zimmer noch durchdringender. Zigarren und Putzlappen mit übelriechender Silberpolitur, das war alles. Sagte Milena. Tagsüber machte es ihn nur traurig, aber wenn es dunkel war, jagte es ihm Angst ein.

»Zwei, zwei, null, sieben, null, sieben, acht.«

Merk's dir, Cosimo. Kannst du dir das merken?

Ja.

»Zwei, zwei, null, sieben, null, sieben, acht. Ich kann dich hinbringen, Ted. Ich möchte dich in Sicherheit bringen, aber im Dunkeln kann ich das nicht. Ich halte dich, bis jemand kommt. Wenn doch nur endlich jemand käme.« Wenn Papa käme, würde er alle Lichter anmachen. Er hat vor nichts Angst. Aber Papa würde erst am Sonntagabend kommen, und jetzt war es Samstag. Das Heulen begann wieder.

»O Ted, ich muß dich unters Sofa bringen, aber ich kann es nicht. Was sollen wir nur machen?«

Cosimo faßte einen Entschluß. Er mußte tapfer sein und Ted retten. Vorsichtig ließ er sich von den Stufen am Fenster auf den Marmorfußboden gleiten. Mit einer Hand versuchte er zu ertasten, wo genau er sich befand. Wenn man die Augen ganz fest zusammenkniff, kann man so tun, als würden überall die Lichter brennen. Und wenn man sie wirklich ganz, ganz fest zusammenkniff, dann sah man sogar Lichter, kleine, zappelnde Lichtstreifen und Punkte, und es fühlte sich überhaupt nicht mehr dunkel an.

»Wenn man blind ist, sieht man dann immerzu diese Punkte, Ted?« Cosimo richtete sich auf, hielt eine Hand weit ausgestreckt vor sich und tappte langsam vorwärts. Der Weg war sehr, sehr lang. Dann tastete er nach der Tür. Aber da war keine Tür. Keine Tür, keine Wand. Er versuchte es in alle Richtungen, wandte sich hierhin und dorthin, aber da war noch immer keine Tür, und er wußte nicht, in welche Richtung er ging. Der Raum schien ziemlich leer zu sein. Er duckte sich, machte sich ganz klein vor Angst, stürmte nach vorn und stieß sich den Kopf an einer Ecke. Bums!

Vor lauter Schmerz blieb ihm die Luft weg. Cosimo wartete mit zusammengekniffenen Augen und beinahe platzender Brust darauf, daß er weinen mußte.

»Cosimo!«

Mami! Licht!

»Was um Himmels willen tust du hier?« Sie zerrte an seinem Arm, hob ihn vom Boden hoch. Roter Zorn umwaberte ihn. Er rannte und rannte, um mit ihr Schritt zu halten, versuchte zu sagen, daß es ihm leid täte, aber die rasenden Schmerzen von der Beule an seinem Kopf nahmen ihm die Luft zum Atmen, er konnte nicht sprechen. Sie bogen um die Ecke, Teddy Braun verschwand aus seinem Arm, flog gegen die Uhr des toten Großvaters. »Das verdammte Ding gehört in den Müll!« Blind, mit zerschmetterten Knochen! Hilfe! Die Küche.

»Was ist denn hier passiert? Was um Himmels willen hast du nun schon wieder angestellt? Du hattest ein Mittagessen mit vier Gängen, von denen du die Hälfte nicht angerührt hast, und trotzdem kannst du mir nicht einmal die kleine Verschnaufpause bis zum Tee gönnen? Erzähl mir jetzt bloß nicht, daß du Hunger hattest!«

Heftiger Widerspruch tobte in Cosimos Brust. »Hatte ich ja auch nicht, ich war nicht hungrig. Ich hatte Durst und habe nur versucht, die Packung aufzumachen, aber sie ist mir umgefallen. Es tut mir leid. Es tut mir wirklich leid!« Draußen im Flur lag Teddy Braun, verletzt, aber immerhin brannte Licht. Cosimo wollte Foto-Mami wiederhaben. Angst schüttelte ihn so heftig, daß ihm das Mittagessen hochkam. Sie rannten wieder, ins gelbe Bad, Schuhe und Kleider wurden ihm vom Leib gerissen, das Bad loderte rot, Schimpfen, Schreien, Schimpfen...

»Und wage ja nicht, morgen deiner verdammten Großmutter etwas vorzujammern!«

»Das werde ich nicht, ich werde nicht jammern, es tut...« Er wollte sagen, daß es ihm leid tat, aber da wurde er schon hochgehoben und in die Badewanne gestellt. Die Handbrause über den Füßen, kalt, heiß, kochend heiß. Das Mittagessen kam ihm ein zweites Mal hoch, Cosimo schluckte und schluckte, damit sie es nicht sah. Er würgte, wurde wieder hochgehoben. Sein Hinterteil landete auf einem Handtuch, das auf einem Hocker lag. Er schrie, brüllte, so sehr schmerzten seine Füße, als sie sie abtrocknete. Er wollte nicht weinen, aber seine Füße schrien und heulten von ganz allein.

»Hör auf damit! Hör auf! Um Himmels willen!« Sie hatte die knallroten Füße entdeckt. Alles war rot und schrie. Er baumelte über der Badewanne, das Wasser machte die Füße ganz kalt. Wieder schoß ihm das Mittagessen hoch und dieses Mal gelang es ihm nicht, es noch einmal hinunterzuwürgen. Er preßte die Hand fest auf den Mund, aber das Erbrochene drang durch die Nase, lief das Kinn und den Hals hinunter. Mehr und mehr brach aus ihm heraus, vermischte sich mit dem Wasser an den Füßen. Sie ließ ihn los.

Er rutschte aus und platschte ins kalte Wasser auf das Hinterteil. Die Füße taten ihm weh, Erbrochenes steckte im Hals und in der Nase fest, zwang ihn zu würgen. Absichtlich brach er in heftiges Weinen aus, reckte die Arme hoch, wollte getröstet werden. Aber sie weinte auch, nicht weniger heftig als Cosimo, hockte zusammengesunken auf dem Handtuch, als sei sie ein hilfloses, kleines Mädchen. Cosimo bekam noch mehr Angst, schluchzte und heulte lauter und lauter, damit er sie nicht weinen hören mußte, aber sie hörte einfach nicht auf. Wütend stieg er aus der Badewanne, bearbeitete hemmungslos mit den Fäusten ihre Knie, die Arme, den gesenkten Kopf, schrie sie an, sie solle endlich mit dem Weinen aufhören und sich um ihn kümmern.

Sie schlug nicht zurück, schien seine Fäuste gar nicht zu spüren, wie heftig er auch auf sie einschlug. Sie rührte sich einfach nicht. »Ich halte das nicht länger aus!« stöhnte sie. »Warum hilft mir denn niemand? O mein Gott…« Sie redete nicht weiter, ließ den Kopf auf die Knie sinken. Cosimo hörte auf zu schlagen. Würgereiz schüttelte ihn, das Gesicht brannte ebenso heftig wie die Füße. Er wartete, betrachtete das lockige Haar, das über ihre Knie fiel. Nach einer Weile streichelte er es, berührte es nur ganz sachte, damit es sie nicht störte, so wie er eine fremde Katze streicheln würde, die möglicherweise kratzte.

»Hol mir meine Tabletten«, befahl sie ihm mit gesenktem Kopf, so daß er kaum verstehen konnte, was sie sagte.

Cosimo rannte, der Marmorboden kühlte seine brennenden Füße. In ihrem Schlafzimmer brannte Licht. Er ging zum Bett, sah auf der einen Seite die zurückgeschlagene Tagesdecke, auf der anderen Seite den Abdruck ihres Kopfes auf dem Kissen. Auf dem Nachttisch standen eine Lampe, die einer blühenden Blume glich, eine Karaffe Wasser mit passendem Glas und ein Silberrahmen mit dem Foto des

Generals. Keine Tabletten. Cosimo wußte, wo er suchen mußte. Er öffnete die kleine Schublade des Nachttisches. Ganz hinten lag eine kleine braune Flasche. Er schüttelte sie, wie Tante Matty es ihm gezeigt hatte...

Und wenn sie leer war...

Sie war nicht leer. Sie war voll. Er legte sie zurück an ihren Platz. Dann nahm er den Streifen mit den Tabletten gegen das Weinen und lief zurück.

Sie riß ihm die Tabletten aus der Hand, schluckte ein paar.

»Du hast sie ohne Wasser genommen...«

»Sie sind winzig. O Gott, mein Kopf...« Sie stand auf, beugte sich über das Waschbecken, benetzte das Gesicht mit Wasser und trocknete es mit einem kleinen, weißen Handtuch, das davon lauter häßliche, braune Flecke bekam. Sie betrachtete sich im Spiegel. Dann hob sie Cosimo hoch, setzte ihn wieder auf das Badelaken und griff nach seinen kalten Füßen.

»Tut's noch immer weh?«

»Ja.«

»Das kalte Wasser verhindert, daß du Blasen bekommst. Das kommt schon wieder in Ordnung.« Sie trocknete ihn rasch ab, vorne, die Rückseite von Armen und Beinen blieben naß. »Zieh deinen Schlafanzug an. Dann essen wir etwas. Ich habe Hunger.«

Cosimo holte sich einen sauberen Schlafanzug aus dem Schrank, wie Milena es ihm gezeigt hatte, und zog ihn an. Die Pantoffeln standen noch in seinem Zimmer, aber das kümmerte ihn nicht weiter, denn der kalte Boden tat seinen Füßen gut.

Sie ging mit ihm in die Küche, normal, zerrte ihn dieses Mal nicht hinter sich her, so daß er sich – selbst als sie mit ihrem spitzen Absatz auf Teddy Braun trat – unbeirrt rechts von ihr hielt, um möglichst viel Abstand zwischen sich und dem toten Großvater zu bringen.

Tut mir leid, Ted, entschuldige. Aber er sprach es nicht aus. Helles Licht leuchtete in der Küche auf, die Milchpfütze war verschwunden. Sie begann sich einen Salat zu machen.

»Hast du Hunger?«

»Ein bißchen…«

»Setz dich. Was willst du essen?«

»Ich hätte gerne meine Milch, wie Milena sie immer macht, und ein paar Kekse zum Eintunken.«

Er wartete darauf, daß sie ihm die Bitte abschlug, daß er essen müsse, was auf den Tisch komme, wie bei Großmutter, aber sie tat es nicht. Sie wärmte die restliche Milch aus der geöffneten Packung, rührte bedächtig das Pulver hinein, lehnte sich dabei gegen die Spüle und schaute nachdenklich aus dem kleinen Fenster. Hin und wieder schluchzte sie leise seufzend.

Cosimo wartete lange, beobachtete sie. Wenn man groß genug war, um aus dem Fenster dort zu schauen, hatte Milena gesagt, konnte man den Hof hinter der dunklen, gefliesten Passage sehen und Papas großes, schwarzes Auto. Das Auto stand jetzt dort, denn Papa war mit dem Flugzeug geflogen.

Wohin fliegst du?

Nach London.

Du fliegst immer nach London.

Ja.

Kann ich mitkommen?

Nein. Du bist krank.

Wenn es mir wieder bessergeht, darf ich dann mitkommen? Bitte, Papa, bitte, nimm mich mit.

Nein.

Sie rührte und rührte seine Milch und starrte unverwandt nach draußen. Bestimmt war die Milch inzwischen wieder eiskalt, dabei hatte sie noch immer nicht die Kekse heruntergeholt. Cosimo wartete. Sie mußte die Kekse vergessen haben. Er beobachtete sie, sagte nichts. Sie setzte sich, sah ihn ganz komisch an, als wüßte sie nicht, wer er war. Cosimo wollte, daß sie ihn richtig ansah, wollte um den Tisch herumgehen und ganz nah bei ihr sein, Baby-Cosimo sein. Er wagte es nicht.

»Willst du deinen Salat nicht essen?« erkundigte er sich statt dessen.

»Ich habe keinen Hunger.« Sie verzog das Gesicht zu einer seltsamen Grimasse. Große Tränen kullerten die Wangen hinunter. Cosimo wollte nicht, daß sie weinte. Es machte ihm angst. Er begann ebenfalls zu weinen.

»Was hast du denn?«

Cosimo wußte nicht, was er darauf antworten sollte. »Die Füße tun mir weh«, sagte er deshalb.

Sie stand auf, schluchzend, ging an den Kühlschrank, um Eis zu holen. Cosimo mochte das Eis, denn statt echter Würfel aus einer Schale wie bei Lilla hatten sie das Eis in winzigen Plastiktüten, die die Form eines Fisches hatten. Papa fand das albern, und er schimpfte deswegen. Nicht einmal für seinen Whisky nahm er das Wasser aus dem

Kühlschrank. Großmutter stellte auch nie Wasser in den Kühlschrank.

Es ist auch so kalt genug. Eisgekühlte Getränke sind nicht gut für dich.

Cosimo wußte, daß sie recht hatte. Wenn er eisgekühlte Sachen trank, taten ihm die Zähne weh und der Bauch auch. Aber er mochte die Fisch-Eiswürfel. Sie hatte ein weißes Tuch um die ganze Packung gewickelt und hockte sich vor ihm nieder. »Laß mich mal sehen.«

Cosimo drehte sich auf dem Stuhl zu ihr hin und streckte die nackten Füße aus. Sie waren nur noch oben ein wenig rot und taten jetzt fast gar nicht mehr weh, aber es fühlte sich gut an, als sie das Eis über die beiden Füße legte, den Rest des Tuches unter die Fußsohlen zog und es dann mit beiden Händen festhielt, damit es nicht verrutschte.

»Ist es besser so?«

»Viel besser.« Er wollte, daß sie nahe bei ihm blieb, seine Füße weiter festhielt. Er war glücklich. Hin und wieder fühlte er, wie sein Herz plötzlich ganz heftig zu klopfen anfing, und ihm wurde richtig übel bei dem Gedanken, daß Teddy Braun mit zerschmetterten Gliedern im dunklen Flur lag. Aber er konnte ihm nicht helfen, jedenfalls jetzt noch nicht. In der Küche war es hell und warm und sie streichelte seine Füße. Cosimo schaute auf sie herab, auf das dunkle, lockige Haar, auf die Hände über dem weißen Tuch. Er konnte ihr Parfüm in der Glasflasche auf dem Frisiertisch riechen. Einmal hatte er den weichen, rot-blauen Ball drücken dürfen und sie hatte ihm erzählt, daß die Flasche aus Venedig sei. Sie bewegte sich ein wenig, und er hatte Angst, sie würde ihn loslassen. Rasch legte er seine Hand auf ihre, verglich die Größe.

»Sieh nur, deine ist doppelt so groß.«

»Mmm...«

Sein Herz klopfte schneller. Sie sollte bei ihm bleiben.

»Darf ich dich etwas fragen? Warum lackieren sich Frauen die Nägel rot?«

»Weil es hübsch aussieht.«

»Weil die Farbe schön ist?«

»Ja.«

»Ich mag es auch, weil Farben schön sind. Darf ich dir etwas sagen? Als ich mit Tante Matty am Meer war, habe ich an einem Stand die schönsten Farben der Welt gesehen, Luftballons, goldene und silberne mit bunten Luftschlangen und rosafarbene und gelbe Windmühlen, die in der Sonne leuchteten und... und...« Er wollte ihr all die schönen Bilder in seinem Kopf beschreiben, ihr all die Farben zeigen, die ihm fast die Brust sprengten, wollte sie glücklich machen.

»Das reicht, sonst bekommst du noch ganz kalte Füße.«

»Ich mag kalte Füße. Dann tun sie nicht mehr weh. Darf ich dir noch etwas sagen? Darf ich...?«

»Hör auf, so zu reden. Ich bin nicht deine Großmutter.« Sie stand auf und warf das Tuch mit dem Eis in die Spüle.

»Trink deine Milch.«

Er hatte noch nicht einmal daran genippt. Die Milch war fast kalt, Haut schwamm obenauf. Tapfer schob er die Haut mit dem Finger beiseite und trank, beobachtete sie über den Tassenrand hinweg, um zu sehen, wie sie ihn ansah. Sie beachtete ihn überhaupt nicht, sondern nahm die Salatschüssel und öffnete den Abfalleimer.

»Möchtest du das essen?«

Was sollte er darauf antworten? Er wollte mit ihr in der warmen, hellen Küche bleiben, wollte aber nicht, daß sie wütend auf ihn wurde. Er wußte die richtige Antwort nicht.

»Ja oder nein? Entscheide dich. Ich bin müde.« Der Salat glitt bereits aus der Schüssel in den Eimer.

»Nein…« sagte er.

Sie leerte die Schüssel vollständig, stellte sie neben die Spüle und begann alles wieder aufzuräumen. Er wußte nicht, ob sie böse auf ihn war oder nicht, aber wenn sie aufräumte, dauerte es lange, viel länger als bei Milena, obwohl Milena tausenderlei Sachen erledigte.

Würde er bleiben dürfen? Oder würde sie ihn ins Bett schicken? Sie versprach immer, daß sie noch kommen und ihm einen Gutenachtkuß geben würde, aber dann kam und kam sie nicht, erst, wenn er eingeschlafen war. Vielleicht kam sie auch überhaupt nicht. Lilla sagte, ihre Mutter käme immer noch einmal zu ihr. Dabei war Lilla schon groß.

Liest sie dir Geschichten vor, so wie du mir?

Früher. Jetzt lese ich selbst. Aber danach legt sie sich zu mir, und wir unterhalten uns, bis es Zeit ist, das Licht auszumachen. Manchmal erzählen wir uns Geheimnisse. Liest dir deine Mutter Geschichten vor?

Ja.

Was liest sie dir vor?

Alle möglichen Geschichten. Und sie erzählt mir auch alle möglichen Geheimnisse.

Würde er bleiben dürfen? Sie stand da, wie sie immer dastand, das gesamte Gewicht auf dem einen hohen Absatz, den anderen Fuß auf der Spitze dahinter, unbelastet, wie Daisy in ihrer einsamen Box. Mit einem kleinen, blauen Tuch wischte sie den Rand der Spüle, langsam, vor und zurück... vor... zurück... vor... und starrte dabei aus dem Fenster. Es war stockdunkel draußen, kein noch so winziger Lichtstrahl drang durch die hohen Fensterläden des Hauses auf der anderen Seite. Dort war niemand. Es war so still, daß er die Uhr des toten Großvaters hörte... Tick... Tack... und er fühlte sich einsamer, als wenn er allein gewesen wäre. Denn wenn er allein war, konnte er sich Geschichten ausdenken, aber wenn jemand da war, dann wollte er sich unterhalten, sonst machte ihm alles nur noch mehr angst.

Wenn sie doch nur mit ihm reden würde wie Milena.

»Darf ich dich etwas fragen? Darf ich...«, er unterbrach sich, erinnerte sich, daß sie ihm befohlen hatte, damit aufzuhören, und er hatte es vergessen. Würde sie mit ihm schimpfen? Er umklammerte die Tasse mit beiden Händen, beobachtete sie, hielt die Luft an.

Vor... und zurück... Sie hatte ihn gar nicht gehört. Vor... und zurück... Cosimo holte tief Luft.

Ted, Ted, Bo-Ted... Er versuchte, das Lied im Kopf zu singen, aber er konnte nicht, denn Teddy Braun...

Vor... und zurück... Sie hörte nicht zu. Sie nahm ihn überhaupt nicht wahr. Das passierte oft und dauerte meist lange, sehr lange. Cosimo rutschte vom Stuhl und schlich mit kalten, nackten Füßen auf Zehenspitzen zur Tür, kniff die Augen fest zusammen, sauste, so schnell er konnte, nach rechts und schnappte sich Teddy Braun. Seine rechte Hand streifte den toten Großvater, Cosimo rannte den Flur hinunter, »Es tut mir leid, es tut mir leid, es tut mir leid«, vor sich hin flüsternd.

Der tote Großvater kam nicht hinter ihm her.

»Schon gut, Ted, jetzt ist alles wieder gut...«

Aus der Diele und von der Straße drang genug Licht durch die Lamellen der Fensterläden, daß Cosimo sein Zimmer finden und das Nachtlicht anmachen konnte.

»Schon gut, Ted, wir können in Guidos Bett schlafen. Du bist in Sicherheit.«

Manchmal, wenn Guidos Bett naß war und in der Kommode keine Laken mehr lagen und Milena nicht da war, mußten Cosimo und Ted im anderen Bett schlafen. Angelo war nicht so nett wie Guido, er beschützte Teddy Braun nicht vor dem Gespenst. Vielleicht wollte Angelo keine Menschen beschützen. Vielleicht war es ihm lieber, in der Nacht ihre Seelen zum Jesuskind zu tragen.

Cosimo kletterte auf das Bett und kniete sich vor Guido hin: »Mach, daß alle still sind, Guido. Mach, daß sie nicht mehr schimpfen. Ich spreche mein Gebet mit dir, weil mein Vater in London ist. Er wird erst morgen wiederkommen und meine, meine...«

Guido hielt einen Finger an die Lippen und den anderen hoch in die Luft. Alles war ganz still in der roten Dunkelheit. Cosimo konnte sein Herz klopfen hören, bum, bum, bum, bum.

»Im Namen des Vaters und des Sohnes und des Heiligen Geistes, Amen. Vater im Himmel...«

Cosimo kannte den Text nicht, so tat er nur, als ob er betete, murmelte leise, bewegte die Lippen, wie Großmutter während des Gottesdienstes. Dann sagte er ein anderes Gebet, das er noch schlechter auswendig konnte. Das Gebet, das Papa immer mit ihm betete.

Papa, darf ich dir etwas sagen?

Was denn? Falte die Hände.

Ich falte sie ja schon… Papa, warum hat Guido die Hände nicht gefaltet, wenn er doch ein Engel ist?

Er muß dafür sorgen, daß alle still sind, damit du beten und anschließend schlafen kannst.

Betet Guido denn nicht?

Die Engel sind schon bei Gott. Sie künden sein Lob.

Ich weiß, wie auf dem Bild bei Großmutter. Papa, darf ich dich noch etwas fragen? Darf ich? Wenn du nicht da bist, versuche ich immer, das *De Profundis* zu beten, aber ich kann es nicht allein. Ich kann mir den Text nicht merken.

Das macht nichts. Gott weiß, was du sagen willst, und er hört dir zu.

So, als ob ich das Gebet richtig sagen könnte?

Genau so.

Warum wollten die Erwachsenen dann, daß er die Gebete auswendig lernte, wenn es keinen Unterschied machte?

Cosimo schloß die Augen und lehnte die Stirn gegen Guidos polierte Holzstirn. Er mochte den Geruch nach Wachs. Tat so, als sei Papa da.

»Aus tiefer Not schrei ich zu dir, Herr Gott erhör mein Rufen. Dein gnädig Ohr neig her zu mir und… und…« Cosimo murmelte den Rest, bewegte nur die Lippen, fügte hier und da Worte ein, an die er sich wieder erinnerte. Seine beiden Lieblingssätze, die er gut behalten konnte, weil sie wie ein Lied klangen, fügte er drei- oder viermal ein, zum Ausgleich für die Textpassagen, die er vergessen hatte.

»Und ob es währt bis in die Nacht und wieder an den Morgen…

Er ist allein der gute Hirt, der Israel erlösen wird …
Was uns die Erde Gutes spendet …«

Cosimo mußte an die hohen, tönernen Ölkrüge mit Dekkeln aus Holz bei Großmutter denken, so hoch, daß sie ihn deutlich überragten; an die Fässer für den neuen Wein, hellgrün mit einem großen, gemalten Bündel roter Trauben vorne; an Berge reifer Trauben, die aus blauen Plastikkörben in den Anhänger geschüttet wurden; an Männerstiefel, die durch den braunen Matsch quatschten und an seinen Bauch nach dem Sonntagsessen, so vollgestopft, daß er zu platzen drohte. Aber das durfte man nicht sagen, weil das ungehörig war. Und er dachte an den Berg glänzender, schwarzer Oliven, die nicht in die Presse durften, bevor Papa da war, weil Vittorio beim Wiegen schummelte.

»Herr, gib ihnen die ewige Ruhe …« Cosimo fielen ein paar Worte vom Ende ein, denn das war das Gebet für den toten Großvater, und so wiederholte er die Zeile sicherheitshalber noch ein paarmal.

»Herr, gib ihnen die ewige Ruhe … « Er fühlte die Stirn an seinen gefalteten Händen, erinnerte sich an die Windpocken, die so fürchterlich gejuckt hatten, daß ihn weder die Tinktur noch die Handschuhe vom Kratzen hatten abhalten können.

»Die ewige Ruhe …«

Großmutter sagte, die ewige Ruhe sei ein Schlaf, der nie aufhörte. Nur im Krankenhaus konnte man wieder aufgeweckt werden. Als Cosimo Papa fragte, warum Großvater denn nicht ins Krankenhaus gegangen sei, um sich aufwecken zu lassen, sagte er nur, daß Großvater sehr alt gewesen sei und Gott ihn zu sich gerufen habe.

Papa? Wirst du morgen zusammen mit mir die Abendgebete sprechen?

Morgen? Nein.

Wann werden wir es wieder gemeinsam tun?

Ich weiß es nicht.

Wann...?

»Im Namen des Vaters und des Sohnes und des Heiligen Geistes...«

Cosimo bekreuzigte sich und kroch mit Teddy Braun unter die Decke, zog sie sich und Teddy weit über den Kopf, damit das Gespenst sie nicht finden konnte. Cosimo drückte Teddy Braun zärtlich an sich und küßte ihn. Welch ein gräßlicher Tag für den Armen. Erst hatte er stundenlang mutterseelenallein unter dem Sofa im Alkoven ausharren müssen und dann... dann war er auch noch gegen die Uhr des toten Großvaters gefallen und... und...

Cosimo drückte Teddy Braun so fest an sich, daß es weh tat, aber das Zittern hörte nicht auf.

»Du mußt doch nicht weinen, Ted.« Doch Ted weinte so heftig, daß Cosimos Gesicht ganz feucht wurde. Cosimo streichelte den traurigen, braunen Kopf, und Teddy Brauns Tatze streichelte Cosimos Kopf.

»Du darfst nicht weinen, sonst hört dich noch das Gespenst und kommt dich holen. Sei ganz leise, dann sagen wir uns gute Nacht und ich singe ›Schlafe, mein Prinzchen‹. Bleib still liegen, Ted. Halte dich einfach an mir fest.«

Teddy Braun hielt sich fest, und Cosimo sang ganz leise unter der Decke ›Schlafe, mein Prinzchen, schlaf ein‹. Teddy Braun schlief ein.

In der Nacht wanderten Teddy Braun und Cosimo lange,

sehr lange umher. Sie versuchten Tante Matty zu finden, aber ihr Haus lag dunkel und scheinbar völlig unbewohnt vor ihnen. Cosimo hörte ihre Stimme in seinem Ohr.

Merk's dir, Cosimo, merk's dir gut!

Cosimo wiederholte: Zwei, zwei, null, sieben, null, sieben, acht – und gab dann Teddy Brauns geheime Botschaft weiter: Teddy Braun will ganz lange in den Arm genommen und gedrückt werden. Zumindest glaubte Cosimo, daß er das gesagt hatte, aber die Worte kamen einmal so heraus und dann wieder anders, und manchmal waren sie überhaupt nicht zu hören.

Nein, Cosimo, das ist nicht die geheime Botschaft von Teddy Braun. Das ist das *De profundis,* du kennst nicht einmal die Worte.

Aber Papa sagt, das sei nicht wichtig. Gott versteht trotzdem, was ich sage.

Merk's dir, Cosimo!

Cosimo öffnete die Augen in der roten Dunkelheit. Sein Kopf lag nicht mehr unter der schützenden Bettdecke, nur noch der von Teddy Braun. Das Gespenst war nicht gekommen, aber etwas hatte ihn aufgeweckt. Es mußte sehr spät sein, denn von der Straße drang kein Laut zu ihm herauf. Alle lagen im Bett und schliefen. Plötzlich ertönte ein lautes Heulen. Cosimo blieb vor Schreck fast das Herz stehen. Er versteckte sich unter der Decke, tastete nach Teddy Braun, das eigene Herzklopfen dröhnte in seinen Ohren. Das Heulen wurde leiser, glich nun mehr einem Wimmern. Cosimo wartete. Er mußte aufstehen, mußte Pipi, wollte nicht das Bett naß machen, weil er sonst morgen in Angelos Bett schlafen mußte.

»Du mußt mit mir kommen, Ted, du kannst hier nicht alleine bleiben. Sonst kommt dich das Gespenst holen.«

Aber erst wartete Cosimo noch ein wenig, lauschte. Das Wimmern war nur noch ganz schwach zu hören.

»Ich muß gehen, Ted. Ich muß.« Cosimo hatte Angst vor dem Wimmern, dennoch stieg er aus dem Bett, Teddy Braun unter dem Arm, und öffnete die Tür. Das Licht brannte. Cosimo rannte durch den Flur ins gelbe Badezimmer, froh über das Licht und froh darüber, daß das Rauschen des Pipis und des Wassers das schreckliche Wimmern übertönte. Aber warum brannte noch Licht, wenn es schon sehr, sehr spät war? Manchmal kam Papa mitten in der Nacht heim. Cosimo hatte ihn oft gehört, als er noch die Nächte durchwacht hatte, damit Angelo ihn nicht zum Jesuskind bringen konnte, während er schlief. Er schlich aus dem gelben Badezimmer und blickte auf die Tür zum Zimmer nebenan. Die Tür führte zu Papas Bad und Arbeitszimmer. Niemand außer Papa betrat das Arbeitszimmer. Selbst Milena durfte dort nur saubermachen, wenn Papa dabei war und ihr sagen konnte, wo sie putzen durfte, damit sie keine wichtigen Papiere durcheinanderbrachte.

Wichtige Papiere! Er glaubt, ich bin von gestern.

Warum glaubt er, du bist von gestern, Milena?

Seit siebenundzwanzig Jahren arbeite ich schon für diese Familie. Wenn ich den Mund nicht halten könnte, hätte ich bereits vor langer Zeit gehen müssen.

Aber du gehst doch nicht, Milena, oder?

Widerlich...

Widerlich. Cosimo wußte, was widerlich bedeutete. Einmal hatte Lilla gefragt, ob sie ihm etwas zeigen solle. Und dann hatte sie eines der Bücher ihres Vaters über Malerei aufgeschlagen. So was hast du noch nicht gesehen! Sieh dir nur diese rosafarbenen Dinger an! Die sind sooo widerlich. Ich könnte nicht einmal die Seite berühren. Auf dem Bild waren viele winzige, nackte Menschen zu sehen, einige ritten auf Pferden, andere taten etwas miteinander, aber es waren diese rosafarbenen Dinger… sie sahen aus wie Riesenkrebse oder Hummer mit gierig tastenden Antennen. Einige stellten aufeinandergetürmt Gebäude dar, Menschen befanden sich darinnen. Andere lagen zerbrochen da wie ein Ei, und nackte Menschen quollen aus ihnen heraus wie Erbrochenes. Cosimos Mund wurde ganz trocken, als er sich das Bild anschaute, schmeckte ihr Fleisch aus Millionen kleinen, rosafarbenen Eiern, wie roter Kaviar. Er hatte Angst, war aufgeregt, und gleichzeitig war ihm übel. Das war es, was er mit ›widerlich‹ verband. Lilla behauptete, das Bild sei ein ganz berühmtes Gemälde, aber alle berühmten Gemälde, die Cosimo gesehen hatte, waren düstere, braune Bilder von einem Mann oder einer Frau in prächtiger Kleidung, mit Pelzen und Goldschmuck oder einem Rosenkranz. Oder Bilder von der Jungfrau Maria und dem Jesuskind wie in der Kirche. Die Gemälde bei Großmutter waren auch düster und traurig. Einmal, als Cosimo bei ihr war und an diese widerlichen, rosafarbenen Dinger denken mußte, wurde ihm ganz heiß, und das Gesicht lief ihm knallrot an. Es war ihm peinlich, denn sie war da und wußte vielleicht, woran er gerade dachte.

Hatte Papa auch das Buch mit diesem Bild in seinem Arbeitszimmer? Hatte Milena es gesehen? Cosimo war nur ein einziges Mal im Arbeitszimmer seines Vaters gewesen, als dieser ihm ein Blatt Papier und einen Stift gegeben hatte, damit er Möhren für Daisy zeichnen konnte. Er hatte das Zimmer nicht wirklich betreten, aber er hatte die Regale sehen können. Die Bücher sahen alt und düster aus wie die Gemälde bei Großmutter, nicht neu und bunt wie die auf dem weißen Metallregal bei Lilla. Dann standen da noch ein großer Schreibtisch mit Schubladen und einer Lampe darauf, ein Bett, ein paar dunkle Stühle – ein düsteres Zimmer. Einmal abends, als Cosimo aus dem Bad kam, standen die Türen einen Spaltbreit offen. Cosimo hatte hineingespäht. Es war dunkel, kein Licht brannte, Papa war nicht da, aber jemand lag auf dem Bett. Cosimo konnte das Parfüm riechen. Da hatte er zum ersten Mal dieses furchterregende, klagende Heulen gehört… und da ertönte es schon wieder!

Cosimo eilte zurück in die rote Dunkelheit seines Zimmers, die Hände fest an die Ohren gepreßt, damit er dieses Heulen nicht mehr hören mußte. Dennoch dröhnte es weiter in seinem Kopf. Cosimo krabbelte ins Bett, versteckte sich mit Teddy Braun unter der Decke, hielt den Bären fest an sich gedrückt.

»Ich weiß, daß du Angst hast, Ted, aber wenn ich dich streichle, kann ich mir die Ohren nicht zuhalten.«

Er drängte sich ganz nah an Ted, legte sich ein wenig auf ihn, um ihn festzuhalten, preßte die Hände auf die Ohren und sang.

»Ted, Ted, Bo-Ted, Banana-bana-Bo-Ted, Fee-fi-fo-Ted, O Ted!« Und dann Lilla. Lilla, Bo-Lilla… und dann Milena, Milena… no… Milena, Lena… no…

Ich kann dir keine Milch machen, weil du sie in der Küche verschüttet hast, sagte Milena.

Doch, Milena, da war noch eine Packung Milch. Im Kühlschrank standen zwei.

Nein.

Doch, Milena, ich kann mich genau daran erinnern.

Du kannst dich unmöglich daran erinnern, du warst zu klein. Armer, kleiner Kerl.

Teddy Braun und Cosimo marschierten in der Dunkelheit, Kilometer um Kilometer, auf der Suche nach einem Glas Milch, denn sie waren hungrig und durstig. Sie sagten es Ginger, aber Ginger hatte Angst vor dem roten Licht im dunklen Garten. Daisy preßte in der dunklen, roten, übelriechenden Box die Nüstern durch die Gitterstäbe. Sie hatte auch Angst. Alles in Ordnung, Daisy, das ist nur ein Nachtlicht, weil ich im Bett bin. Guido ist hier und paßt auf uns auf. Du brauchst keine Angst zu haben, dir wird nichts passieren. Aber der Engel, der einen Finger in die Luft hielt, war in das schmutzige Stroh am hinteren Ende von Daisys Box gestürzt. Obwohl Cosimo sein Gesicht nicht sehen konnte, wußte er, daß es nicht Guido, sondern Angelo war. Und als er ihn aufrichten und in die Krippe legen wollte, war es das Jesuskind mit spitzen rosa Fingern. Das winzige Gesichtchen sprach, aber er konnte die Worte nicht verstehen.

Ich kann dich nicht verstehen. Das Gesicht des Kindes wurde kleiner und kleiner, und es sprach immer schneller und schneller.

Ich kann dich nicht verstehen!

Es war zu dunkel, um hören zu können. Cosimo glitt aus dem Bett, kletterte auf den Stuhl, um das Deckenlicht einzuschalten, aber er lag noch immer im Bett, und es war noch immer so dunkel wie zuvor.

Ich weiß nicht, was ich tun soll...

Doch, jetzt fällt's mir ein. Tante Matty! Erinnere dich, Cosimo, du weißt die Nummer. Nicht weinen, Liebling, komm in meine Arme.

Cosimo ließ sich in die Arme nehmen. Alles wurde ganz warm und freundlich, in seiner Brust und seinem Bauch kribbelte es angenehm. Selbst in seinen Fingern und Zehen kribbelte es, als er sich an Tante Matty kuschelte und mit glücklicher, verschlafener Stimme zwei, zwei, null, sieben, null, sieben, acht murmelte.

Merk's dir, Cosimo.

Teddy Braun muß einmal fest gedrückt werden.

Gut, dann komme ich.

Obwohl es dunkel ist?

Obwohl es dunkel ist.

»Cosimo!«

Das war nicht Tante Matty. Die Bettdecke wurde aufgeschlagen. Er war trocken. Sie öffnete das Fenster und die hohen Läden. Glocken läuteten. Es war Sonntag.

»Wer hat dich erschaffen?«

»Gott hat mich erschaffen.«

»Und warum hat Gott dich erschaffen?«

»Gott hat mich erschaffen, damit ich an ihn glaube, ihm diene...«

»Falsch.«

»Gott hat mich erschaffen, damit ich an ihn glaube...«

»Ihn liebe.«

»...glaube, ihn liebe...«

»Sag es richtig, von Anfang an.«

Wußte Großmutter denn nicht, daß es Gott nicht kümmerte, wenn man den Text nicht richtig konnte? Großmutter wußte doch alles über Gott, also mußte sie auch das wissen; aber sie wollte immer, daß Cosimo die Gebete auswendig lernte.

»Gott hat mich erschaffen, damit ich an ihn glaube, ihn liebe... und ihm diene...«

»Und?«

»Und damit ich eingehe in sein Reich.«

»Braver Junge. Jetzt sag alles noch einmal, ohne meine Hilfe. Schaffst du das?«

»Ja. Großmutter? Darf ich dich etwas fragen? Bitte?«

»Was willst du denn wissen?«

»Wenn ich in den Religionsunterricht gehe, sind da dann auch andere Kinder?«

»Natürlich.«

»Und werden sie... darf ich dich noch etwas fragen? Werden sie mich mitspielen lassen?«

»Du besuchst den Religionsunterricht nicht, um mit anderen Kindern zu spielen, Cosimo. – Ich möchte, daß du bereits die ersten Kapitel aus dem Katechismus kannst, bevor der Unterricht beginnt, damit dir der Anfang leichter fällt. Der Erzbischof höchstpersönlich hat sich dafür ausgesprochen. Er sorgt sich sehr um dein Seelenheil. Verstehst du das?«

»Ja...«

Der Erzbischof trug das weiche, weiße Haar quer über die rosarote Glatze gekämmt. Es wuchsen ihm weiße Haare aus den Ohren, und seine Ohrläppchen waren so dick, daß sie aussahen wie ein winziges rosafarbenes Kinn mit weißem Spitzbärtchen. Er legte seine kalte Hand auf Cosimos Kopf und sagte: Bete für deine Großmutter, Cosimo, für ihr Leiden, und für deine Eltern, die Gott in seiner Güte dir geschenkt hat. Wirst du das tun?

Ja...

Ein rosafarbenes Kinn mit...

»Konzentrier dich, Cosimo. Jetzt du allein: Warum hat Gott dich erschaffen?«

»Gott hat mich erschaffen, damit ich ihn liebe, ihm diene und eingehe in sein Reich und die ewige Seligkeit.«

»Nicht so schnell und nicht so laut. Du mußt mich nicht anschreien.«

Cosimo saß ganz still auf dem hohen Sofa, darauf bedacht, nicht mit den Beinen zu baumeln. Großmutters Beine sahen aus wie richtig fette Würste, und ihre Füße quollen aus den glänzenden, schwarzen Schuhen. Dabei war Großmutter sehr groß und dünn. Das widerspenstige, lange graue Haar trug sie zu einer steifen Frisur hochgekämmt. Nur ihre Beine waren dick. Als Cosimo Papa danach fragte, erklärte er ihm, daß Großmutter alt und sehr krank sei und daß er sehr lieb zu ihr sein solle, weil sie sich nicht aufregen dürfe. Die Beine sahen wirklich aus wie Würste, denn sie trug sehr enge, dicke, glänzendbraune Strümpfe, die jeden Moment zu platzen drohten.

»Noch einmal. Sprich mir nach: Gott hat mich nach seinem Bild erschaffen...«

Einmal hatte Cosimo Milena gefragt, warum man dicke Wurstbeine bekam, wenn man sich aufregte. Milena kannte sich aus mit Krankheiten und war schon tausendmal im Krankenhaus gewesen. Sie sagte, er solle seine Milch trinken, schließlich habe er darum gebeten, und daß es sehr wahrscheinlich Wassersucht sei.

»Nach seinem Bilde hat er uns erschaffen, weil...«

»Du sollst aufpassen, Cosimo. Und die Antworten sorgfältig nachsprechen. Du hörst mir nicht zu! Wo bist du mit deinen Gedanken? Ganz bestimmt nicht hier beim Katechismus, oder?«

»Entschuldigung.«

»Vergiß nicht, daß Gott bis auf den Grund deiner Seele schauen kann und alle deine Gedanken kennt.«

Er konnte ihr doch nichts von den Wurstbeinen sagen, auch wenn Gott darüber Bescheid wußte. Cosimo blickte zu den hohen Glastüren hinaus und sah, daß der Himmel sich aufgeklart hatte und nun blaßblau glänzte. Die gelben Blätter des Pflaumenbaumes bedeckten die grauen Platten der Terrasse. »Ich mußte an Daisy denken, der Wind hat alle Wolken fortgeblasen. Sie wartet bestimmt schon auf mich. Großmutter, darf ich dich etwas fragen?«

»Wenn es etwas mit dem Katechismus zu tun hat.«

»Ein bißchen. Der Ochse und der Esel, Großmutter, sie haben vor dem Jesuskind die Knie gebeugt, weil sie Bescheid wußten und... weißt du... Daisy wartet immer auf mich, streckt die Nüstern zwischen die Gitterstäbe... weiß sie wirklich, wann Sonntag ist und daß ich nach der Messe komme?«

»Natürlich weiß sie das. Sie hört die Glocken läuten. Jetzt zurück an die Arbeit, und wenn wir mit dem Kapitel fertig sind, stellen wir den Ochsen und den Esel in die Krippe. Nach dem Mittagessen darfst du zu Daisy. Fang noch einmal an: Meine Seele ist ein Geschenk Gottes...«

»Meine Seele ist ein Geschenk Gottes.«

»Sie ist körperlos und unsterblich.«

Und nach einer sehr langen Erklärung, wie die Seele erlöst wird, gingen sie ans andere Ende des Wohnzimmers zur Krippe. Großmutter hielt immer ihre Versprechen.

Der Ochse war ganz weiß, der Esel braun. Großmutter holte die geschnitzten Figuren mitsamt dem schützenden Papier aus der Schachtel, die sie in dem dunklen Schrank aufbewahrte. Cosimo durfte sich die Schuhe ausziehen und auf den Stuhl klettern, denn dies war ein ganz, ganz besonderer Anlaß, und er mußte hoch hinaufreichen.

»Wenn Papa hier wäre, würde er mich hochheben, nicht wahr?«

»Wenn dein Vater hier wäre, würde er dich hochheben, ja. Stell sie nicht zu nah an Maria und Joseph.«

»Haben die beiden Angst vor Tieren, wie Milena?«

»Aber nein. Du mußt dir nur genau überlegen, wo du sie hinstellst. Denk an all die Figuren, die noch hinein müssen: die Hirten mit den Schafen an Heiligabend, und dann...?«

»Das Jesuskind.«

»Richtig. Und die Figuren, die direkt an der Krippe knien? Die wir am sechsten Januar hineinstellen? Erinnerst du dich? Wer kommt am sechsten Januar, um das Jesuskind anzubeten, und bringt Geschenke mit? Die drei...?«

»Die drei Weisen aus dem Morgenland.«

»Richtig. Also achte darauf, daß du für sie an der Krippe genügend Platz läßt. So, jetzt stell den Ochsen und den Esel vorsichtig hin, paß auf, daß sie nicht umfallen. Sehr schön. Dein Vater hat früher für den Esel fast genau denselben Platz gewählt.«

Er rückte die Figur noch ein wenig weiter auf die Seite, wartete auf ihr Lob.

»Nein, nicht in die Richtung. Ein wenig weiter nach links... ja, genau so. Perfekt. Jetzt den Ochsen.«

Cosimo griff vorsichtig nach dem Ochsen, hielt ihn über das Stroh, spürte, wie die Großmutter angespannt die Luft anhielt, als er die Hand langsam hierhin und dorthin bewegte. Als sie sich entspannte und wieder normal atmete, senkte er die Hand und stellte den Ochsen an seinen Platz.

»Steht er hier richtig?«

»Genau dort ist sein Platz.« Cosimo spürte ihre Hand kurz über sein Haar streichen. Sie berührte ihn sonst nie. Er mußte es ganz besonders gut gemacht haben und fühlte sich warm und geborgen.

»Genau dort hat der kleine Bruder deines Vaters den Ochsen immer hingestellt. Als seine Seele in den Himmel gekommen ist, war er gerade mal so alt wie du. Mein guter Junge.«

Cosimo senkte den Kopf, damit die Großmutter nicht entdeckte, daß er rot geworden war. Er wußte, daß seine Gedanken sündig waren, aber er konnte an nichts anderes denken, egal, wie sehr er sich darum bemühte. Wenn der Esel kein Esel, sondern Daisy wäre und mit dem Ochsen und all den anderen in der Krippe unter der schönen, sternenförmigen Lampe sein könnte, wäre sie nicht mehr so einsam. Sie war so gutmütig und so brav, sie würde sich bestimmt vor dem Jesuskind hinknien. Und dann müßte sie in den Himmel kommen, da konnte Großmutter sagen, was sie wollte. Einmal hatte er danach gefragt, und da hatte sie behauptet, Tiere hätten keine Seele und kämen deshalb nicht in den Himmel, wenn sie sterben. In jener Nacht konnte Cosimo gar nicht mehr aufhören zu weinen. Er wollte nicht in den Himmel, wenn Daisy nicht dort hinkam, und auch Rodrigo oder Ginger oder die kleine, goldige Carolina nicht, die noch niemals jemanden gebissen hatte und nur ganz wenig Platz im blaßblauen Himmel brauchen würde. Der gräßliche Vittorio, der Daisy haßte und nie nach draußen auf die Weide ließ, der konnte in den Himmel kommen, wenn er erst das Fegefeuer wegen der gestohlenen Flasche Wein überstanden hatte. Wie ungerecht! Cosimo senkte den Kopf ein wenig tiefer, damit sie nicht entdeckte, daß die Röte in seinem Gesicht noch zugenommen hatte, weil er diesen grausamen Vittorio so abgrundtief haßte und das Jesuskind anflehte, doch die liebe Daisy an seiner Stelle in den Himmel zu lassen.

»Sprichst du ein Gebet für meinen kleinen Jungen im Himmel?«

»Ja.« Das war eindeutig gelogen, aber wozu brauchte ein toter Junge überhaupt ein Gebet, wenn er doch, wie Großmutter ihm erklärt hatte, direkt in den Himmel kam? Vielleicht stimmte das ja gar nicht. Er war nicht im Schlaf gestorben …

»Großmutter, darf ich dich etwas fragen?«

»Über meinen kleinen Jungen?«

»Ja, weil … darf ich dich fragen? Ja? Dein kleiner Junge …«

»Er hieß Cosimo, du bist nach ihm benannt worden.«

»Ich weiß, darf ich … Ich … Er hat in Angelos Bett geschlafen, das weiß ich, weil Papa … Vater in Guidos Bett geschlafen hat. Angelo paßt nicht gut auf, er hat auch nicht auf Teddy Braun aufgepaßt und …«

Er hielt inne. Er wollte nicht, daß sie ihm erklärte, Teddy Braun habe keine Seele und würde nicht in den Himmel kommen.

»Was willst du mich fragen, Cosimo? Sprich klar und deutlich und stammle nicht so herum. Komm jetzt erst einmal von dem Stuhl wieder herunter, so ist's gut… und hör mit dem Gezappel auf. Sieh nur, wie aufgeregt du bist. Deine Hände zittern, und dein Gesicht ist ganz rot. Steh still und stell deine Frage. Hast du Angst?«

»Ja.«

»Wovor hast du Angst?«

Er konnte ihr nicht sagen, daß er Angst davor hatte, einsam zu sein im Himmel – das wäre eine Sünde. Er blickte auf den weißen Ochsen, der im Stroh genau auf dem richtigen Platz stand, und sagte: »Vor dem silbergrauen Meer.«

Er schaute hinauf in ihr Gesicht, wollte feststellen, ob er etwas Gutes oder etwas Schlechtes gesagt hatte. Statt der üblichen, bleichen Gesichtsfarbe und der tiefen dunklen Schatten unter den Augen leuchteten ihm nun lauter rote Flecken entgegen, die sich bis zum Hals hinunterzogen. Direkt unterhalb des Kinns prangte ein großer, brauner Leberfleck, aus dem Haare sprossen. Ihre Augen glänzten feucht.

Cosimo starrte zu ihr hinauf, wußte nicht, was er sagen oder tun sollte. Sie weinte nicht, denn sie gab keinen Laut von sich, und außerdem war es Großmutter. So wartete er einfach ab, mit knurrendem Magen, denn es gab Hähnchen mit Rosmarinbratkartoffeln, sein Lieblingssonntagsessen, und er war schrecklich, schrecklich, schrecklich hungrig, so hungrig, daß ihm schon ganz übel war.

Sie hatte die Augen geschlossen und bewegte lautlos die Lippen, wie in der Kirche.

»Großmutter?« Er wollte, daß sie die Augen wieder öffnete und mit ihm redete.

»Was ist?« Ihre Stimme hörte sich seltsam an. Das gefiel ihm nicht. Er wollte ihr vom silbergrauen Meer erzählen. Er wollte, daß sie ihm zuhörte.

»Großmutter, darf ich dir etwas sagen? Als ich Tante Matty vom silbergrauen Meer erzählt habe, wollte sie mir nicht glauben.« Er sah ihr ganz fest in die Augen, wollte sie zwingen, ihm alles zu erklären. Trauer lag in ihrem Blick.

»Du mußt immer freundlich zu anderen sein, Cosimo, das weißt du doch, nicht wahr?«

»Ja.« Ihre Stimme hatte wieder diesen seltsamen Ton angenommen, also zählte es nicht wirklich als Versprechen.

»Obwohl ich deine Tante nicht gut kenne, bin ich mir sicher, daß sie nicht unfreundlich zu dir sein wollte.«

»Das stimmt, weil sie ...«

»Bestimmt hat sie nicht gedacht, daß du lügst. Aber der tragische Unfall, der den kleinen Cosimo aus unserer Mitte gerissen hat, ist eine private Familienangelegenheit, die vor sehr, sehr langer Zeit passiert ist. Deine Tante weiß nichts davon, das ist alles. Verstehst du das?«

»Ja... Aber ich habe es ihr erzählt, so wie du es mir erzählt hast, von der Sonne, die ganz dunkel geworden ist, und von dem großen silbergrauen Meer, das so furchteinflößend glitzerte... und... und daß du wußtest... daß du wußtest...«

»Ja, ich wußte, daß er ertrunken sein mußte, aber bis sie ihn endlich gefunden hatten, habe ich gesucht und gesucht, obwohl sie mich drängten, nach Hause zu gehen. Ich hatte solche Angst um die Kinder, die in den Wellen spielten, lachten... und dann stand ich da, sah, wie die Sonne unterging, wie eine Familie nach der anderen den Strand verließ.«

»Ich weiß, alle sind gegangen... und dann war Cosimo ganz allein draußen in dem silbergrauen Meer, und es wurde dunkel... Großmutter, ich habe alles noch ganz genau gewußt, aber Tante Matty...«

»Es war Gottes Wille, Cosimo. Wir wissen, daß seine Seele noch jung und unbefleckt war und daß er direkt in den Himmel gekommen ist. Und um uns ein wenig über diesen schrecklichen Verlust hinwegzutrösten, hat Gott dich zu uns geschickt.«

»Großmutter, darf ich noch etwas fragen? Wenn Cosimo direkt in den Himmel gekommen ist, warum liegt er dann... warum ist er dann im Haus des toten Großvaters, wo wir die Chrysanthemen hinbringen, und warum sehen wir ihn niemals?«

»Dort ruht nur seine sterbliche Hülle, Cosimo. Seine unsterbliche Seele ist direkt in den Himmel gekommen.«

Cosimo dachte über die Seele nach, die also ein unsterblicher Geist war. Sie wohnte in der Brust, war weiß und besaß die Form eines Fisches mit durchsichtigen Flügeln. Einmal hatte er mit Papa in einem Restaurant so etwas gegessen, es war ganz weiß gewesen und klar wie Wasser. In Cosimos Seele waren lauter schmutzige Wörter eingebrannt, Bettnässer, Lügner, niederträchtig, widerlich. Seine Seele war nicht klar wie Wasser, sie ähnelte diesen furchterregenden, rosaroten, eierförmigen Dingern in dem Gemälde.

Sein Gesicht errötete unter Großmutters Blick, der in seine heimlichsten Gedanken einzudringen schien.

»Was ist los? Geht es dir nicht gut?« Prüfend befühlte sie kurz seine Stirn. Ihre Hand fühlte sich kühl und schlank an, Cosimo spürte das Armband der feingliedrigen Uhr. »Ich hoffe, du hast kein Fieber. Fühlst du dich nicht gut?«

»Mir ist schlecht.«

»Ach du meine Güte. Vielleicht solltest du lieber nichts essen…«

»Ich habe kein Fieber. Darf ich dir etwas sagen, Großmutter? Ich habe wirklich riesen-, riesengroßen Hunger.«

»In Ordnung. Dann zieh die Schuhe wieder an.«

Bei Großmutter gab es kein Eßzimmer mit traurigem Erwachsenengeruch, sondern nur ein sehr, sehr langgezogenes Zimmer, das früher einmal als Küche diente. Es war in zwei Teile aufgeteilt, Cosimo mochte beide. In dem Teil, der um die Ecke führte, nahm eine marmorne Spüle die gesamte Länge der Wand ein. Darauf befanden sich Topfpflanzen, Krüge und frischgeerntetes Gemüse und ganz am hinteren Ende schlief immer eine dicke, weiße Katze. Dort führten mehrere Stufen hinunter zu einer warmen Küche mit den herrlichsten Düften, dann folgte ein kühler Bereich, wo es nach Käse roch.

In dem anderen, dem langgestreckten Teil mit dem gedeckten Tisch verbreitete ein helloderndes Holzfeuer in einem großen Kamin süßlichen Holzgeruch. Direkt neben dem Kamin, zwischen dem Kamingitter und dem Holzstapel, schliefen zwei Jagdhunde, die den ganzen Tag über schnarchten. Sie waren zu alt für die Jagd, aber nicht so alt wie Anna, die am hinteren Kopfende des Tisches saß und wegen ihres hohen Alters den Haushalt nicht mehr führen konnte. Sie schlief beim Essen immer ein. Pia, die Köchin, die während der Mahlzeiten auch bediente, saß neben Anna. Sie war sehr, sehr dick. Amadeo, ihr Mann, hingegen, der auf der anderen Seite saß, war spindeldürr. Er war zuständig für alle möglichen Reparaturen und fuhr Großmutters Auto.

Anna saß bereits auf ihrem Platz und hatte eine große Serviette umgebunden. Das Gesicht war ganz rot von dem Feuer im Kamin. Sie schlief. Die gebratenen Hähnchen und die Kartoffeln mit den Rosmarinzweigen standen in großen, gußeisernen Töpfen vor dem Feuer. Die Hunde schnarchten. Großmutter setzte sich ans andere Ende des Tisches; Pia half Cosimo auf den Stuhl neben Großmutter und band ihm die Serviette um. Ein weiteres Gedeck stand auf dem Platz direkt gegenüber von Cosimo, aber der Stuhl dort drüben blieb leer. Cosimo sah seine Großmutter fragend an.

»Deine Mutter hat während der Messe leichte Kopfschmerzen bekommen.«

Sie sagte das in diesem besonderen Ton, vielleicht stimmte es gar nicht; dennoch, der Platz war eingedeckt, und niemand saß auf dem Stuhl.

»Sie ist ein wenig spazierengegangen, vielleicht tut ihr Bewegung an der frischen Luft gut. Danke, Pia…«

Pia begann ihnen aufzulegen, brachte Cosimo eine Schüssel Kraftbrühe mit Tortellini. Manchmal machte Pia sonntags Tortellini, manchmal Lasagne, und manchmal, wenn ein Hase geschlachtet worden war, machte sie Cannelloni mit Hasensauce, die Cosimo aber nicht mochte, weil zuviel Fleisch darin war. Tortellini mochte er. Pia gab erst Großmutter von der Brühe auf den Teller, ging dann zum anderen Ende des Tisches, um dort zu servieren. »Anna! Anna! Wach auf, es gibt Essen!«

»Was? Was ist los?« erkundigte sich Anna verschlafen wie immer. Cosimo wußte, wenn erst einmal etwas Eßbares auf ihrem Teller lag, würde sie essen und essen und essen, bis ihr Kopf hinunter bis fast auf den Teller sank, weil sie wieder eingeschlafen war. Pia kam zurück und schenkte Cosimo ein winziges Tröpfchen Wein ins Glas, damit sich das kühle, frische Wasser darin leicht rosa färbte. Großmutter trank nie Wein, obwohl sie viele hundert Flaschen selbst erzeugte. Pia sagte, sie verzichte aus Rücksicht auf ihre Leber auf den Wein. Pia war nett. Sie gab Cosimo nie Sachen zu essen, die er nicht mochte. So mußte er nichts heimlich fortschaffen und gab Großmutter keinen Anlaß, sich deswegen aufzuregen. Wenn es Hähnchen mit Kartoffeln gab, häufte sie ihm den Teller voll, und er konnte so oft Nachschlag verlangen, wie er wollte. Aber soviel er auch aß, er schaffte es nie, genausoviel zu essen wie Anna, die auf den Teller starrend das Essen nur so in sich hineinschaufelte, Gabel für Gabel für Gabel. Amadeo aß fast genausoviel, trank drei Gläser Wein und sprach kein Wort.

Großmutter aß nur einen schmalen Streifen von der Hähnchenbrust mit ein wenig Salat, obwohl es eigentlich Erbsen dazu gab. Cosimo mochte Erbsen.

»Soll Pia dir das Hähnchen schneiden, Cosimo, oder möchtest du es selbst probieren?«

»Ich würde es gerne selbst probieren, Großmutter. Darf ich dich etwas fragen?«

»Was möchtest du denn wissen?«

»Bitte, kann ich für Daisy einen Apfel oder eine Möhre bekommen? Ich habe nur zwei Möhren und zwei Äpfel, die sind aber nicht sehr groß, und Daisy ist so dünn. Papa hat gesagt, je dünner Daisy wird, um so fetter wird Vittorios Schwein.«

Cosimo hörte Pia lachen, aber Großmutter lachte nicht. »Pia, sieh doch nachher bitte mal nach, ob du eine Kleinigkeit für Daisy findest.«

»Aber natürlich. Da ist noch etwas Chicorée. Er hat zuviel geerntet.«

Cosimo kaute auf dem Hähnchen herum und machte sich Sorgen, weil er Chicorée nicht kannte und nicht wußte, ob Daisy es mögen würde. Als sein Mund endlich leer war, erkundigte er sich deshalb rasch. »Mögen Pferde Chicorée?«

»Mögen Pferde Chicorée? Was für eine Frage! Das mögen sie am allerliebsten.«

»Noch lieber als Möhren?«

»Viel, viel lieber als Möhren. Wart's nur ab. Sie mögen Chicorée noch viel lieber als du karamelisierte Birne.«

»Karamelisierte Birne!«

Das war Cosimos Lieblingsdessert. Er aß zwei Birnen, und als Anna wieder aufgeweckt worden war, aß sie auch zwei. Danach war sein Bauch zum Platzen voll. Anna schnarchte, die Hunde, die sich hinter dem Holz versteckt hatten, schnarchten und die dicke, weiße Katze auf der Marmorplatte in der Küche schnarchte. Die Scheite im Kamin glühten rot. Alles war warm und still.

Cosimo ging zusammen mit Großmutter nach oben in das Zimmer, das früher sein Vater bewohnt hatte. Teddy Braun saß auf seinem angestammten Platz im Bett, wo ihn Cosimo jeden Sonntag gleich nach seiner Ankunft hinsetzte. Großmutter half ihm in dicke Wollstrümpfe. »Darf ich dir etwas erzählen?« fragte Cosimo und schaute dabei wie nebenbei aus dem Fenster.

»Was möchtest du mir denn erzählen?«

»Mein Papa... Vater... hat gesagt, daß er damals, als er noch in diesem Zimmer wohnte, Daisy sehen konnte, wenn er morgens aus dem Fenster schaute, weil... der neue Weinberg... sieh doch nur, bitte, schau doch, Großmutter... dort war früher eine Koppel, und er konnte Daisy sehen. Das hat er immer als erstes gemacht, gleich nach dem Aufwachen, hat er mir erzählt, und ich öffne ein Türchen von meinem Adventskalender.« Er beobachtete ihr Gesicht, wartete.

»Komm her zu mir, Cosimo.« Sie nahm seine Hand und trat mit ihm näher ans Fenster heran.

»Das war nicht Daisy, die er jeden Morgen gesehen hat, das war ein anderes Pferd, ein graues, es hieß Pegasus.«

»Mit Flügeln an den Fesseln und Augen unter den Hufen!«

»Das stimmt. Du erinnerst dich an die Geschichte von Pegasus?«

»An das meiste... darf ich sie dir erzählen?... Einmal, mitten in einem Sprung, hat er einen Fehler gemacht und war schon in der Luft, da sah Pegasus... er sah... daß der Graben sehr breit war, und drückte sich hoch und höher in die Luft und schoß weit nach vorn; Papa hat gewonnen!«

»Ja, das stimmt, aber das ist nicht die Geschichte von Pegasus in Griechenland, das war der Pegasus deines Vaters auf der Piazza di Siena in Rom.«

Aber sie wirkte erfreut.

»Und darum hat... Vater... gesagt, er hätte Augen unter den Hufen? Großmutter, wo war Daisy? Hat Vittorio sie nicht raus auf die Koppel gebracht?«

»Daisy war damals noch nicht auf der Welt, so, wie du damals auch noch nicht auf der Welt warst.«

»Aber warum bringt er sie nicht einmal dann auf die Koppel, wenn du es ihm sagst?«

»Tust du immer das, was man dir sagt, Cosimo? Gehorchst du wirklich immer, bist du immer ein braver Junge?«

Cosimos Herz setzte kurz aus, sein Gesicht lief rot an, weil er auf den Stuhl geklettert war, um sich Kekse zu holen, weil er ins Bett gemacht hatte, weil er sich in Papas Arbeitszimmer geschlichen hatte und an dieses widerliche Bild denken mußte. Das heiße, rosafarbene, eierförmige Ding in seiner Brust hüpfte hin und her, und Großmutter würde sehen...

»Du bist ein guter Junge, Cosimo, aber denk immer daran, daß wir alle Sünder sind vor Gott, wir dürfen andere nicht richten. Vittorio ist ein alter Mann, er ist nie in den Genuß all der Privilegien und Vorzüge gekommen, die dir zuteil werden. Er muß hart arbeiten, und wenn er Daisy raus auf die morastige Wiese läßt, dann muß er sie lange striegeln. Verstehst du das?«

»Das kann ich doch machen! Großmutter, wenn Amadeo mich mit dem Auto abholen würde, könnte ich Daisy striegeln. Ich könnte mich wie Papa auf einen Ballen Stroh stellen...«

»Sei für einen Augenblick mal still und hör mir genau zu. Hörst du mir zu?«

»Ja.« Das war gelogen. Cosimo schaute auf die Weinberge und haßte und haßte und haßte Vittorio, und er wollte nicht ein Wort über ihn hören...

Verdammter kleiner Bastard...

Davon bekommt sie Würmer...

Höchste Zeit, sie zu Hundefutter zu verarbeiten.

Die Brust tat ihm weh und der Kopf, weil er die Tränen einfach nicht zurückhalten konnte. Und er haßte und haßte und haßte ihn.

»Warum antwortest du nicht, Cosimo? Weißt du es nicht?«

»Ja...« Er hatte keine Ahnung, was sie wissen wollte.

»Streng dich an und denk nach.«

Cosimo strengte sich an und dachte nach. Er zog die Augenbrauen ganz eng zusammen, um die Stirn in Falten zu legen, damit es aussah, als ob er angestrengt nachdenke, aber er hatte noch immer nicht die geringste Ahnung, was sie eigentlich gefragt hatte.

»Hast du nicht verstanden, was ich gesagt habe?«

»Ja.«

»Dann versuche ich, die Frage anders zu stellen. Welches ist dein Lieblingshaus? Das schönste Haus, das du je besuchen durftest?«

»Lillas.«

»Ich verstehe. Nun ja, ich bin mir sicher, daß Lillas Haus sehr schön sein muß, wenn es dir so sehr gefällt.« Er hatte die falsche Antwort gegeben. Jeder Muskel in ihrem Körper war gespannt, wie vorhin, als er den Ochsen an den falschen Platz in der Krippe stellen wollte.

»Sie haben einen roten Teppich«, erklärte er, schaute sie

flehend an, wollte, daß sie verstand, aber sie war noch immer ganz steif.

»Und was ist mit deiner Freundin Daisy? Wenn du am liebsten zu Lilla ziehen und bei ihr wohnen würdest? Was soll aus ihr werden?«

»Nein.« Er hatte nicht gesagt, daß er dort wohnen wollte. »Ich will doch nicht dort wohnen. Mir gefällt es nur sehr gut bei Lilla, weil ...« Er blickte sie durchdringend an, wollte, daß sie den warmen, roten Teppich sah, das gemütliche Licht, die dicken, süßen Brote und die freundlichen Hände, die sein Gesicht hielten.

»Du willst also nicht zu Lilla ziehen und dort wohnen. Ich verstehe. Du besuchst Lilla nur gerne, weil sie eine liebe Freundin ist und dich in den Kindergarten bringt. Habe ich das richtig verstanden?«

»Ja.« Ob er jetzt endlich zu Daisy durfte? Großmutter hielt sich noch immer stocksteif, und er wagte nicht, sich zu bewegen. Von den dicken, warmen Socken waren seine Füße ganz heiß geworden, und die Wolle war kratzig und piekste.

»Gut, mein Junge, aber dann verrate mir doch eines – wenn du woanders wohnen müßtest und du hättest die freie Auswahl, in wessen Haus würdest du gerne einziehen?«

Tante Mattys, Tante Mattys, Tante Mattys, hätte er am liebsten gesagt, wagte es aber nicht, weil sie noch immer nicht wieder normal atmete. Und damals, als er Tante Matty gefragt hatte, wollte sie ihn nicht haben. Er hatte Tante Mattys Haus nie gesehen. Und Großmutter schlug immer diesen seltsamen Ton an, wenn sie ›deine Tante‹ sagte. Sie wollte, daß er von Daisy sprach, darum sagte er ›Daisys Haus‹, und sie atmete aus.

»Daisys Haus ist auch dein Haus, nicht wahr, Cosimo? Es wird einmal ganz allein dir gehören.«

»Ja, aber...« Er wollte den toten Großvater nicht und auch nicht das Haus des toten Großvaters neben der Kirche und auch nicht Vittorio...

»Aber was, Cosimo?«

»Ich bin noch nicht groß...«

»Das stimmt. Trotzdem, dies ist dein Zuhause, so, wie es das Zuhause deines Vaters ist. Würdest du nicht gerne immer hier wohnen, in seinem Zimmer schlafen und jeden Tag deine Freundin Daisy besuchen?«

»Ja... aber Papa...«

»Du würdest deinen Vater viel öfter sehen, denn wenn du hier bist, wird auch er hierherkommen.«

»Und er wird nicht mehr fortgehen?«

»Erwachsene müssen manchmal fortgehen, Cosimo, weil sie Verantwortung tragen. Du wirst das besser verstehen, wenn du ein bißchen älter bist, aber ich verspreche dir, daß dein Vater die meiste Zeit hier bei uns verbringen wird.«

Cosimo dachte nach. Wenn Großmutter sagte... und sie hat nicht in diesem seltsamen Ton gesprochen... aber Vittorio tat nicht, was ihm aufgetragen wurde, auch dann nicht, wenn die Anordnung von Großmutter kam. Er versuchte sich an den Grund dafür zu erinnern. Sie hatte es ihm erklärt, aber er bekam es nicht mehr richtig zusammen, es war zu schwierig.

»Du kannst in dem Himmelbett schlafen, wie bei der Weinlese. Erinnerst du dich?«

»Ja.«

»Und weißt du noch, wie sehr es dir gefallen hat? Du wolltest die Vorhänge immer geschlossen haben, obwohl es fürchterlich heiß war.«

»Ja.« Bei geschlossenen Vorhängen konnte kein Geist am Fußende des Bettes erscheinen. Er mußte keine Angst haben, konnte einfach aufstehen und Pipi machen gehen, mußte nie mehr ins Bett machen. Er brauchte sich keine Sorgen zu machen, auch wenn Guido nicht da war. Alles war in Ordnung. Er konnte hierherkommen und sich um Daisy kümmern...

»Du weinst doch nicht etwa, Cosimo, oder?«

»Nein...« Er weinte nicht, aber die Brust und der Kopf taten ihm schrecklich weh, und wenn er atmete, drang ohne sein Zutun ganz leise dieses Heulen aus ihm heraus. Das dunkle Eßzimmerheulen. Das einsame Heulen. Tick... Tack... Wenn er weinte, würde Großmutter böse auf ihn sein, denn er war schon fünfeinhalb. Aber was würde sie zu diesem Heulen sagen, das von ganz alleine kam, wenn er ausatmete. Wieder... und wieder.

Tick... Tack...

Was soll sie denn ohne ihren kleinen Cosimo tun?

Tick... Tack...

Sie würde sehr traurig sein, kleines Häschen...

Und wieder... und wieder...

Warum hilft mir denn niemand?

»Cosimo! Hör sofort auf mit diesem Heulen!«

Großmutter war böse auf ihn, aber er konnte einfach nicht aufhören. Er wollte ihr sagen, daß er es nicht absichtlich tat, aber er konnte nicht sprechen.

Er wollte ihr erklären, daß das leere Haus dunkel und einsam sein würde, daß sie ganz allein sein würde, ohne Abendbrot, aber obwohl er die Worte in seinem Kopf schrie und schrie, so laut, daß es weh tat, brachte er einfach nur dieses Heulen heraus. Die einzige Möglichkeit, es zu stoppen, war, mit dem Atmen aufzuhören. Also hörte er auf zu atmen. Die Worte in seinem Kopf schrien nicht mehr. Es war jetzt ganz still, bis auf ein Summen in den Ohren. Stille.

Tick... Tack...

»Cosimo!«

Tick... Tack...

»Cosimo! Atme!«

Tick... Tack...

Er sah, wie sich die gefleckte Hand mit den Ringen hob, spürte sie auf seine Wange auftreffen! Mit einem gewaltigen Stoß fuhr die Luft aus ihm heraus, und er weinte.

»Ich... ich weine nicht... ich...«

»Schschsch. Alles ist gut. Du bist ganz durcheinander, Cosimo, ich weiß. Du mußt einfach immer daran denken, daß Gott dich liebt. Das weißt du doch, nicht wahr?«

»Ja... ich... ich weine nicht...« Denk daran, Cosimo... denk daran... Aber er wollte, daß Foto-Mami ihn liebhatte und daß er seinen Kopf in ihren weichen, warmen Schoß legen durfte. Er wollte nicht Gott.

»Setz dich hier zu mir aufs Bett und falte die Hände. So ist es schön. Schließ die Augen und atme ganz ruhig ein und aus. Das Weinen regt dich nur auf. Wir sprechen zusammen ein kurzes Gebet. Still jetzt. Atme ganz ruhig. Du darfst das Gebet aussuchen, magst du?«

»Ja.«

»Dann sag mir, welches Gebet es sein soll, und wir werden es gemeinsam sprechen.«

»Aus tiefster Not.«

»Das *De Profundis* ist ein Gebet für Erwachsene, Cosimo. Kein Gebet für Kinder.«

»Aber es ist mein Lieblingsgebet, weil Papa es immer mit mir gebetet hat, als es mir nicht gutging.«

»Ich verstehe. Vielleicht hat er das getan, weil wir es damals, als der kleine Cosimo gestorben ist, immer gemeinsam gebetet haben, dein Vater, dein Großvater, den du leider nicht mehr kennenlernen durftest, und ich.«

Tick... Tack... Cosimo kniff die Augen fester zusammen.

»Dann sprich jetzt das Gebet zusammen mit mir, Cosimo. Und denk daran, wenn du unseren Herrgott um Hilfe bittest, dann wird er dich erhören.«

Großmutter konnte das ganze Gebet auswendig, Cosimo bewegte am Anfang einer jeden Zeile lautlos die Lippen, sprach dann aber die guten Worte wie ›gnädig‹, ›vergeben‹, ›erlösen‹ mit und wenn er die ganze Zeile wußte, fiel er klar und deutlich ein.

»Darum auf Gott will hoffen ich, auf ihn will ich verlassen mich und seinem Wort vertrauen. Und ob es währt bis in die Nacht und wieder an den Morgen...«

Großmutter sprach den schwierigen Teil am Schluß, während Cosimo wieder nur die Lippen bewegte.

»Er ist allein der gute Hirt, der Israel erlösen wird.«

Zum Abschluß beteten sie noch für die Verstorbenen.

»Herr, gib ihnen die ewige Ruhe...«

»Fühlst du dich jetzt besser?«

»Ja.«

»Soviel besser und ruhig genug, um mir zu erzählen, was dich so aufgeregt hat?«

»Ja.«

Er hatte sich beruhigt, aber er konnte sich nicht mehr erinnern. Erinnere dich, Cosimo, erinnere dich. Er konnte sich an überhaupt gar nichts mehr erinnern. Großmutter wartete, seine Füße schwitzten in den kratzigen Socken, und er wollte zu Daisy, denn die wartete auch.

Cosimo schloß die Augen, spürte ein Kribbeln in den Fingerspitzen, auf der Handfläche, erinnerte sich an glänzendes, lockiges Haar, das er so sanft berührte, daß sie es gar nicht bemerkte, und die Kühle an seinen Füßen, als sie sie hielt. Dann – er konnte einfach nicht dagegen an – mußte er wieder weinen, denn die Traurigkeit in seiner Brust war so groß, daß nicht einmal Großmutter die Tränen aufhalten konnte.

»Cosimo, bitte, sag mir doch, warum du weinst.« Sie war gar nicht böse.

Er strengte sich an, aber er wußte die Antwort einfach nicht.

»Weil... weil... weil es dunkel und einsam sein wird und es kein Abendbrot gibt, weil sie sich krank fühlt und weil es so kalt ist, ganz allein und... und... wir haben in der warmen Küche zu Abend gegessen.«

»Das reicht. Ich verstehe. Du machst dir Sorgen um deine Mutter. Das zeigt, daß du ein braver, guter Junge bist. Ich werde versuchen, dir alles zu erklären, damit du es besser verstehst und nicht mehr so traurig bist. Soll ich?«

»Ja.«

Sie stand auf, ging zu der hohen Kommode, in der sie auch die dicken Socken aufbewahrte, und kehrte mit einem großen Taschentuch für ihn zurück.

»Gehört das Vater?«

»Ja. Trockne dir damit die Tränen ab und putz dir die Nase.«

»Kann ich es behalten?«

»Darf ich …«

»Darf ich es behalten?«

»Ja, das darfst du. Steck es in die Tasche. Das waren genug Tränen für heute. Nun, Cosimo, der Grund, warum dein Vater und ich es gerne sähen, wenn du hierherkommen und hier bei mir leben würdest – zumindest vorübergehend –, ist allein der, daß es deiner Mutter nicht sehr gutgeht. Deswegen hat sie heute nicht mit uns gegessen. Ich nehme an, daß es schon häufiger vorgekommen ist, daß sie sich nicht wohl fühlte und nicht mit dir essen konnte, und wahrscheinlich hast du dir deswegen schon Sorgen gemacht, nicht wahr? Du hast gesagt, daß sie sich krank fühlt und einsam. Du wirst aber auch wissen, daß man Ruhe braucht, wenn man sich nicht wohl fühlt. Aber wenn man für einen kleinen Jungen sorgen muß, selbst wenn er ein so braver, guter Junge ist wie du, kann das sehr anstrengend und ermüdend sein. Du mußt dir keine Sorgen machen, deine Mutter allein zurückzulassen. Sie kann jederzeit hierherkommen, sooft sie will. Sie braucht Hilfe, und man wird sich um sie kümmern. Ich bin fest davon überzeugt, daß sich schon bald alles wieder zum Guten wenden wird – auch wenn die Zeit in deinem Alter nur ganz, ganz langsam zu vergehen scheint.«

»Aber... darf ich etwas sagen? Es dauert auch sehr, sehr lange, bis ein Bruder aus dem Bauch kommt.«

»Ich verstehe. Ja, natürlich dauert das sehr lange. Du wirst also einen kleinen Bruder bekommen. Das sind sehr gute Neuigkeiten, Cosimo, überhaupt kein Grund zu weinen. Vielmehr noch ein Grund, ganz besonders gut auf deine Mutter aufzupassen. Wir dürfen sie nicht überanstrengen. Findest du nicht auch?«

»Ja, sonst wird sie nicht wach, und wir müssen ins Krankenhaus.«

»Daß du mir davon aber niemandem etwas erzählst. Niemandem, verstehst du, nicht einmal deiner kleinen Freundin Lilla.«

»Ja, Großmutter. Darf ich dich noch etwas fragen? Wenn ich hierherkomme und hier wohne, darf ich dann meine selbstgebastelte Koppel und Daisy mitbringen?«

»Aber hier hast du eine echte Koppel und die echte Daisy.«

»Ja, aber meine Spielzeug-Daisy ist sonst ganz allein in der Dunkelheit, und Rodrigo... sie werden auf mich warten, wenn ich hier bin.« Er wartete, blickte auf die Haare, die aus dem Muttermal sprossen, dann auf ihren Mund, dann in ihre Augen. Sie lächelte nicht, aber die Augen blickten freundlich. Sie schaute aus dem Fenster. »Ich könnte sie da drüben in die Ecke stellen, dort, wo die Staubflocken liegen. Und wenn geputzt wird, kann sie auf die Kommode, wie zu Hause.«

Sie schaute ihn noch immer nicht an, blickte aus dem Fenster. Er wartete. »Darüber reden wir später, mit deinem Vater. Jetzt muß ich mit deiner Mutter sprechen. Lauf nur und geh Daisy besuchen.«

Cosimo stieg mit den dicken Socken in die Gummistiefel, warf sich einen warmen Mantel und einen Schal über und rannte hinaus in den Hof. Der Himmel war wie leergefegt, ein kalter Wind, der von den schneebedeckten Bergen kam, wirbelte kleine, dunkle Blätter durch die Luft. Cosimo begann, im Hof im Kreis herumzurennen, herum und herum, atmete dabei heftig. Die Plastiktasche für Daisy mit den Möhren, Äpfeln und dem hellgelben Chicorée klatschte gegen sein Bein, während er die gewohnte Prozedur einhielt: dreimal um die Ecke, wo er rasch mit der Hand über die nackte Rebe fuhr, die sich die hohen Mauern hinaufrankte, dreimal um den Brunnen in der Mitte, wo der gelbe Jasmin nach kaltem Sonnenschein roch. Dann rannte er laut rufend durch den steinernen Torbogen auf Daisys dunklen, alten Stall zu.

»Daisy! Daisy, ich komme!«

Daisy wartete, das Maul durch die Gitterstäbe geschoben, wieherte mit zitternden Nüstern in geduldiger Aufregung.

»Es tut mir leid, daß ich so lange nicht da war, Daisy! Dafür habe ich dir etwas Gutes mitgebracht. Und Chicorée. Pia meint, du würdest das mögen. Magst du Chicorée, Daisy? Wenn ich doch nur an den Lichtschalter käme…«

In dem alten Stall gab es insgesamt vier Boxen. Eine dicke Schicht aus Staub und Spinnweben bedeckte die weißgetünchten Wände. Drei der Boxen standen leer, Daisy hatte keine Freunde. Darum war sie immer traurig, außer wenn Cosimo kam. Zuerst konnte Cosimo fast nichts erkennen, als er aus dem hellen Sonnenlicht in die Dunkelheit trat. Aber dann begannen die verschiedenen Dinge Form anzunehmen. Vittorio hatte einen Ballen Heu direkt neben der Tür liegenlassen.

»Daisy, sieh doch nur!« Cosimo ließ die Tüte fallen, wollte ein wenig von dem Heu zu ihr hinüberschaffen. Aber der Ballen war fest mit dickem Draht umwickelt. Obwohl er sich sehr bemühte, gelang es ihm nur, ein paar vereinzelte Halme herauszuziehen, die er in die Tüte zu den Äpfeln steckte. Er kletterte auf den Ballen und sprang darauf herum, in der Hoffnung, daß sich auf diese Weise das Heu ein wenig lockern würde, aber auch das half nicht weiter. Nur Vittorios großes Messer könnte den dicken Draht durchschneiden. Er wollte schon wieder von dem Ballen herunterspringen, da entdeckte er, daß er von dort oben den Lichtschalter erreichen konnte. Cosimo erinnerte sich an den Hofverwalter... das war vor sehr, sehr langer Zeit... ein großer, kräftiger Mann, fast so groß wie Papa, mit einer breiten Brust, er lächelte nie, schrie...

Der Lichtschalter hing lose an der Wand herunter und mit ihm zahlreiche, verstaubte Drähte, und der Hofverwalter schrie und schrie.

Der gesamte Hof, nicht nur dieses Gebäude! Vittorio ist kein Elektriker! Und wenn dafür kein Geld da ist, wer bezahlt dann die Schadenersatzforderung, wenn einer der Männer an einem elektrischen Schlag stirbt?

Cosimo wußte, was ein elektrischer Schlag war, Milena hatte es ihm erklärt.

Stochere nie in einer Steckdose herum, sonst kriegst du einen elektrischen Schlag und wirst geschmort.

›Einen elektrischen Schlag kriegen‹ – eine gräßliche, furchterregende Vorstellung, ähnlich wie der Gedanke, ›zu

Hundefutter verarbeitet zu werden‹. Milena sagte, daß man dann verbrennen und sterben würde. Aber Cosimo glaubte ihr nicht ganz, denn aus den kleinen, runden Löchern kamen keine Flammen. Aufmerksam musterte er den Lichtschalter, der von der Decke herunterbaumelte, nur an einem Stück Holz befestigt. Er konnte die kleinen, runden Löcher nicht entdecken, vor denen Milena ihn gewarnt hatte. Und überhaupt, Vittorio schaltete das Licht jeden Tag ein und hatte noch nie einen Stromschlag bekommen.

»Ich schalte es ein, Daisy, du bist nicht gerne im Dunkeln – und ich auch nicht.«

Cosimo streckte die Hand aus, doch als er den staubigen, schwarzen Schalter berührte, begann er auf dem Stück Holz hin und her zu schwanken, das Licht ging nicht an. Staub drang ihm in Mund und Nase, er mußte heftig niesen und griff haltsuchend nach dem hin und her pendelnden Schalter, um nicht von dem Heuballen zu stürzen.

Nur der Verwalter oder Papa durften Großmutter sagen, was sie tun sollte.

Um Himmels willen, Mutter, der Mann hat absolut recht! Wie willst du mit billigen Korken Geld sparen, wenn anschließend vier Leute einen ganzen Monat lang die Flaschen wieder umfüllen müssen?

Cosimo erwischte das Stück Holz und hielt es fest. Um den Schalter umlegen zu können, mußte er sich ganz hoch auf die Zehenspitzen stellen, so daß er einen unsicheren Stand hatte und sich am Schalter festhalten mußte, um nicht zu stürzen.

»Ich tue es, Daisy…«

Daisy wieherte, ließ die Plastiktüte nicht aus den Augen.

Der Schalter klappte um. Cosimo ließ los und stürzte. Die Kante des Heuballens bremste den Aufprall auf den Boden, und so tat es nur ein bißchen weh. Cosimo hielt die Luft an, wartete auf den Stromschlag, darauf, daß er geschmort werden würde, aber da nichts weiter geschah, rappelte er sich hoch.

Die Glühbirne über Daisys Kopf war ebenso zugestaubt wie alles andere und tauchte den Stall statt in strahlende Helligkeit in ein gemütliches Dämmerlicht.

»Daisy, du bist ja noch immer im Halfter!«

Vittorio sollte Daisy das Halfter immer abnehmen. Großmutter hatte ihm das wenigstens hundertmal gesagt, und Papa ebenfalls. Einmal hatte Papa Cosimo von einem wunderschönen Pferd namens Balena erzählt, das mit Halfter in die Box eingestellt worden war. In der Nacht blieb es damit ganz unglücklich an irgend etwas hängen und strangulierte sich. Der Mann, dem das Pferd gehörte, weinte vor lauter Kummer.

Ein richtiger, erwachsener Mann?

Ja. Die Stute war sein Lieblingspferd gewesen und ein sehr talentierter Springer.

»Ich muß dir das Halfter abnehmen, Daisy, sonst stirbst du in der Nacht und kommst nicht in den Himmel.«

Er durfte nicht in die Box, aber es war kein Angestellter da, der es für ihn machen konnte, niemand in der Nähe, der ihn verraten konnte. Er durfte nicht zulassen, daß Daisy starb. Die Riegel an Daisys Tür waren sehr schwergängig, aber Cosimo nahm eine Führleine vom Haken an der Wand, knotete eine Schlinge und zog damit den untersten Riegel zurück, so wie er es bei Papa gesehen hatte.

Dann kannst du fester ziehen, ohne dir die Hand am Riegel zu verletzen.

Daisy steckte die Nase nun nicht mehr durch die Gitterstäbe im oberen Teil der Tür, sondern hielt den Kopf gesenkt, wieherte in der unteren, geöffneten Hälfte nach ihren Leckereien.

»Warte, Daisy, ich komme rein und nehme dir das Halfter ab.«

Cosimo kletterte über die hölzerne Stufe in Daisys Box. Die Stute rieb die weiche Nase an seinem Kopf, an seiner Brust und machte sich dann auf die Suche nach seinen Händen und den Zuckerstückchen, die sie darin zu finden hoffte. Ihr langer Hals fühlte sich so glatt wie Seide an, aber selbst im trüben Licht der staubigen Glühbirne konnte Cosimo den dunklen Streifen erkennen, den sein Streicheln auf ihrem Fell hinterlassen hatte. Ihre Decke lag auch nicht mehr richtig, sondern hing an der einen Seite fast bis auf den Boden, während der Rücken auf der anderen Seite bis auf das Gurtband völlig nackt war.

»Du wirst dir noch den Tod holen!« schimpfte Cosimo, Milenas Ton nachahmend. Und außerdem war das nicht ungefährlich, denn sie konnte sich mit den Hufen in der Decke verfangen. Er zog und zerrte an den Ecken, die er von vorne erreichen konnte, doch es gelang ihm nicht, sie Daisy wieder über den Rücken zu ziehen. Er war einfach zu klein und bekam sie nicht bewegt. Er versuchte das Halfter zu lösen, aber jedesmal, wenn er danach greifen wollte, hob Daisy rasch den Kopf – bestimmt, weil Vittorio ihr das Halfter immer so grob herunterriß, daß er dabei ihre Ohren verletzte. Cosimo gab nicht auf, probierte wieder die Decke, dann das Halfter, wieder die Decke, das Halfter, bis er vor lauter Erschöpfung, Verzweiflung und Wut weinte.

»Ich bin zu klein! Daisy, ich bin einfach zu klein! Du mußt mir helfen, sonst erfrierst du in der Nacht oder erwürgst dich jämmerlich.«

Doch die Decke bewegte sich noch immer nicht vom Fleck und Daisy hob nach wie vor jedesmal den Kopf, sobald er die Hand nach dem Halfter ausstreckte.

Weinend plumpste Cosimo rückwärts ins Stroh. Daisy stupste ihn mit dem Maul.

»O Daisy! Was sollen wir nur tun? Wenn ich doch nur so groß wie Papa wäre! Wenn doch nur mein Papa hier wäre!« Er weinte lauter, nicht aus Wut, sondern weil er sich so einsam fühlte und traurig war wegen Daisy. Er spürte ihren warmen Atem an seiner Wange, und plötzlich schleckte ihre rauhe Zunge seine Tränen ab. Vor lauter Überraschung hörte er auf zu weinen. Daisy trat noch ein wenig näher an ihn heran, er spürte den warmen, nach Heu duftenden Atem, die Wärme des kräftigen Beines. Er streckte die Hand nach dem Bein aus, streichelte und drückte es, und nach einer Weile ebbte das Weinen ab. Er fühlte sich ruhig, geborgen, als hielte ihn Tante Matty im Arm. Es kamen nur noch ganz kleine Schluchzer, im Takt mit Daisys Zunge, die ihn abschleckte und schleckte und schleckte, den Kopf, das Gesicht und sogar den Mantel.

»Habe ich Hasenohren, Daisy?« Er fühlte sich so warm und geborgen, daß er am liebsten an Daisys freundlichem Bein eingeschlafen wäre, aber sie stupste an seinen Taschen herum, war auf der Suche nach etwas Eßbarem.

»Ich hol die Tasche ja schon, einen Augenblick.« Cosimo zog sich an Daisys Bein hoch, streichelte ihren nackten Rücken, preßte seinen Kopf an ihren. Die Schnalle der Decke drückte kalt an seine Wange. Cosimo lächelte.

»Jetzt weiß ich, was ich tun muß, Daisy. Ich werde die Schnalle öffnen und die Decke einfach ganz runterziehen. Dann kannst du dich nicht mit den Beinen darin verheddern, und Großmutter wird jemanden schicken, der sie dir wieder richtig auflegt. Vittorio kann das tun, wenn er dich füttern kommt. Das muß er. Bleib stehen, Daisy...«

Daisy blieb still stehen. Cosimo langte nach oben und löste die beiden Schnallen. Unter dem Schwanz wurde die Decke von einer Kordel gehalten. Cosimo mußte sich das genauer anschauen, redete mit Daisy und tätschelte ihr den Rücken, während er sich in der Box nach hinten bewegte, so wie Papa es ihm gezeigt hatte. Die Kordel war geknotet und so hoch, daß er nicht heranreichen konnte. Aber wenn er erst einmal alle anderen Befestigungen gelöst hatte, konnte er die Decke über Daisys Schwanz herunterziehen.

Die Plastikspangen an der Brust waren problemlos zu öffnen, aber die Decke selbst war so weit auf die eine Seite gerutscht, daß sie Daisy fast erstickte und eine tiefe Furche in den Nacken gegraben hatte.

»Arme Daisy... bleib bitte schön ruhig stehen, während ich sie dir herunterziehe.« Die Decke hing auf der rechten Seite schon fast auf dem Boden. Aber Cosimo mußte sie wieder hoch auf den Rücken zerren, damit er die Kordel unter dem Schwanz befreien konnte. Die Decke war sehr schwer, und die Stute war durch das Gezerre nervös geworden und schreckte zurück.

»Nicht, Daisy, tu das nicht. Ich muß die Decke hinten über deinem Schwanz herunterziehen, sonst verhedderst du dich doch und...« Aber dann war es Cosimo, der sich in der schweren Decke verhedderte, während er sich mühselig und schwitzend damit abplagte. Daisy drehte sich ein wenig und schlug leicht nach hinten aus, versuchte sich selbst zu befreien. Cosimo durchfuhr ein fürchterlicher Schreck. Wenn sie sich nun ein Bein brach? Das wäre ganz allein seine Schuld.

Aber Großmutter, ich konnte einfach nicht so hoch hinaufreichen.

Du mußt nirgendwo hinaufreichen...

Kein Grund, ungehorsam zu sein.

Verdammter kleiner Bastard...

»Bitte, Daisy, bitte, nimm dein Bein da weg, damit ich die Decke wegziehen kann.« Aber Daisy hatte sich mitsamt der Decke in die Ecke neben den Wasserspender zurückgezogen und rührte sich nicht mehr von der Stelle. Cosimo hatte solche Angst, daß er fast wieder angefangen hätte zu weinen, aber er riß sich zusammen. Er mußte Daisy retten. »Was soll ich nur tun?« wollte er von ihr wissen.

Daisy wieherte leise, reckte den Hals, suchte nach Zukker.

Da Cosimo nicht wußte, was er sonst noch tun konnte, trat er aus der Box hinaus und hob die Tüte mit Daisys Leckereien auf. Als er sich wieder zu ihr umdrehte, stand sie vorne an der Tür, wartete auf den Zucker. Die Decke lag hinter ihr auf dem Boden.

»Braves Mädchen, Daisy, braves Mädchen. Laß mich wieder zu dir hinein.« Er drückte sich an ihrer Brust vorbei in die Box und schüttete all die Leckereien in die Krippe, so daß er die Decke ganz wegziehen konnte, während sie fraß. Daisy stürzte sich als erstes auf den frischen, gelbgrünen Chicorée, zermalmte ihn mit leisem Knirschen.

»Den magst du ja wirklich.«

Und wie! Sie schnüffelte erfreut daran, schnappte danach, schmatzte genüßlich, mochte ihn lieber als alles andere, ganz wie Pia gesagt hatte.

Cosimo bekam das Gurtband zu fassen und zog die Decke aus der Box. »Das wäre geschafft«, stöhnte er erleichtert, Milenas Tonfall nachahmend.

Daisys Kopf steckte in der Krippe. Sie kaute und schmatzte, ohne auch nur einmal Luft zu holen. Doch als Cosimo die Hand nach dem Halfter ausstreckte, schnellte ihr Kopf wieder hoch. Auch wenn sie ihn anschließend direkt wieder in der Krippe versenkte, würde sie es kaum zulassen, daß er sie vom Halfter befreite.

Daisy wußte ja nicht, daß sie sich in der Nacht damit strangulieren konnte, und sie wußte auch nicht, daß sie keine unsterbliche Seele hatte. Cosimo streichelte die warme Flanke, die Brust und den glatten, warmen Bauch. Woher wollten die anderen eigentlich so genau wissen, was da drin war?

Höchste Zeit, daß sie zu Hundefutter verarbeitet wird...

Deswegen wußten sie es. Wenn sie ein Pferd aufschlitzten, flog keine fischförmige Seele mit durchsichtigen Flügeln in den Himmel. Nur Hundefutter war darin. Er mußte das Halfter herunterbekommen. Da fiel ihm ein, was er tun konnte. Allein der Gedanke ließ sein Herz schneller schlagen. Das Blut stieg ihm ins Gesicht. Er würde es tun, ohne weiter darüber nachzudenken, weil er Daisy liebte und sie retten mußte.

Die Stute hatte aufgehört zu fressen und stupste Cosimo, bettelte um mehr.

»Warte ...«

Aus dem Innern der Box konnte er durch die Gitterstäbe greifen und den Riegel der oberen Türhälfte öffnen. Er war bei weitem nicht so schwergängig wie die anderen. Das Gitter schwang zurück.

»Die Sonne scheint, Daisy«, flüsterte Cosimo. »Es ist ein bißchen kalt, aber du kannst ja herumlaufen, damit dir warm wird, und dann kannst du ein wenig grasen.« Er griff nach der Führleine. Ob sie wohl begriff, daß er nur die Leine befestigen wollte, oder glaubte sie, er wolle ihr wieder das Halfter abstreifen? Sie hatte begriffen.

»Weil die Box offensteht, nicht wahr? Wir dürfen uns nur nicht erwischen lassen.«

Cosimo hatte Angst, war sich nicht sicher, ob er Daisy ohne Hilfe führen konnte.

Geh so rasch du kannst, aber renn nicht. Streck deinen rechten Arm so weit aus wie möglich, damit sie dir nicht zu nahe kommt und dir versehentlich auf den Fuß tritt.

Braver Junge, gut gemacht. Geh weiter, Daisy. Sehr schön. Wunderbar. Wenn sie jetzt stehenbleibt, dreh dich nicht um, schau sie nicht an.

Daisy blieb nicht stehen. Sie verfiel in einen leichten Trab, zog Cosimo hinter sich her.

»Nicht, Daisy! Halt! Das ist zu schnell!« Er konnte seinen Arm nicht ausgestreckt halten, sie zog zu heftig.

»Papa hat gesagt, daß ich nicht rennen darf, Daisy!«

Daisy trabte, und Cosimo mußte entweder rennen oder die Leine loslassen. Er rannte, rutschte auf dem Kies aus und fiel, aber er ließ die Führleine nicht los. Daisy drehte sich zu ihm um und wartete, zog nicht, bis er sich wieder aufgerappelt hatte und weiterrennen konnte. Endlich hatten sie die kleine Koppel erreicht. Beim Anblick des ersten Grasbüschels blieb Daisy wie angewurzelt stehen und begann zu grasen.

Cosimo war ganz außer Atem, schwitzte in seinen warmen Sachen. Daisy war überhaupt nicht außer Atem. Sie hielt den Kopf gesenkt, riß ein Grasbüschel nach dem anderen ab, kaute und kaute und bewegte sich erst wieder von der Stelle, wenn in Reichweite ihres Mauls kein Halm mehr übrig war.

Der Wind von den Bergen wehte heftiger, und weit, weit in der Ferne, hinter den Bergen auf der anderen Seite von Großmutters Tal konnte Cosimo eine Reihe rosaschimmernder, schneebedeckter Berggipfel vor dem purpurfarbenen Himmel erkennen und ein entferntes Ächzen kündete davon, wo der Wind herkam. Als Daisy ihren ersten Heißhunger gestillt hatte, nahm sie den Wind wahr, hob den Kopf, stellte mit geblähten Nüstern die Ohren auf und verinnerlichte die ungewohnten Gerüche und Geräusche der Außenwelt.

»Gefällt es dir, Daisy? Gefällt's dir?«

Daisy gefiel es. Sie senkte den Kopf, um weiterzugrasen, und Cosimo, der sich jetzt, da sie es nach draußen in die Freiheit geschafft hatten, wieder mutiger fühlte, löste die Führleine vom Halfter.

»Nun kannst du tun und lassen, was du willst.«

Offenbar wollte Daisy nur grasen. Hatte sie überhaupt gemerkt, daß er ihr die Führleine abgenommen hatte?

»Du kannst jetzt spielen, Daisy! Hast du keine Lust?«

Er rannte los, weg von ihr, und sprang über einen Busch Wicken.

»Sieh nur, Daisy! Das sind Wicken! Die magst du am allerliebsten, hat Papa gesagt! Sieh nur, was ich mache!«

Daisy sah nicht hin. Sie blieb stehen, wo sie war, und graste weiter. Dann hielt sie inne, erkannte, daß keine Leine sie mehr an Ort und Stelle zwang. Cosimos Herz begann wild zu hämmern. Wenn Daisy weglief, konnte er sie nicht einholen, und wenn sie sich verletzte...

Ein Zittern durchlief Daisy. Sie rannte nicht einfach los, sondern begann zu springen, vollführte kleine, ausgelassene Sprünge, wie Cosimo sie bei Lämmern gesehen hatte, nicht vorwärts, in keine bestimmte Richtung, sondern auf der Stelle, ein, zwei, drei Mal, und dann schoß sie davon wie eine Rakete, zum anderen Ende der Koppel, weg von Cosimo. Würde sie zurückkommen? Würde sie über ein Loch stolpern und sich ein Bein brechen? Würde sie über den baufälligen Zaun springen und auf immer und ewig verschwinden? Cosimo beobachtete sie aufgeregt, voller Sorge. Daisy erreichte das andere Ende der Koppel, drehte um. Sie kam zurückgaloppiert, blieb aber nicht stehen, sondern galoppierte in einem großen Kreis, so schnell sie konnte, um Cosimo herum und wieder herum. Dann und wann sprang sie zu ihm hin, bockte, schnappte sich ein paar Wicken und eilte wieder davon.

»Gut, Daisy! Sehr gut!« schrie Cosimo. »Ga-lopp! Galopp!« Er sprang und bockte und rannte ebenfalls in einem großen Kreis. Der Wind heulte und biß an seinen Ohren, und es war das allerschönste auf der ganzen Welt. Je schneller er rannte, um so glücklicher fühlte er sich. Er würde niemals in den Himmel gehen, denn hier mit Daisy war es viel schöner.

Er rannte und sprang und lachte und schrie. Plötzlich blieb Daisy stehen. Cosimo tat es ihr gleich, drehte sich um. Am offenen Gatter stand eine dunkle, wütend aussehende Gestalt. Vittorio.

Was würde er tun? Cosimo haßte Vittorio, hatte aber auch Angst vor ihm. Er hatte Angst, daß er Hundefutter aus ihm machen würde, denn Vittorio besaß ein großes Messer, und er schlachtete Lämmer und Hasen, und einmal hatte er sogar ein Schwein geschlachtet. Erst jetzt bemerkte Cosimo, daß Vittorios Haus auf der anderen Seite der Koppel stand.

Er wandte sich zu Daisy um. Als wüßte sie, daß ihr nicht mehr viel Zeit blieb, schlang sie, so schnell sie konnte, Gras in sich hinein.

»Daisy«, flüsterte Cosimo leise, »lauf weg!«

Vittorio trug einen Eimer. Er schwenkte ihn, so daß er laut klapperte. »Komm schon!« rief er. Daisy hob den Kopf und trottete zögerlich auf Cosimo zu.

»Ich kann dich nicht retten… ich weiß nicht, wie…«

Doch Daisy trottete an ihm vorbei, geradewegs auf Vittorio zu, und senkte den Kopf tief in den Eimer. Vittorio ergriff das Halfter und führte sie fort.

»Nein, Daisy! Nicht! Er sperrt dich wieder ein! Bleib bei mir! Ich bin dein Freund! Daisy!« Die beiden waren im Stall verschwunden.

Der kalte Wind tat ihm an den Ohren weh, und die Brust schmerzte ihm so sehr, daß er das Gefühl hatte, sie müsse gleich platzen. Das rosafarbene Licht über den Bergkuppen am Horizont war verblaßt, und das tiefe, klagende Ächzen kam immer näher, jagte ihm Angst ein. Daisy hatte ihn einfach stehenlassen, war mit dem gräßlichen Vittorio gegangen. Er haßte Daisy, die nun wieder traurig und allein in der dunklen Box stand. Cosimo rannte durch das nasse Gras, über den Kies, zurück zum Haus. Warum ist sie zu ihm gegangen? Warum nur? Warum? Er weinte nicht, rannte ganz schnell, atmete rasch, rannte schnell…

»Cosimo!«

Das Auto war da und Amadeo und…

Er rannte zu ihr, wollte ihr alles erzählen, wollte, daß sie ihn in den Arm nahm, wollte erklären, wollte, daß ihm wieder warm wurde.

»Steig ein.« Ihr Gesicht war ganz blaß, fast schon grau, die Augen glitzerten. Er wurde hochgehoben und auf den Rücksitz des Autos geknallt, so daß die Füße noch draußen baumelten. Sie zog ihm Stiefel und Socken aus und warf sie achtlos beiseite. Pia eilte zu ihnen, eine Tüte in der Hand, die sie auf den Beifahrersitz neben Amadeo stellte. Der Motor lief, im Auto war es warm. Pia sah völlig verschreckt aus, sagte kein Wort, winkte Cosimo nicht einmal, als sie fortfuhren.

»Teddy Braun…« Wo steckte er? Ohne sich umzudrehen schob Amadeo die Tasche nach hinten auf den Rücksitz, als er am Eingangstor abbremsen mußte, um auf die Straße abzubiegen. Teddy Braun war darin, zusammen mit Cosimos Schuhen. Cosimo preßte die Tasche fest an sich.

Während der gesamten Fahrt sprach niemand ein Wort. Es wurde dunkel.

Unter dem Sofa im Alkoven hielt Cosimo, im Schlafanzug, Teddy Braun fest an sich gedrückt. Er versuchte ihm zu erklären, daß es nicht stimmte, daß er nichts von dem kleinen Bruder verraten hatte, daß er nicht darum gebeten hatte, bei Großmutter wohnen zu dürfen, aber es gelang ihm nicht. Teddy Braun lag neben ihm, den Kopf unter Cosimos Kinn vergraben, plattgedrückt, schmutzig und traurig. Er hörte einfach nicht zu. Immer und immer wieder sah Cosimo Daisy an sich vorbei und hinter Vittorio her zu ihrem übelriechenden Zuhause hinter Gittern trotten. An ihm vorbei und hinter Vittorio her. An ihm vorbei. Er versuchte und versuchte es, aber das Bild wollte einfach nicht verschwinden. Er kniff die Augen zusammen, doch er sah es immer noch. Er kniff die Augen zusammen und hielt sich die Ohren zu, aber es verschwand nicht. Die Brust tat ihm weh, und ein schreckliches Heulen ertönte, als er seinen Kopf auf den traurigen, plattgedrückten Bären schlug und schlug und schlug, damit er wieder Teddy Braun war und er ihm alles erzählen konnte. Aber es funktionierte nicht. In seinem Kopf herrschte absolute Stille. Keine Stimme, kein einziges Wort, nur Bilder. Daisy, wie sie an ihm vorbeitrottet. Pia, wie sie völlig verschreckt die Tasche bringt, ihn fortschickt. Großmutter am Fenster, die wegsieht. Er suchte nach Lilla, aber die ging die Straße hinunter. Er suchte nach Tante Matty, aber die ließ ihn los, und ihm wurde ganz kalt, und jetzt war selbst Teddy Braun verschwunden, hörte ihm nicht mehr zu.

Cosimo schlug seinen Kopf fester und fester auf den platten Bären. Das Heulen aus seiner Brust tönte lauter und lauter, erklang im Takt mit dem schlagenden Kopf, bis ihm schließlich der Hals weh tat und er vor Erschöpfung einschlief.

Als er die Augen wieder öffnete, war es dunkel und eiskalt. In seinem Kopf war es ganz still, im Haus ebenfalls, bis auf… Tick… Tack…

Cosimo sagte nichts, preßte den Bären an sich, als er unter dem Sofa hervorkroch und nach der Lampe auf dem kleinen Tisch tastete. Er wußte, wo der Schalter war, seine Finger fanden ihn rasch, und er schaltete das Licht ein. Er setzte den Bären auf das Sofa und betrachtete das Telefon.

Tick… Tack…

Cosimo nahm den Hörer ab, die Finger drückten die Tasten. Er hatte das Telefon noch nie benutzt, aber er hatte zugeschaut und wußte, daß man zuerst warten und dann sprechen mußte. Cosimo wartete. Da war ein Geräusch, das sich nicht nach dem Klingeln eines Telefons anhörte. Dann ertönte Tante Mattys Stimme: »Zwei, zwei, null, sieben, null, sieben, acht. Bitte hinterlassen Sie eine Nachricht nach dem Piepton. Danke.«

»Teddy Braun will in den Arm genommen und ganz fest gedrückt werden«, sagte Cosimo. Dann wartete er und hörte einen Piepton. Er wartete lange. Niemand redete. Dann hörte er wieder Tante Matty: »Vielen Dank für Ihre Nachricht.« Und er wartete wieder. Noch ein Piepton. Tante Matty sagte nichts mehr.

»Kommst du jetzt?« erkundigte sich Cosimo.

Niemand antwortete. Cosimo setzte sich auf das Sofa, den Hörer auf dem Schoß.

Tick… Tack…

Dann hörte er den Aufzug.

»Papa!« Er ließ den Hörer fallen, schnappte sich Teddy Braun und lief durch den Flur zur Tür. Der tote Großvater kümmerte ihn nicht, denn es war Sonntag abend und Papa war gekommen. Die Aufzugtüren öffneten sich.

»Papa!« Cosimo reckte sich auf Zehenspitzen. Die Schlüssel steckten nicht, also war die Tür noch nicht zur Nacht abgeschlossen und die großen Riegel noch nicht vorgeschoben worden. Mit einer Hand drückte er die Klinke einer der beiden großen Türen hinunter.

»Hallo. Wo willst du denn hin, so ganz allein?«

Es war nicht Papa. Es war die Mieterin von nebenan. Sie schloß die Tür auf, drehte sich zu ihm um und lächelte ihn wie immer freundlich an.

»Ich will nirgendwo hin. Ich warte auf meinen Papa.«

»Dann paß aber auf, daß du dir keine Erkältung holst. Es ist kalt heute nacht.« Ihre Nase war ganz rot, und sie trug einen langen, dunklen Mantel und einen großen, roten Schal, den sie sich um den Kopf gewickelt hatte. Cosimo konnte den kalten Wind riechen. Sie wandte sich ab und wollte in ihre Wohnung.

»Entschuldigen Sie bitte«, Cosimo trat auf den Flur hinaus.

Sie drehte sich wieder zu ihm um.

»Darf ich Ihnen etwas erzählen?«

»Aber natürlich. Was willst du mir denn erzählen? Du heißt Cosimo, nicht wahr?«

»Ja«, antwortete er, obwohl sie seinen Namen nicht richtig ausgesprochen hatte, weil sie eine Mieterin war. Er schaute sie eindringlich an, legte die Stirn in Falten, damit sie zuhörte. »Ja, ich heiße Cosimo. Teddy Braun muß in den Arm genommen und gedrückt werden.«

Cosimo wartete, gespannt, wie sie darauf reagieren würde. Sie lächelte. »Ist das da in deinem Arm Teddy Braun?«

Cosimo blickte auf den Bären hinunter und wußte nicht so recht, was er sagen sollte. Er sah der Mieterin fest in die Augen. »Dann drückst du ihn wohl besser einmal so richtig fest, nicht wahr? Ciao, ciao!« Sie ging in ihre Wohnung, blinzelte ihm noch einmal kurz zu, winkte ihm und schloß die Tür. Cosimo ließ den Bären fallen und rannte hinein.

Unter dem Sofa war es sehr still. Keine Geschichten, kein Teddy Braun, um den er sich kümmern mußte, nur der tote Großvater. Cosimo wollte sich die Ohren zuhalten, um den toten Großvater zu verscheuchen, aber er war zu müde. Er sollte besser nicht unter dem Sofa einschlafen, sonst würden sie ihn dort finden, aber er war zu müde. Er überlegte, ob er hinauskrabbeln und den Flur hinunter in sein Zimmer gehen sollte, aber es brannte kein Licht, und der Weg dorthin war sehr lang. Er war zu müde. Dann wanderte er durch die Dunkelheit, und die Dunkelheit schien so undurchdringlich wie eine Mauer. Er streckte die Hände aus, tastend, fürchtete, sich den Kopf so fest zu stoßen, daß er keine Luft mehr bekam und nicht weinen konnte. Er schlug sich den Kopf nicht an. Da war nichts. Nichts. Gar nichts... Er überlegte, ob er umkehren und Tante Matty suchen sollte, aber er war zu müde, um gegen die Dunkelheit anzukämpfen. Darum ging er weiter.

Der Boden senkte sich unter seinen Füßen, Licht traf auf seine Augen. Er öffnete sie und blickte auf etwas Weißes. Es roch schwach nach Parfüm und deutlich stärker nach etwas anderem, verlockend wie frischgebackenes Brot. Er fühlte die kuschelige Wärme unter dem Bademantel.

»Cosimo! Mein armes Baby... armes Cosimo-Baby... Du bist ja eiskalt... armes Baby, armes Baby...«

Baby-Cosimo spürte, wie es hin und her gewiegt wurde. Es atmete tief ein und drückte die Wange in die Wärme, spürte die Vibration ihrer Stimme.

»Armes Baby, alles in Ordnung, schon gut, jetzt ist alles wieder gut. Die werden uns nicht mehr aus dem Gleichgewicht bringen, die nicht. Wir bleiben einfach so zusammengekuschelt wie jetzt, und niemand wird uns jemals wieder aus dem Gleichgewicht bringen. Du bist mein Cosimo-Baby.« Sie wiegte ihn hin und her. »Mein Baby-Cosimo, das bist du... nicht wahr?«

»Ja.« Cosimo konnte seine eigene, geflüsterte Antwort kaum verstehen, so sehr genoß er das Wiegen, fühlte sich vor lauter Glück ganz kribbelig. Sogar die Finger und Zehen waren glücklich, und er glaubte, daß er vielleicht träume, denn er fühlte sich ganz schläfrig. Ein Lächeln sprudelte hoch aus seinem Bauch, wärmte ihm die Brust und zerplatzte sanft auf seinem Gesicht, so daß er beinahe lachte, während sie ihn drückte und drückte.

»Sieh uns nur an, hocken da auf dem Boden! Was sind wir doch für Dummköpfe!«

»Ja.«

»Du bist ganz schmutzig, dein Gesicht ist verschmiert, und was ist das da alles auf deinem Schlafanzug?«

»Ich mußte brechen … Ich habe nichts verraten, ich habe nichts verraten, ich habe nichts …«

»Schschsch … Nie wieder. Sie werden uns nie wieder so aus dem Gleichgewicht bringen. Du bist mein Cosimo-Baby, mein Baby, nicht wahr?«

»Ja.« Sie wiegte ihn, hin und her, hin und her.

»Und niemand wird dich mir wegnehmen. Das lassen wir nicht zu, nicht wahr?«

»Ja.« Sie wiegte ihn, hin und her, hin und her.

»So, jetzt waschen wir dich und ziehen dich um … Was ist los? Was hast du?«

»Ich will nicht unter die Dusche … Ich will nicht … Ich habe nichts verraten, kein Wort!«

»Schon gut. Schschsch … Wir müssen dich saubermachen, danach darfst du in meinem Bett schlafen. Würde dir das gefallen?«

»Ja …« Aber wieder fühlte er, wie sich Kälte und Übelkeit in seinem Bauch ausbreiteten. »Ich will nicht unter die Dusche.«

»Du mußt nicht duschen. Weißt du, was wir machen? Wir werden dich baden, so wie früher, als du noch ganz klein warst. Erinnerst du dich?«

»Ich glaube schon … «

»Du hast mit den Beinchen gestrampelt und mich an den Haaren gezogen und dich sehr, sehr ernst mit mir in deiner Babysprache unterhalten. Und ich habe dich im Wasser schwimmen lassen, hin und her, hin und her.« Sie wiegte ihn, hin und her. »Erinnerst du dich jetzt?«

»Ja.«

»Dann komm mit.« Sie stand auf, und er folgte ihr. Sie

ging nicht hinüber ins gelbe Bad, sondern um die Ecke den langen Flur hinunter. Er trottete hinter ihr her, holte sie ein, griff nach ihrem weißen Bademantel und vergrub den Kopf in dem weißen Stoff.

»Soll ich dich tragen?«

»Ja.«

Sie hob ihn hoch. Wie ein Klammeräffchen legte er Arme und Beine um sie, grub die Finger tief in das dichte, weiche, offen auf den Rücken fallende Haar. Er hielt die Augen geschlossen, spürte, wie sie weiterging, ihn wiegte, hin und her, hin und her. Er spürte eine Veränderung in der Luft, als sie den Flur entlanggingen, hörte das Tick… Tack… von hinten, ohne daß es ihn weiter störte, roch die warmen Düfte in ihrem Bad, klammerte sich noch immer an ihr fest, als sie den Wasserhahn aufdrehte.

Er hielt die Augen geschlossen, als sie ihn auszog, hob die Arme, das eine Bein, das andere Bein, nachgiebig und gehorsam, wiegte sich im Kopf noch immer hin und her.

»Du bist ja ganz schläfrig.«

»Ja.« Er fragte nicht, ob er ihr etwas erzählen dürfe. Er wollte nichts erzählen. Er wollte genau das. Sein Hals fühlte sich gut an, die Zunge dick und weich. Seine Brust war warm und weinte ein wenig, aber sein Gesicht kribbelte und lächelte, und er fühlte sich glücklich und ganz schläfrig. Er öffnete die Augen im Wasser und strampelte und planschte. Baby-Cosimo.

»Gefällt dir das?«

»Ja.«

»Besser als Baden mit Milena?«

»Ja, bei ihr kriege ich immer Seife in die Augen.«

Er streckte die Hand nach ihren langen, lockigen Haaren aus. »Laß mich schwimmen, so wie du gesagt hast.« Er spürte das Wasser an seinem Körper vorbeiströmen, hin und her. »Erzähl mir, was ich früher sonst noch so gemacht habe«, bat er und krallte die Finger fester in ihre Haare, zog daran.

»Laß das! Du tust mir weh!«

Er ließ die Haare los. »Es tut mir leid. Es tut mir leid. Ich wollte dir nicht weh tun...«

Sie ließ ihn noch immer schwimmen, hin und her, aber langsamer, noch langsamer, und noch langsamer... Er starrte sie an, versuchte herauszufinden, was sie als nächstes von Baby-Cosimo erwartete, doch sie nahm ihn gar nicht mehr richtig wahr. Ihre dunkel umschatteten Augen starrten zurück, doch sie sahen Cosimo nicht. Und wie sehr er sich auch bemühte, ihren Blick aufzufangen, er erreichte sie nicht. Er hob einen Finger, berührte ihr Gesicht. »Baby-Cosimo...« erinnerte er sie. Hin und her, hin und her ließ sie ihn schwimmen, ganz langsam. Strahlend helles Licht. Alles um sie herum glänzte und glitzerte, blasse Farben und Bänder, aber er schaute sie nicht an. Sie hielt ihn im Nacken und in den Kniekehlen. Er wollte sie bitten, ihm noch mehr zu erzählen. Erzähl mir von... Aber jeder verfolgte aufmerksam die Augen des anderen. Sie ließ ihn schneller schwimmen, und das warme Wasser schoß über sein Kinn und die Ohren. Sie ließ ihn los. Er hob den Kopf, griff nach ihrem Bademantel, warmes Wasser war in seinen Mund gedrungen, aber es schmeckte nicht seifig.

»Warte«, sagte sie. »Ich hole ein Handtuch.«

Er stand auf, und sie wickelte ihn in ein Handtuch ein.

Es war ganz warm von der Heizung, dennoch zitterte er ein bißchen.

»Mein Haar ist naß.«

»Stell dich auf den Rand der Badewanne, dann kannst du herunterspringen. Wie früher, weißt du noch?«

»Ich glaube schon...«

Sie half ihm hoch, und auf ihr Zeichen sprang er in ihre Arme. Sie fing ihn auf, drückte ihn einmal fest, stellte ihn auf die Badematte und trocknete ihn ab. Eingehüllt in dem warmen Handtuch nahm sie ihn auf den Arm. Er schloß die Augen und hielt sich an ihren Haaren fest.

»Wir haben vergessen, einen sauberen Schlafanzug für mich zu holen.«

»Das macht nichts.«

»Darf ich wirklich in dein Bett?«

»Siehst du denn nicht, wo wir hingehen?«

»Meine Augen sind zu. Aber ich spüre, daß du gehst.« Sie stellte ihn auf die Füße. Sofort verflüchtigte sich ihre Wärme. Sie zog nur rasch das Handtuch fest und bettete ihn dann auf etwas Weiches. Der Duft ihrer Haare strömte aus dem Kissen. Er hatte Hunger.

»Werden wir zu Abend essen?«

»Es ist spät. Außerdem hast du heute schon sehr viel gegessen.« Er hatte alles erbrochen, doch das hatte sie offenbar vergessen. »Ich mache dir eine warme Milch.« Er hörte, wie sie in der kleinen Schublade nach den Tabletten tastete. Als er die Augen öffnete, sah er, daß sie weinte. Tränen rannen ihr über das Kinn und den Hals, und die Brust leuchtete rot unter dem weißen Bademantel. Er rollte sich herum und reichte ihr eine neue Schachtel Tabletten.

»Wenn ich groß bin, passe ich auf dich auf und lasse dich nie allein.«

Sie sah ihn nicht an, hörte nicht auf zu weinen. Er wußte, daß die Tabletten ihr helfen würden, deshalb rollte er sich zusammen und schloß die Augen, als sie fortging, um ihm die Milch zu holen, wartete darauf, daß sie zurückkehrte, spürte den großen, stillen Raum, fühlte sich glücklich und geliebt. Baby-Cosimo.

Als sie ihm die Milch brachte, konnte er sich nicht richtig aufsetzen, weil seine Arme in dem großen Handtuch gefangen waren. Sie hielt ihn fest, eng an sich gedrückt, und ließ ihn die Milch in kleinen Schlucken trinken. »Du bist mein kleines Baby, meines ganz alleine.« Als er fertig getrunken hatte, wollte er weiter mit ihr kuscheln.

»Singst du mir *Schlafe, mein Prinzchen, schlaf ein*?«

»Schlafe, mein Prinzchen, es ruh'n
Schäfchen und Vögelein nun,
Garten und Wiese verstummt,
auch nicht ein Bienchen mehr summt,
Luna mit silbernem Schein
gucket zum Fenster herein ...

Soll ich dich wiegen?«

»Ja ... Lalelu ...«

»Lalelu,
nur der Mann im Mond schaut zu,
wenn die kleinen Babys schlafen,
drum schlaf auch du ...«

»Schlafe, mein Prinzchen.«

»Noch einmal?«

Er sagte ja, aber er konnte seine Stimme nicht hören, und das sanfte Gewiege versetzte ihn in eine seltsame Stimmung. Er wollte noch nicht schlafen, wollte das Kuscheln im weichen Bett genießen, wollte *Schlafe, mein Prinzchen, schlaf ein* hören. Er versuchte die Augen zu öffnen, die Wärme ihrer feuchten Haut einzuatmen, den groben Stoff ihres Bademantels zu fühlen, aber ein schweres Gewicht lastete auf ihm. »Schläfst du schon?« glaubte er sie fragen zu hören, doch als er zu antworten versuchte, war er für sie schon viel zu weit fort; sie konnte ihn nicht mehr hören. Dann wurde es dunkel.

Milch strömte zurück in seinen Mund, sie war noch immer warm, aber sie schmeckte anders. Er wandte das Gesicht von der warmen Nässe ab und sah etwas Weißes am Bettende stehen. Sein Magen revoltierte und entlud sich, während gleichzeitig ein lautes, wütendes Heulen ertönte.

»Nein! Nein!«

Er mußte in seinem Zimmer sein, aber das dort war nicht der Geist. Nein, es mußte das Eßzimmer sein, er hatte sich in der undurchdringlichen Dunkelheit den Kopf so fest an der Ecke des Tisches angeschlagen, daß er keine Luft mehr bekam und nicht einmal mehr weinen konnte.

»Schon gut, schon gut. Alles ist jetzt wieder gut. Ich wasche dich und ziehe dich um, bevor dein Papa kommt.«

Nicht duschen.

»Nein, du mußt nicht duschen. Ich hole eine Schüssel, einen Schwamm, ein frisches Handtuch und einen sauberen Schlafanzug für dich. Bleib nur still liegen, sonst verteilst du es überall.«

Als sie zurückkommt, liegt er ganz still da, aber das Erbrochene hat sich dennoch überallhin ausgebreitet.

»Komm, wir nehmen das Handtuch weg, auf dem du liegst. Das meiste ist darauf gelandet. Jetzt die Schlafanzughose, damit du nicht frierst...« Erst das eine Bein, dann das andere, fügsam, gehorsam. »Deine Füße sind ja ganz kalt... Wie oft habe ich dir schon gesagt, daß du dich nicht unter diesem Sofa verstecken sollst? Mach die Augen zu, damit ich dir das Gesicht abwaschen kann...«

Seife in den Augen...

»Ich habe keine Seife, nur klares, warmes Wasser. Ich habe es mit dem Ellbogen geprüft. Es hat genau die richtige Temperatur. Und ich habe einen echten Schwamm, zart wie Babyhaut, spürst du das?« Sie wäscht ihm das Gesicht, langsam, vorsichtig, Nase, Wangen, Kinn. »Morgen waschen wir dein Haar, jetzt sind wir müde. Dort unter dem Sofa ist es bestimmt ganz staubig geworden. Ich habe immer eine Ohrfeige bekommen, wenn ich mich versteckt habe, habe ich dir das schon einmal erzählt?«

Unter dem Sofa im Alkoven?

»Nein, ich habe mich im Besenschrank versteckt, und niemand hat mich gesucht.«

Und wie haben sie dich dann geohrfeigt?

»Ich bin von allein herausgekommen, wenn keiner da war, der mich sehen konnte. Ich mußte herauskommen, weil ich Hunger hatte. Aber sie haben nie herausgefunden, wo ich mich versteckt hatte, weil sie mich nicht haben wollten. Sie haben mich immer geschlagen.«

Wer hat dich geschlagen? Wer?

»Du mußt nicht weinen. Das Kopfkissen wird sonst ganz naß. Da ist noch was auf deinem Gesicht... warte, ich wasche erst noch rasch den Schwamm aus... gib mir deine Hände...«

Zuerst die eine Hand, dann die andere...

»Meine Tante, meine Tante hat mich geschlagen. Mit einer Haarbürste und manchmal mit einem Schuh.«

Hast du dich deswegen versteckt?

»Das war mir egal. So weh hat das nicht getan. Ich habe mich versteckt, weil sie mich nicht mochten, und selbst wenn ich mich den ganzen Tag lang in der dunklen, schmutzigen Besenkammer versteckte, kümmerte das meine Tante nicht im geringsten.«

Tante Matty.

»Nein, nicht Tante Matty. Matty ist nicht meine Tante, sie ist meine Schwester. Jetzt bist du wieder trocken. So... steck deinen Arm hier hinein... Du mußt dich schon ein bißchen aufsetzen, ich halte dich... wie müde du bist... geschafft. Bleib still liegen, ich knöpfe dir die Jacke zu. Matty war nicht da. Sie war älter als ich und hübscher – sie hatte blondes Haar – sie durfte daheim bleiben bei Mami und Papi, sogar als Mami krank war. Nur mich haben sie fortgeschickt, ganz allein. Aber ich werde niemandem erlauben, mein Baby-Cosimo fortzuschicken. Ich werde nie wieder allein sein, das erlaube ich ihnen nicht. Du bist mein Cosimo. So, du mußt jetzt hinüber in Angelos Bett. Hier muß ich die Laken abziehen.«

Einladend schlägt sie die Decke von Angelos Bett zurück.

»Es ist doch bestimmt eine nette Abwechslung, mal in Angelos Bett zu schlafen, oder? Manchmal tust du es doch auch samstags oder sonntags, nicht wahr? Komm schon, ich trage mein Baby-Cosimo hinüber und decke es gut zu... Wie schwer du bist, so ganz verschlafen... geschafft.«

Er drehte sich auf die Seite, leicht zusammengerollt, still wie ein Mäuschen. Sie deckte ihn zu. »Du brauchst keine Angst zu haben. Ich lasse das Licht an.«

Die ganze Nacht?

»Die ganze Nacht. Versprochen.«

Dann zieht sie Guidos Bett ab, holt frische Laken und ein sauberes Kissen, bezieht das Bett frisch, streicht die Tagesdecke nach allen Seiten glatt, bedächtig und sorgfältig, bis sie endlich perfekt liegt. Schließlich sammelt sie das schmutzige Handtuch und die Bettwäsche auf, macht einen großen Schritt, weil auf dem Boden etwas im Weg steht, geht hinaus und schließt die Tür leise hinter sich. Das Licht hat sie brennen lassen.

Sie trägt das Wäschebündel hinüber in das gelbe Bad und stopft es in die Waschmaschine. Selbst jetzt, nachdem sie alles weggeräumt hat, haftet ihr noch immer der Geruch an. Als sie an sich herunterschaut, entdeckt sie Erbrochenes auf dem Bademantel. Rasch zieht sie den Bademantel aus, stopft auch ihn in die Waschmaschine, mißt sorgfältig das Waschpulver ab und stellt die Maschine an. Die Flasche mit dem Bleichmittel in der Hand, wartet sie darauf, daß das Wasser einläuft. Sie ist müde, so müde, daß ihr die Augen im Stehen zufallen. Den rechten Fuß leicht hinter den linken gestellt, wartet sie darauf, daß sie endlich das Bleichmittel einfüllen kann.

Nackt steht Francesca auf dem Marmorboden in ihrem Bad, ihr Körper endlos in den beiden Spiegeln hin- und hergespiegelt. Ihre Hände und Füße sind eiskalt. Als sie prüfend nach der Heizung tastet, verbrennt sie sich daran.

Was soll sie nur machen? Wird es so sein wie immer? Wach bleiben. Sie muß wach bleiben... aber sie atmet bereits ganz langsam und regelmäßig, schnarcht fast schon, Kopf und Augenlider sind schwer. Sie zwingt sich, sich aufzurichten, sieht die Spiegelungen ihres Körpers ins Unendliche. Hunderte Augenpaare beobachten sie. Seine kalten Augen. Schauer der Scham. Die Muskeln ihrer Wangen, ihrer Brüste und des Bauches erschlaffen, ein unschöner Anblick. Sie greift nach dem Handtuch, will ihre Blöße bedecken. Aber da ist keines. Sie schließt die Augen, stolpert ins Schlafzimmer. Anziehen. Die Kleider von heute liegen auf dem Stuhl. Sie zieht Höschen und BH an, zieht ein Bein der Strumpfhose bis ans Knie, hält dann inne. Nachthemd. Sie sollte ein Nachthemd tragen, wenn... Sie zerrt die Strumpfhose und die Unterwäsche wieder herunter, durchwühlt die Kommodenschublade, wo das Nachthemd, das sie für heute ausgewählt hatte, liegen sollte. Es ist nicht da. Sie durchwühlt alles noch einmal, wirft den ganzen Inhalt aufs Bett. Es ist nicht da. Zieh dich an, schreib den Brief... Zieh dich an. Weshalb muß sie angezogen sein, um den Brief zu schreiben? Sie weiß es nicht mehr. Etwas war falsch gelaufen... irgend etwas... aber was? Sie schläft ein, auf der Bettkante sitzend. Was ist los? Hat sie das Zeug etwa schon genommen? Sie muß wach bleiben, aber irgend etwas stimmt nicht. Sie zieht die Schublade auf und tastet nach dem Fläschchen mit den Schlaftabletten ganz hinten.

Alles okay. Ein kleines Nickerchen, fünf oder zehn Minuten, dann der Brief, dann das Nachthemd. Nimm die Tabletten, sobald er den Schlüssel in die Tür steckt. Dann ist noch genug Zeit, es ihm zu sagen. Dieses Mal wird sie vor seinen Augen sterben. Dieses Mal muß er etwas tun. Er muß. Den Schmerz fühlen…

Das Kopfkissen ist noch immer ganz feucht von Baby-Cosimos Haar, aber das fühlt sich gut an, kühl und weich, kühl und weich. Schlafe, mein Prinzchen.

2

Sie schlief einen durch und durch friedvollen Schlaf, tief und kühl wie ein Brunnen, sicher vor jeder Störung – bis der Wind aufkam. Er weckte sie nicht auf, aber er störte die friedliche Ruhe. Ein Fensterladen klapperte. Sie fürchtete den Nachtwind, er ließ sie erschauern und das Herz unruhig pochen. Sie kannte den Grund, aber dieses Wissen änderte nichts an ihrer unwillkürlichen Reaktion. Sie erinnerte sich sehr deutlich – wie sie aus dem Zimmer des Schlafzimmers schaute, dann die Treppe hinunterrannte, barfuß, kalter, rauher Marmor, die breite Straße, wo das sich drehende blaue Licht immer schwächer wurde, egal wie schnell sie rannte. Wie sie wieder zurückkehrte, gezogen von der Hand eines Fremden. Sie weinte nicht. Der Wind heulte, zerrte an ihrem Haar und preßte das Nachthemd an ihren Körper. Es war nicht wirklich dunkel, nur das tödliche Fehlen von Licht kurz vor der Dämmerung. Nicht die dunkelste Stunde der Nacht, aber die traurigste. Die Stunde des Wolfes, sagen manche. Es war eigentlich auch nicht richtig kalt, aber dieses Heulen… die Angst vor dem Heulen und den klappernden Fensterläden hat sie nie wieder verloren.

Ich habe meine Mutter nie wiedergesehen.

Das stimmt doch gar nicht, Francesca. Übertreib nicht

immer so. Sie war bereits wieder einen ganzen Monat zu Hause, bevor du zu meiner Schwester gefahren bist.

Ich war drei Jahre alt, Papa! Wie konntest du mir das antun?

Sechs. Du warst sechs, Francesca. Du hast ja keine Ahnung, was diese Art Krebs aus einem Gesicht machen kann. Wir wollten nicht, daß du Angst hast oder deine Mutter so in Erinnerung behältst.

Das hast du dir hübsch ausgedacht! Matty durfte bleiben. Weil sie dein Liebling war!

Weil sie zehn war, Francesca. Weil sie es begreifen und helfen konnte. Es war sehr schwer für sie, und sie hat dich vermißt.

Hat sie nicht. Sie hat es genossen, dich für sich allein zu haben. Sie ist immer auf deinen Schoß geklettert und hat sich an deinen Hals geklammert, und ich stand in der Ecke, unbeachtet. Aber meinen Cosimo bekommt sie nicht. Ich will, daß er nach Hause kommt... jetzt.

Aber du bist doch gerade selbst erst wieder nach Hause gekommen. Noch ein paar zusätzliche Tage am Meer werden ihm nichts ausmachen.

Ich will, daß er nach Hause kommt.

Je heftiger der Wind blies und an dem Laden rüttelte, um so verzweifelter klammerte sie sich an ihn, seine glatten Wangen ganz nah bei ihren auf dem Kissen, sein süßer, kindlicher Geruch weckte schmerzliches Verlangen nach Liebe.

Es ist alles in Ordnung. Wir sind im Bett, in Sicherheit. Ich werde nicht zulassen, daß sie dich fortbringen.

Aber er war nicht da. Es war die eigene Hand, an die sie

sich klammerte, die Nägel gruben sich in tief den Handteller. Da war kein Kopf neben ihr auf dem Kissen, und nun donnerte es auch noch. Draußen fielen die ersten Regentropfen auf die Straße. Es regnete stärker und immer stärker, laut prasselnd, beängstigend. Und sie lag im Bett. Eigentlich sollte sie aufstehen und die Fensterläden schließen. Wenn der Regen so heftig gegen die Fenster schlug, drang er meist auch bis ins Haus, besonders im Salon. Und die Lichter! Sie hatte doch gar nicht zu Bett zu gehen wollen, bestimmt brannten noch alle Lichter.

Undurchdringliche Dunkelheit umfing sie. Sie schwitzte, und ihr Herz klopfte so heftig, daß es schmerzte. Sie mußte die Läden schließen, bevor der Sturm losbrach, und die Lichter löschen. Sie tastete sich zur Schlafzimmertür vor, aber dort, wo sie hätte sein müssen, war keine Tür. Sie begriff, daß sie nach der Schlafzimmertür im Hause ihres Vaters tastete. Sie mußte geträumt haben und war noch nicht wieder richtig wach. Sie versuchte sich daran zu erinnern, wo hier die Tür sein mußte, doch sie entdeckte nichts, was ihren Händen vertraut erschien. Auch wenn sie noch so angestrengt versuchte, die Augen zu öffnen, entweder gelang es ihr nicht, oder die Dunkelheit war einfach undurchdringlich.

Der Regen trommelte immer heftiger. Im Lichtstrahl eines kurzen, hellen Blitzes erkannte sie, daß sie sich im Salon befand und daß – wie sie es befürchtet hatte – alle Lichter brannten. Irgend etwas passierte mit den Wänden. Oben, nahe bei den Decken, waren dunkle Flecken. Während sie noch über den verblaßten Teppich schritt, um sich alles aus der Nähe anzuschauen, vergrößerten sich die Flecke deutlich. Sie berührte einen, der inzwischen fast bis auf Kopfhöhe herunterreichte. Klatschnaß. Das war nicht nur Feuchtigkeit, das war Regen, der ungehindert ins Haus drang und die Wände mit den elektrischen Leitungen durchweichte. Überall, nicht nur ein paar Flecke hier und dort. An jeder Wand lief das Wasser nur so herunter, Putz löste sich und legte funkensprühende Kabel frei. Verängstigt wich sie zurück zur Tür, um die Lichter auszuschalten. Aber es funktionierte nicht. Sie versuchte es noch einmal. Das Licht schien einen Augenblick dunkler zu werden, allerdings nur, um gleich darauf noch heller aufzuleuchten als zuvor. Sie drückte den Schalter, wieder und wieder, aber die Lichter blieben an. Immer mehr Wasser rann die Wände herunter. Sie mußte oben nachsehen. In dem Stockwerk befanden sich nur Möbel und altes Baumaterial. Es muß der Dachboden sein. Irgendwas muß mit dem Dach passiert sein.

Es war nicht das Dach, sondern die Zisterne. Sie hatte immer Angst davor gehabt, auch wenn sie sie nie gesehen hatte. Filippo hatte gesagt, sie sei so groß wie der Salon und sehr alt.

Und was passiert, wenn sie eines Tages nicht mehr hält?

Wieso nicht hält?

Ja! Sie kann nicht ewig halten! So eine unglaubliche Wassermasse – sie könnte uns umbringen. Außerdem, einer der Balken könnte bei diesem Gewicht irgendwann einmal nachgeben.

Dieses Haus ist sechshundert Jahre alt, Francesca. Es wird noch hier stehen, wenn wir beide schon lange nicht mehr sind.

Doch sie hatte recht behalten. Das Wasser tropfte immer schneller und schneller, drang aus jeder Ritze des Riesentanks. Es schwappte um ihre Füße. Kalt. Eiskalt.

Sie hatte sich ganz klein zusammengerollt, Nacken und Brüste schweißnaß, das Herz klopfte so heftig, daß es schmerzte. Wenn sie doch nur die Augen richtig öffnen könnte, begreifen könnte, wo sie war, dann würde sie schon etwas finden, womit sie sich die Füße wärmen könnte. Aber undurchdringliche Dunkelheit hüllte sie ein, strich über die feuchte Haut, drückte auf die Brust, erstickte sie.

Mami!

Sie fuhr zusammen, griff nach der Decke. Cosimo!

Schon gut! Keine Angst! Ich bin kein Geist.

Ihr Herzschlag beruhigte sich wieder. Seine Schlafanzugjacke paßte nicht zur Hose. Er lachte sie an, den Kopf ein wenig zur Seite geneigt, die Hände gestikulierten. Er sprach mit ihr, erklärte ihr alles, und sie verstand ihn, auch wenn sie die Worte nicht hören konnte. Er hatte ihr die großen, dicken Socken mitgebracht, die Großmutter ihm aufgedrängt hatte, draußen auf dem Land.

Ich dachte, wir hätten sie dort gelassen.

Sie sprach die Worte nicht wirklich aus, aber er verstand sie trotzdem. Seine großen, grauen Augen blitzten fröhlich. Er erzählte ihr irgend etwas Lustiges, und sie lachte laut. Die groben Socken kratzten, aber sie wärmten die Füße. Sie trug sie gerne. Er sagte, daß alles wieder gut werden würde, und erzählte ihr eine lange Geschichte, die sie ganz gelöst und glücklich machte. Großmutter würde kommen und sich um sie alle kümmern. Dann wären sie nicht mehr so allein. Sie würden alle zusammensein. Er nahm sie bei der Hand und führte sie in sein Schlafzimmer.

Schau nur.

Aber ich habe dich doch in Angelos Bett gelegt.

Ich weiß, aber ich bin wieder zurück in Guidos Bett gekrochen, damit ich keine Angst mehr zu haben brauchte. Papa schläft in Angelos Bett, er ist erwachsen. Er hat keine Angst mehr.

Die beiden Jungen schliefen tief und fest.

Sieh doch.

Er zeigte ihr Teddy Braun neben Cosimo. Die Stirn der beiden war faltenlos glatt.

Er zeigte ihr den Eispickel, der wie immer mit einem Stück Seil an der Wand hing, über dem Bild von Filippo mit dem Herzog. Auf dem Boden entdeckte sie seine Spielzeugkoppel. Der Zaun aus Streichhölzern war völlig zerstört, und das kleine Plastikpferd lag auf dem Boden. Sie bückte sich, um genauer hinzusehen. Das Pferd atmete.

Ich habe nicht gewußt, daß es echt ist.

Nicht weinen. Du weinst doch nur, weil es so dunkel ist und weil du hungrig bist. Wir können das Licht jetzt die ganze Nacht brennen lassen, und Großmama wird uns zum Essen in die alte Küche mit dem großen Kamin rufen und sich um dich kümmern, damit du dich ein wenig ausruhen kannst, hat sie gesagt.

Das stimmte. Sie war da. Ihr Gesicht war freundlich und lächelte, und doch liefen ihr Tränen die Wangen hinunter.

Warum weinst du?

Weil mein kleiner Sohn tot ist.

Er schläft nur.

O nein. Er ist tot.

Sie betrachtete die Gestalt in Angelos Bett ein wenig genauer. Der kleine Junge lag auf der Seite, leicht zusammengerollt, mit dem Rücken zu ihnen. Er atmete nicht mehr.

Papa schläft dort, weil er tot ist.

Eine Welle der Traurigkeit überlief sie, so schwer, daß sich ihre Bewegungen verlangsamten. Aber sie mußte es versuchen, mußte aufstehen, ihn suchen, ihm erklären. Sie hatte ihn verletzen wollen, es ihn spüren lassen wollen, aber sie hatte ihn nicht umbringen wollen. Draußen heulte der Wind. Sie trug einen Regenmantel, doch es hatte schon wieder aufgehört zu regnen. In dem trüben Licht sah sie ihn mit Cosimo davongehen, die schmale Straße entlang auf den Platz zu. Sie eilte ihnen hinterher. Wenn sie die beiden erreichte, würde alles wieder gut werden. Doch sie war zu langsam. Sie wollte rennen, aber die Beine waren zu schwer und der holperige Bürgersteig gefährlich für ihre bloßen Füße. An der Ecke einer engen Gasse auf der rechten Seite, die sie zuvor nie bemerkt hatte, bogen sie ab und verschwanden. Sie schleppte sich weiter, ihnen hinterher. Als sie schließlich dort ankam, wo sie die beiden aus den Augen verloren hatte, begriff sie, warum man die neue Gasse gebaut hatte und warum sie nicht weiter geradeaus gegangen waren. Am Ende der Straße, wo der große Platz hätte auftauchen müssen, ging es senkrecht in die Tiefe. Ganz weit unten erkannte sie die Trümmer zusammengestürzter Häuser, ausgerissener Bäume und dunklen Schlamm. Der Regen… Das mußte ein Erdrutsch gewesen sein. Hinter dem Krater reckten sich nackte, graue Berge in einen dunklen, heulenden Himmel. Nichts und niemand war übriggeblieben. Ohne sich umzudrehen, wußte sie, daß die Welt hinter ihr ebenfalls verschwunden war. Sie war allein. Ihr eigenes Weinen riß sie aus dem Traum. Die nassen Augen brannten und der Hals kratzte, als sie sich im Bett herumrollte und die Hand nach der Schublade ausstreckte, um nach den Tabletten zu suchen; alles, was mit ihr geschah, konnte nur geschehen, weil sie sie nicht genommen hatte. Dreimal rollte sie sich hinüber und streckte die Hand aus, nur um immer wieder festzustellen, daß sie noch immer auf der rechten Seite lag, schwer wie Blei, gefangen in einem Alptraum.

Francesca!

Sie öffnete die Augen. Die Lichter brannten. War sie jetzt wach? Sie preßte die Hände fest zusammen, grub die Fingernägel in die Handflächen, erinnerte sich an Cosimo und wie angestrengt sie versucht hatte, ihn zu halten. Das war ein Traum gewesen, ein vertrauter Traum. Ihr war eiskalt. Sie war nackt, die Kälte Realität, die dicken Socken nur ein Traum. Einen Augenblick lang spürte sie wieder all die Wärme und das Glück, als Cosimo sie im Traum besucht hatte. Sie wollte das Gefühl festhalten, aber es verblaßte rasch und verschwand.

Ein lautes Krachen. Der Wind war Wirklichkeit, Realität. Sie haßte den Wind, den klappernden Laden. Das hatte sie geweckt. Niemand hatte ihren Namen gerufen, obwohl sie noch immer das Echo von Filippos Stimme hörte. Etwas Festes, Reales... sie mußte etwas Wirkliches, Greifbares anfassen, oder würde sie entdecken müssen, daß sie sich doch nur wieder in einer anderen Traumphase befand? Der Regen. Regnete es? Unmöglich, der Wind kam von den Bergen. Sieh aus dem Fenster. Aber die Angst hielt sie zurück, die Angst, hinauszusehen und jene Trostlosigkeit zu erblicken, die ihr beweisen würde, daß sie noch immer in dem Alptraum gefangen war.

Tabletten. Die würden ihr helfen, hier herauszukommen. Sie streckte die Hand nach der Schublade des Nachttisches aus. Die war echt, wirklich, die konnte sie fühlen, die löste sich nicht auf. Sie war also wach. Sie tastete in der Lade herum, konnte aber nur die versteckten Schlaftabletten finden, die sie nicht nehmen durfte. Aus welchem Grund sie wach bleiben mußte, würde ihr schon wieder einfallen, wenn sie erst einmal die Beruhigungspillen genommen hatte. Sie hatte noch irgend etwas zu erledigen, etwas, das mit einem Brief zu tun hatte. Ganz hinten in der Schublade entdeckte sie ein Päckchen. Aber es fühlte sich falsch an, zu weich... ein Päckchen Taschentücher. Da war keine Tablettenschachtel. Nichts. Denk nach. Denk nach, wann...

Cosimo, wie er ins Badezimmer gerannt kam und sie ihr reichte... Sie hatte sie wieder zurück an ihren Platz gelegt. Sie wußte genau, daß sie sie zurückgelegt hatte, als sie zum Einschlafen noch welche genommen hatte. Aber wann? Letzte Nacht? Heute nacht? Die Realität entglitt ihr. Tu etwas! Beweg dich! Schau auf die Uhr. Deine Bewegungen müssen ein Resultat zur Folge haben. Schau nach, ob sie auf den Boden gefallen sind... Aber warum hätten sie fallen sollen? Papas Foto sah ihr zu. Freundlich und ernst. Hilf mir.

Cosimos kleine Hand in der Schublade steht ihr bei, reicht ihr eine Schachtel Tabletten, der Blick, mit der er sie anschaut, voller Liebe.

Ihr Körper krümmt sich, richtet sich auf, tief aus der Brust drängt ein Heulen nach oben. Nein! Nein! Schon wieder der Alptraum. Sie bewegte sich im Kreis. Hilflos weinend fiel sie zurück in die Kissen.

»Ich will wach sein. Bitte, lieber Gott, laß mich wach sein!«

Sie klammerte sich an sich selbst, kratzte sich, drückte ihre Brüste, bis sie schmerzten, kniff sich in den Bauch und in die weichen Innenseiten der Oberschenkel und stieß dann tief in sich hinein, bewegte sich rein und raus. Ein Orgasmus war nicht genug, davon hatte sie so viele gehabt, wenn sie von Filippo träumte, davon träumte, wie sein kaltes Gesicht vor Liebe und Lust strahlte, nur um wieder in einem leeren Bett aufzuwachen, seinen Körper noch auf dem ihren spürend. Darum reichte ein Orgasmus einfach nicht. Sie kratzte sich mit ihren langen Nägeln, nicht, weil es ihre Lust entfachte, sondern weil es sie so sehr schmerzte, daß sie sicher sein konnte, daß sie wach war, daß das, was sie tat, Wirklichkeit und nicht wieder nur ein Traum war. Aber so heftig sie auch stieß und rieb und preßte und kratzte, so fest sie auch die Augen verschloß, sie konnte einfach nicht verhindern, daß diese kalten, grauen Augen in ihrem Kopf sie weiter beobachteten. Cosimos Augen, verwirrt, fordernd.

Kümmere dich um mich...

Es zerfraß sie. Filippos Augen ruhten auf ihr, wandten sich dann ab.

Du hast ein Heim, ein Kind, Geld, Ansehen.

Das ist alles? Das soll mir genügen? Ich dachte, ich hätte einen Mann!

Es tut mir leid. Glaub mir, Francesca, es tut mir schrecklich leid. Was willst du? Was soll ich tun? Du hast deine Freiheit, du weißt, daß...

Ach ja? Meine Freiheit? Und was war, als ich sie nutzte, ein einziges Mal?

Nicht in meinem Haus, Francesca, in meinem Haus doch nicht.

Und wo sollte ich wohl hingehen? Soll ich tagelang verschwinden, so wie du? In diesem Haus schläft ein Kind, oder sollte diese Tatsache deiner Aufmerksamkeit entgangen sein? Ein Kind! Ein menschliches Wesen! Nicht nur ein Erbe, auch wenn er für dich nichts anderes als genau das ist, auch wenn du mich und meinen Körper für nichts anderes als genau zu diesem Zweck gebraucht hast.

Francesca…

Dafür und für den Schein der Ehrbarkeit und das Anrecht auf einen Platz im Himmel, nur um deine Mutter zufriedenzustellen.

Die Augen seiner Mutter, voller Mitleid und Frömmelei: Ich hoffe sehr, Francesca, daß du alles tun wirst, um wieder zur Ruhe zu kommen, wenn du dich erst einmal erholt hast. Wir werden mit niemandem darüber sprechen, und der Erzbischof selbst wird herkommen, um dir die Beichte abzunehmen.

Ich will nicht, daß er kommt. Ich will nicht…

Sie stieß heftiger, während die Wärme aus ihrem Körper floß.

Mit sieben Jahren, dort in der Dunkelheit kniend, die Kirche am Samstag abend, leer bis auf ein paar Sünder, die neben ihr knieten. Das Gesicht in den Händen vergraben, atmete sie die Erinnerung an Weihrauch, den Geruch billiger Wachskerzen zu Füßen der Jungfrau Maria, der alten Politur der Kirchenbänke, gefiltert von dem seifengetränkten Schweiß ihrer Hände. Die Knie schmerzten auf dem harten Holz, aber sie war gerne dort in dem stillen, von Gerüchen durchsetzten Halbdunkel. Sie malte sich aus, was sie sagen würde. Die Freunde konnte man nicht fragen. Dies war eine sehr feierliche und sehr geheime Angelegenheit, sie mochte es sehr, weil es so erwachsen schien. Ein paar der Sünden, die sie für die Beichte einübte, änderte sie noch kurzfristig, aber nur bezüglich der Anzahl, nie in der Art. Mal hatte sie das Morgengebet einmal vergessen und das Nachtgebet zweimal oder genau umgekehrt, ihrem Vater und ihrer Mutter hatte sie drei- beziehungsweise viermal nicht gehorcht, aber immer beichtete sie, daß sie zweimal gelogen hatte. Sie hatte nicht die geringste Ahnung, wie oft sie wirklich log. Die anderen fanden, sie sei sehr verschlossen. Nie, niemals hatte sie jemandem die wirklich beschämenden Gedanken erzählt, die ihr im Kopf herumgingen. ›Ich habe zweimal gelogen‹, war eine Standardsünde in ihrem Beichtkatalog. Ein Katalog, den sie sorgfältig auswendig lernte, der aseptisch und unpersönlich war, auf jeden paßte. Reale Vorkommnisse, zum Beispiel wie sie einmal ein Stück blaues Satinband aus Maria Grazias Nähkästchen oder Geld aus dem Portemonnaie ihrer Tante gestohlen hatte, das diese auf dem Tisch vergessen hatte, waren persönlich, privat und so beschämend wie all die anderen Dinge, die niemals ausgesprochen wurden, von denen niemand sagte, daß es Sünden waren, von denen aber alle wußten. Solche Dinge wurden im Religionsunterricht nie erwähnt, und nur Francesca hatte sich ihrer schuldig gemacht. Das waren keine gesellschaftsfähigen Sünden, die ein Kind beichten konnte, sie hatten nichts mit den Beispielen aus dem Buch *Beichte für Kinder* oder dem Kommunionbuch gemein. So wie der Erzengel Raphael mit Tobias auf die Reise ging, so bist du, mein Engel, immer bei mir und siehst, wenn ich eigensüchtig bin oder sündige Dinge tue, sage oder denke.

Tobias war ein Junge mit einem orangefarbenen Umhang und einem blauen, breitkrempigen Pilgerhut. Er trug einen braunen Tornister und einen braunen Gürtel, an dem ein gelber Lederbeutel befestigt war. Der Engel war in ein rosa Gewand gehüllt und trug eine braune Schultertasche und einen braunen Hut, den ein gelber Heiligenschein zierte. Die Flügel schimmerten orange und weiß. Tobias war um die zehn Jahre alt, der Engel nur ein wenig größer, wie ein älterer Bruder. Sie marschierten zügig, mit Hilfe von langen Wanderstäben, an den bloßen Füßen einfache Sandalen. Und während sie marschierten, hörte Tobias dem Engel zu, der mit seiner freien Hand gestikulierte. Die Straße, sandig und steinig, führte durch ein märchenhaftes Aquarellbild mit blaßvioletten Hügeln, tiefdunklen Büschen und einem Himmel, der in gelben und orangefarbenen Tönen leuchtete. In der Ferne trieb ein Mann einen Esel über eine Brücke, die mit drei kleinen Bögen einen schnellfließenden, graublauen Fluß überspannte. Am hinteren Ausläufer der sandigen Straße marschierten zwei winzige Menschen auf den Horizont zu. Alle gingen in die gleiche Richtung, in Richtung einer Stadt, in der wohl Markt gehalten wurde, zumindest hatte Francesca das immer geglaubt. Tobias und der Engel marschierten ebenfalls zügig in diese Richtung. Das Buch verriet nichts über den Grund oder das Ziel ihres Marsches. Es sagte nur: Hilf mir, mein Gedächtnis zu erforschen, damit ich all die Schuld, die ich auf mich geladen habe, bereuen und um Vergebung bitten kann. Allerdings schritt Tobias so zuversichtlich neben diesem Engel einher, daß er bestimmt nichts Beschämendes oder Verwerfliches zu beichten hatte. Er sah nicht einmal so aus, als hätte er je zweimal gelogen.

Ihre müde Hand bewegte sich langsamer, während sie sich die anderen Bilder des Buches in Erinnerung rief. Sie konnte jeden Farbton, jedes Detail genau vor sich sehen, so sehr hatte sie dieses Buch geliebt. Samuel als Baby im weißen Nachthemd und einer Morgenhaube, betend vor einem prächtigen Altar; der verlorene Sohn, abgemagert, in einer zerfetzten, braunen Tunika, auf einem Baumstamm neben einer Herde hübscher, fetter Schweine; David, der für den Sternenhimmel sang, mit Lämmern und einem Schäferhund zu seinen Füßen; Johannes der Täufer als winziges Baby, in eine Wolldecke gehüllt; Isaak; das Jesuskind in Blau; Jesus als erwachsener Mann, ebenfalls in Blau. Alles Helden in märchenhaften Kleidern, die bestimmt niemals gesündigt hatten.

Wenn ich nicht weiß, ob etwas eine Sünde ist, kann ich den Priester fragen, und er wird es mir sagen...

Wie konnte sie einem Priester von diesen undeutlichen, beschämenden Gefühlen erzählen, die niemand verstehen konnte? Der Priester hatte die anderen nicht daran gehindert, sie fortzuschicken, er hatte ihre Mutter nicht vor dem Tod gerettet, bestimmt wußte er von all ihren Sünden, auch ohne daß sie gebeichtet hatte.

Die Bilder in ihrem Buch zeigten nur Helden, keine Heldinnen. Das einzige weibliche Wesen war die Heilige Jungfrau. Irgend jemand mußte all diese Helden geboren haben. Die Gottesmutter war die einzige, die mit in den Vordergrund treten durfte. Die Geschichte hatte sie geschlechtslos gemacht, indem sie sie zur Jungfrau erklärte. Eine echte Frau hatte keinen Zutritt zur Welt der Erstkommunion.

Wie sehr hatte sie sich danach gesehnt, diese schleierhafte Welt zu betreten, eine Welt, in der der Himmel gelborange leuchtete und die Menschen bestickte Tuniken trugen. Eine Woche lang wollte sie eine Heilige werden. Philippa Antonia, die Schulschwester, sagte, sie solle zuerst einmal versuchen, auf alle Süßigkeiten zu verzichten. Bis Sonntag hatte sie sich fromm daran gehalten. Dann hatte es Schokoladenkuchen gegeben. In jener Nacht hatte sie in dem Buch herumgeschmiert und Seiten herausgerissen. Hatte sie das eigentlich gebeichtet?

Obwohl ihre Mutter tot war, hatte sie sich nie dazu entschließen können, das Bekenntnis ›Ich war Vater und Mutter ungehorsam‹ zu ändern. ›Tot‹ war ein unheimliches, beschämendes Wort, ein übelriechendes, wurmzerfressenes Wort, das niemand in den Mund nahm. Der Gedanke, diese Formel, die man sie gelehrt hatte, zu ändern, erfüllte sie mit Sorge und Angst. Der Priester würde bestimmt Fragen stellen, so daß sie das beschämende Wort aussprechen müßte. Es war derselbe Priester, der um den Sarg ihrer Mutter geschritten war und ihn mit Weihwasser besprengt hatte, um gleich darauf in einer weiteren Umkreisung den Weihrauchbehälter zu schwenken, der jenen unverwechselbaren Geruch von Zorn und Ärger ausströmt. Doch die Beichte ist anonym, und er konnte nicht wissen, daß das Mädchen, das stets zweimal log, die Schuld einer toten Mutter trug.

Wenn er das gewußt hätte, hätte er ihr vielleicht eine schlimmere Buße auferlegt. Da er es aber nicht wußte, gab er ihr immer drei *Vater Unser* und drei *Ave Maria* auf, unbeeinflußt von den jeweiligen Zahlen, die sie für die verschiedenen Sünden wählte. Wie ein Stein lag die Scham über das, was sie wirklich getan hatte, schwer in ihrem Magen, und kein *Vater Unser* und kein *Ave Maria* erleichterte diese Last. Doch selbst wenn sie den Grund ihrer Scham damals verstanden hätte, sie wäre lieber gestorben, als darüber zu sprechen, und so blieb ihr Sündenkatalog unverändert, bis sie die Schule verließ und weitere Beichtgänge bis in die Vorbereitungszeit ihrer Hochzeit vermeiden konnte. Die Scham nistete sich bei ihr ein, bereit, geboren zu werden, und ihre Sünden erhielten Form und Name. ›Selbstmord‹ war ein schmutziges, beschämendes Wort, genauso wie ›tot‹.

»Vater, vergib mir, denn ich habe gesündigt. Meine letzte Beichte war vor vier Jahren. Ich habe Schuld auf mich geladen durch Nagellack, Serviettenringe und fleischliche Lust.« Der Erzbischof wußte, wer sie war.

Aber es war der Priester ihrer Kindheit, der sich unter die starrende Menge um ihr Bett mischte, ihr verzweifeltes Rubbeln mit Abscheu beobachtete. Den Atem ihres großen, weißen Schutzengels spürte sie in ihrem Rücken. So bist du also bei mir, mein Engel, immer, hilfst mir, meine Phantasie zu zügeln. Jeder Nerv, jedes Gefühl erstarb unter diesen starrenden Blicken, aber sie machte weiter, kämpfte gegen sie an, trotzte ihnen bis zur Erschöpfung. Weinend, geschlagen gab sie auf. Die Knie fielen nach außen, die kalte Hand rutschte gefühllos auf die heißen, empfindlichen Wunden, die sie sich zugefügt hatte. Sie wollte diese Menschen hassen, weil sie sie dazu brachten, sich Schmerz zuzufügen, aber dazu reichte ihre Kraft nicht mehr. Sie konnte nur noch Mitleid empfinden, nicht für sich selbst, sondern für alle warmen, geschlechtlichen Wesen, die nichts weiter wollten, als leben zu dürfen, die nicht beschimpft und unterdrückt, sondern geliebt und getröstet werden wollten. Leise weinend streichelte sie das traurige, verletzte Wesen liebevoll, seine warme, vertraute Prallheit, das feuchte, wirre Haar. Die Reaktion erfolgte augenblicklich, ihren Körper, noch verkrümmt und schwimmend im Schmerz, überflutete die Welle der Erleichterung. Während sie einschlief und nach der Steppdecke tastete, um die Wärme festzuhalten, erinnerte sie sich an Cosimos Geburt. Nicht an den Schmerz – sie behaupten, daran könne man sich nicht erinnern, aber das stimmt nicht –, sondern an die Geburt selbst. Die heiße Wärme seines sanft hinausgleitenden Köpfchens, das Kratzen seiner winzigen Fingernägel, als er sich an ihre Oberschenkel klammerte, bevor Hände ihn aufnahmen und ihn ihr wegnahmen. Er hatte nicht geschrien. Alles war warm und still, und ihr erschöpfter Körper fühlte sich so leicht und rein an, wie sie sich immer den Körper eines Engels vorgestellt hatte.

»Francesca!«

Sie öffnete erschrocken die Augen, ihr Herz jagte so laut und schnell wie die Schritte auf dem Flur. Warum rannte er? Sie hörte ihn schlittern, als er um die Ecke bog, zu ihrem Zimmer rannte… Warum?

»Francesca! Was in Gottes Namen…« Er stand in ihrer

Tür, atemlos, die kalte Luft haftete noch an seinem dunklen Mantel. Einen kurzen Augenblick sah sie den Ausdruck nackten Entsetzens in seinen Augen, doch als er sie erblickte, fiel es von ihm ab. Die Erleichterung war nicht zu übersehen... warum? Hatte er etwa gedacht, ein Mann sei bei ihr?

»Was ist passiert? Warum stand die Tür offen?« erkundigte er sich verwirrt.

Von welcher Tür sprach er? Sie verstand seine Frage nicht, und wie immer, wenn er wieder auftauchte, verließ sie jeglicher Wille zur Auseinandersetzung. All die qualvollen Stunden ohnmächtiger Wut, die aus dem Leid geborenen Pläne, die in endlos langen Nächten einstudierten Reden fielen zusammen wie ein Kartenhaus und lösten sich in der Sekunde in Luft auf, da ihr seine körperliche Präsenz buchstäblich den Atem raubte und sie in einen mitleiderregenden Zustand der völligen Hilflosigkeit versetzte. Sie sah seine schmalen Hände nach dem Schal tasten, als er die Wärme in dem Zimmer registrierte. Sie hätte alles dafür gegeben, daß diese Hände nach ihr suchten.

»Francesca, antworte mir. Warum stand die Tür sperrangelweit offen?«

Sie riß den Blick von seiner Hand los, von seiner Gestalt, die er immer leicht nach vorn geneigt hielt, als wolle er sich kleiner machen, und versuchte sich auf die offene Tür in seinem Rücken zu konzentrieren. Sie war sicher, daß sie sie geschlossen hatte...

»Francesca...« Konsterniert wanderte sein Blick über ihren Körper, kaum verhüllt von den zerwühlten Laken. Schlagartig fiel ihr ein, wie alles hätte sein sollen. Die Tabletten, die sie so sorgsam aufgespart hatte, lagen noch immer hinten in der Schublade, das weiße Spitzennachthemd hing über dem Stuhl, wo sie es bereitgelegt und dann vergessen hatte. Der Brief war ungeschrieben, die mit Säure in ihrer Seele eingebrannten Worte einfach verschwunden. Sie zog an der Tagesdecke, um ihre Blöße vor ihm zu bedecken.

Doch schon war er wieder fort. Nach wenigen Sekunden vor ihr geflüchtet. Sie hörte seine Stimme, laut, hallend. Wen rief er an? Sie stieg aus dem Bett, zog das zarte Nachthemd so hastig über, daß die Spitze riß, suchte nach dem Fläschchen mit den Schlaftabletten und nahm sie alle auf einmal mit einem großen Glas Wasser. Geschafft. Sie stellte die leere Flasche zurück und ließ die Schublade offenstehen.

Er kam zurück, mit lauten, raschen Schritten. Dafür gab es keinen Grund. Alles war erledigt. Sie wandte sich ihm zu. Er kam näher. Seine Hände strichen sanft über ihre Schulter. Am liebsten hätte sie ihn angefleht: Halte mich! Nimm mich! Tu mir das nicht an! Drück mich, laß mich deine Hände spüren! Bitte, bitte kümmere dich um mich! Aber die Worte kamen nicht. Sie senkte den Kopf, so daß ihr Gesicht seinem Schal ganz nahe war, sie die zarten Wollhärchen auf der Oberfläche spüren konnte. Tief atmete sie den Geruch sauberer Wolle und den ihm eigenen Duft ein.

»Francesca, hörst du? Ich habe die Polizei gerufen.«

Sie rückte von ihm ab. Nicht die Polizei. In der Szene, die sie sich ausgemalt hatte, kam die Polizei nicht vor. Der Notarzt, ein Bett im Krankenhaus, seine Augen an Stelle von Mattys, die auf ihr ruhten, sich ganz auf sie konzentrierten. Nicht die Polizei. Sie rückte weiter von ihm ab, spürte die Bettkante und hielt in der Bewegung inne, beobachtete sein Gesicht. Er hatte das Ruder an sich gerissen. Nichts, was sie getan hatte, war wichtig. War es nie gewesen. Er sah sie nicht einmal an. Er wirkte angespannt, in Alarmbereitschaft, sein Blick wanderte rastlos durch das Zimmer, erfaßte das zerknitterte Kleid auf dem Sessel, die Strumpfhose und die Unterwäsche auf dem Boden, das zerwühlte Bett und das Durcheinander von Nachthemden und Bettlaken in der Kommodenschublade. Sein Gesichtsausdruck veranlaßte sie, seinem Blick zu folgen. Sie wandte sich um. In der Mitte des zerwühlten weißen Lakens leuchtete ein dunkler, schmieriger Blutfleck. Er glaubte, sie hätte ihre Periode. Ekel stand in seinem Blick. Sie streckte die Hand aus, wollte das Laken fortziehen, aber er schnappte nach ihrem Handgelenk.

»Nicht! Faß noch nichts an, Francesca. Erzähl mir, was passiert ist, bevor die Polizei hier ist. Hörst du mir zu? Warum stand die Tür offen? Dieses Haus ist einbruchsicher. Hier kommt niemand herein. Wenn ein Mann hiergewesen ist, dann mußt du ihn hereingelassen haben. Hätte ich die Polizei lieber nicht rufen sollen? Du mußt es mir sagen, jetzt. Antworte mir.«

Er hielt noch immer ihr Handgelenk und starrte ihr ins Gesicht. Das war gut. Sollte die Polizei ruhig kommen. Nur das mit dem Blutfleck war nicht in Ordnung. Dafür hatte sie nicht den Mut. Sie wollte ihm sagen, daß seine Vermutung in die falsche Richtung ging, doch statt dessen blickte sie an sich herab. Die weiße Spitze floß fast bis zu ihren Füßen hinab, fühlte sich weich und kühl an. Aber sie spürte noch etwas anderes. Etwas Feuchtes auf der Innenseite ihres einen Oberschenkels, es sickerte, langsam, dann schneller, zum Knie hinunter, über den Fuß, rann zwischen ihre Zehen und bildete einen immer größer werdenden, roten Flekken auf dem blassen Teppich.

»O mein Gott, Francesca. Hat Cosimo etwa recht? Bist du schwanger?«

Natürlich hatte ihn seine Mutter angerufen. Wie immer hatten die beiden schon entschieden, was zu tun war. Eine dunkles Summen ertönte in ihrem Kopf.

»Leg dich hin. Ich rufe einen Krankenwagen.«

Sie konnte sich nicht hinlegen, auf das weiße Bett bluten. Sie mußte es bis ins Bad schaffen. Sie machte einen Schritt nach vorn, aber da drehte sich ihr der Magen um, und das dunkle Summen breitete sich dorthin aus.

Nach einer Weile hörte es wieder auf, aber es war noch immer dunkel und sehr kalt. Cosimo hielt ihre Hand, begleitete sie.

Es ist das kalte, silbergraue Meer. Hat Großmutter gesagt. Alle gehen heim, einer nach dem anderen.

Aus ihrem Versteck unter dem umgedrehten Boot sah sie Onkel und Tante den leeren Strand verlassen. Sie hatten sie nicht mitnehmen wollen. Sie sei mürrisch und undankbar und verderbe ihnen den Urlaub, warfen sie ihr vor. Nachts träumte sie immer den gleichen Traum. Sie versuchte nach Hause zu gelangen, aber wenn sie endlich dort ankam, war das Haus in einen tiefen, schlammigen Abgrund gestürzt. Dann wurde sie unvermittelt aus dem Schlaf gerissen, und während sie schwankend dastand und die Zehen so weit wie möglich nach oben in die Luft reckte, weil die Fliesen so schrecklich kalt waren, rissen sie die nassen

Laken herunter. Die dunkelroten Wellen ihres Zorns umwogten sie, machten ihr jede Bewegung unmöglich. Morgens nahmen sie sie mit an den Strand, damit sie sich dort vergnügen konnte. Doch die Furcht tief in ihrem Innern war so groß und mächtig, daß sie weder im Sand spielen noch schwimmen konnte. Sie versteckte sich unter dem umgedrehten Boot, bis es dunkel wurde. Kalter, feuchter Sand klebte unter ihren Fingernägeln und an ihren Beinen.

Ein Mann entdeckte sie und zerrte sie heraus. Sie legten sie auf eine Trage. Sie spürte, daß sie noch immer blutete, aber ein Handtuch oder etwas Ähnliches lag zwischen ihren Beinen.

»Nimm das Fläschchen mit«, befahl jemand.

Sie trugen sie durch den Flur, blieben stehen. »Ist sie bei Bewußtsein?« erkundigte sich eine Stimme. »Wir müssen mit ihr sprechen.«

Unverständliches Gemurmel. Eilige Schritte. Mattys Stimme. Atemlos. »Francesca! O nein!«

»Sind Sie mit ihr verwandt?« erkundigte sich eine befehlsgewohnte Stimme.

»Ja... ich...«

»Machen Sie bitte Platz. Und halten Sie sich zu unserer Verfügung. Wir müssen mit Ihnen sprechen. Wo ist der Ehemann?«

»Hinter uns im Bad, sucht ein paar Sachen für sie zusammen. Was ist los? Haben Sie etwas gefunden?«

Keine Antwort, zumindest keine hörbare. »Wir kommen mit ihm nach. Nehmen Sie seine Aussage im Krankenhaus auf.«

Sie gingen weiter.

»Wie heißt sie?«

Eine Stimme antwortete leise murmelnd. Filippo? Sie konnte es nicht sagen, würde aber nicht die Augen öffnen, noch nicht.

Jemand schlug sie leicht auf die Wangen.

»Francesca? Francesca! Können Sie mich hören? Machen Sie die Augen auf, Francesca!«

Nein, ich mache die Augen nicht auf, ohne zu wissen, was dort draußen auf mich wartet.

Sie lauschte, horchte auf mögliche Hinweise, aber niemand sprach mehr. Mit gedämpft klappernden Geräuschen machte sich jemand an der rechten Seite ihres Bettes zu schaffen, ergriff ihren Arm. Etwas schränkte die Bewegungsfreiheit ihres Arms ein, sie spürte einen leichten Schmerz im Unterarm. Nach innen lauschend, untersuchte sie den übrigen Körper auf Schmerzen, fand aber nichts bis auf ein leichtes Wundheitsgefühl im Magen, das sie noch vom letzten Mal kannte.

»Das wäre erledigt. Sie haben sehr viel Blut verloren, aber Ihrem Baby ist nichts passiert.«

Die Stimme einer jungen Frau. Jung und dumm, schließlich redete sie mit jemandem, der bewußtlos war.

»So, und jetzt ruhen Sie sich schön aus. In Ordnung?«

Meine Güte…

»In Ordnung, Francesca?«

Wie kannst du es wagen? Ich bin bewußtlos, und du meinst, das einfach ignorieren zu können, plapperst drauflos, als sei ich ein Kind, das sich schlafend stellt.

Und sie plapperte immer weiter. Francesca spürte, wie sie das Bett glättete, ihr das Haar aus den Augen strich.

»Sie haben wunderschönes Haar. Ich lege Ihnen das feuchte Tuch wieder auf die Stirn. Das tut Ihnen bestimmt gut, oder?«

Aber ja, natürlich, das bringt alles wieder in Ordnung, einfach alles, und dieses wahnsinnige Geplapper kann es auch noch stoppen.

»Wollen Sie nicht wenigstens für einen ganz kurzen Augenblick die Augen aufmachen? Mir guten Tag sagen?«

Wie kannst du behaupten, ich würde schauspielern? Wie kannst du es wagen?

»Schon gut. Ich komme in etwa einer Stunde wieder. Um die Zeit wird der Tee ausgeschenkt. Wenn Sie möchten, dürfen Sie auch welchen trinken.«

Nein! Geh nicht weg!

Jetzt, wo das entnervende Geplapper aufgehört hatte, wollte Francesca, daß es weiterging, wollte die beruhigende Stimme hören, egal, was sie sagte. Die Leere des Raumes lastete auf ihr, keine Stimmen, kein Rumoren. Niemand war bei ihr. Niemand kümmerte sich um sie. Die Muskeln in ihrem Gesicht begannen zu zittern, aus den Augenwinkeln tropfte eine Träne auf das Kissen. Das feuchte Tuch auf ihrer Stirn war ganz warm geworden, fühlte sich beinahe wie eine Hand an. Sie hatte versprochen, daß sie in einer Stunde wiederkommen würde. Schlafen. Auf dem Weg ins Land der Träume meinte sie, daß ihr jemand die Tränen trocknete, so sanft, daß sie nicht sicher war, ob sie wachte oder bereits träumte.

Ich muß in einer Stunde zurück sein.

Cosimo antwortete nicht.

Die Nacht war heiß und der Berg steil. Glühwürmchen

erzeugten winzige, grüne Lichtpünktchen in der schwarzen Dunkelheit. Totenstille bis auf das Singen der Zikaden.

Wo gehen wir hin?

Cosimo antwortete noch immer nicht, hielt einfach nur ihre Hand. Stumm kämpften sie sich den Berg hinauf.

So vollkommen dunkel konnte es nur auf dem Lande sein, und der steile Aufstieg konnte eigentlich nur zur Villa führen. Während sie weitergingen, musterte sie Cosimo von der Seite. Statt des Schlafanzugs trug er etwas Ähnliches wie ein langes, weißes Nachthemd. Sie versuchte festzustellen, was genau er angezogen hatte. Vielleicht das gelblich verfärbte Taufkleid, das seit Generationen in Filippos Familie für die Kindtaufen gehütet wurde? Sie wollte ihn fragen, traute sich aber nicht. Er durfte sie nicht ansehen, sie wußte das. Sie sollte seine Stirn nicht sehen. Sie hatte Angst. Er ging zu ihnen zurück! Nach allem, was geschehen war, ging er zu ihnen zurück! Das kleine Plastikpferdchen hielt er in den Händen. Sie hatten also recht, es war ihm nichts passiert, obwohl sie soviel Blut verloren hatte. Im Salon brannten alle Lichter. Dort war es noch heißer. Cosimo plazierte das Plastikpferd in der Krippe. Dann war er verschwunden. Sie drehte sich um und entdeckte seine kleine, weiße Gestalt draußen auf der Terrasse. Taghell war es dort. Ohne Schuhe stand er auf den gelben Blättern, der Wind rüttelte an den Läden. Sie schwitzte und stöhnte leise. Er sollte in dem dünnen Hemdchen nicht dort draußen im Wind stehen, und schon gar nicht ohne Schuhe, aber immerhin trug er die dicken, warmen Socken. Nur noch seine Stimme war bei ihr.

Geh in die Küche und iß zu Abend. Da brennt ein hübsches Feuer, es ist schön warm und ruhig, und du bist dort nicht alleine.

Sie wollte, daß er sie hinbrachte, wagte aber nicht, ihn darum zu bitten.

Er beantwortete die unausgesprochene Bitte dennoch.

Ich muß draußen bleiben, weil ich tot bin.

Schmerz und Trauer durchfluteten ihren Körper. Unaufhaltsam strömten die Tränen, benetzten Gesicht und Kissen. Jemand neben ihrem Bett trocknete zart und sanft die Tränen. Es mußten echte Tränen sein, keine Traumtränen.

Der Hunger würde sie schon bald zur Aufgabe zwingen. Die schwatzhafte Krankenschwester hatte das Licht eingeschaltet, das sie trotz geschlossener Lider blendete und eine weitere, kräftezehrende Nacht dunkler Reisen beendete. Trotz der Alpträume erwachte sie ruhig und getröstet, wie an den anderen Morgen auch, weil Cosimo ihre Hand gehalten, ihr auf dem Weg alles erklärt hatte. Sie konnte noch immer seine kleine Hand spüren, die warm in der ihren lag, zumindest noch einen kurzen Augenblick lang, nachdem sie zu sich gekommen war, und sie klammerte sich an dieses Gefühl, kostete es aus, bis sie es nicht länger festhalten konnte und sich ihre Hand wieder kalt und leer anfühlte.

Wie immer zuerst die Bettpfanne für die Intimpflege, der seifige Gummihandschuh, der Strahl warmen Wassers aus einem Plastikkrug. Die Salbe für die Wunden. Francesca verfolgte die Prozedur mit halbgeschlossenen Lidern. Bevor sie entschied, ob sie die Augen öffnen sollte, wollte sie die junge Schwester noch ein wenig beobachten. Wegen der sanften, beruhigenden Stimme hatte sie sich die Frau dicker vorgestellt. Das Haar unter dem weißen Häubchen glänzte dunkel und war gerade lang genug, um mit einem farbigen Gummi hinten zu einem kurzen Schwänzchen gebunden zu werden. Sie roch nach Puder und einem Hauch Alkohol, den sie gebraucht hatte, als sie Francesca die schmerzhaften Spritzen mit den Antibiotika verabreichte.

Sie werden bestimmt froh sein, wenn wir die nicht mehr brauchen, nicht wahr? Wenn Sie sich entscheiden könnten, das Bewußtsein wiederzuerlangen, könnten wir die Spritzen durch Tabletten ersetzen... und wenn Sie ein wenig Wasser trinken würden, könnten wir auch diesen lästigen Tropf entfernen.

Francesca machten diese Anspielungen auf ihre Schauspielkunst nicht mehr wütend. Sie hatte sich an das Spielchen gewöhnt, ein Spiel, das sie am Ende verlieren mußte, wie sie all die anderen auch verloren hatte. Die alles entscheidende Frage lautete, wie lange ihre Sturheit den Hunger bezwingen konnte. Mehr als Sturheit dieses Mal. Angst. Angst davor, die Augen zu öffnen und feststellen zu müssen, daß der Alptraum nicht aufhörte. Sie lauschte aufmerksam, wollte jede noch so kleine Nuance in der Stimme der Schwester registrieren, wollte feststellen, ob sie Francesca nur aufzog, weil sie die Bewußtlose markierte, oder ob sie ihr noch etwas anderes, Ernsteres vorwarf. Da war nichts. Was war Realität, was war Traum? Sie bekam nun Hände und Gesicht mit lauwarmem Wasser und einem Baumwolltupfer gewaschen. Kam der leichte Puderduft von den dünnen Gummihandschuhen?

»Wenn Sie sich aufsetzen, kämme ich Ihnen das Haar.

Ich wollte, ich könnte meines auch so lang wachsen lassen, Ihres ist so zart und weich wie Babyflaum. Meines ist störrisch und hart wie Stroh, so daß ich immer wieder aufgebe. Mein Freund sagt, er mag es so kurz, aber ich glaube, er sagt das nur mir zuliebe...«

Francesca wußte eine ganze Menge über diesen Freund. Er studierte Politikwissenschaft und arbeitete in der Bar seiner Eltern in der Stadt. Das Studium war nicht ganz einfach, wenn man bis in den frühen Morgen arbeiten mußte, und bisher hatte er nur acht von insgesamt zwanzig Prüfungen machen können. Sie mußte natürlich auch ihre Schwesternprüfung machen, aber wer Schicht arbeitete, bekam zum Ausgleich mehrere Tage hintereinander frei, die sie zum Lernen nutzen konnte.

Francesca versuchte sich auszumalen, wie es gewesen wäre, wenn sie sich das Betriebswirtschaftsstudium durch Jobben hätte finanzieren müssen. Es gelang ihr nicht, obwohl sie wußte, daß die meisten Studenten keine andere Wahl hatten. Auch nach dem Studium hatte sie nicht arbeiten müssen. Der Job in der Villa nahm nur einen einzigen Tag pro Woche in Anspruch, auch dann, wenn der Jahresabschluß anstand, denn dafür reiste ein eigens zu diesem Zweck bestellter Buchhalter an, der sich um alles kümmerte. Francesca mußte nur den Papierkram in Ordnung halten. Matty hatte ihr deswegen ständig in den Ohren gelegen.

Das ist doch kein Leben für dich, die Bücher für Papa zu führen. Ich sag ja nicht, daß du ihn sich selbst überlassen sollst, aber du solltest dir eine richtige Arbeit suchen, dein eigenes Leben leben.

Eifersucht, nackte Eifersucht, nur weil Francesca ihn zum guten Schluß doch ganz für sich allein hatte...

Matty glaubte immer, daß ihr mehr als Francesca zustehe und daß es ihr als erste zustehe.

Das stimmt doch gar nicht, Francesca. Warum soll ich denn nicht vor dir heiraten und Kinder bekommen? Ich bin vier Jahre älter als du, das ist alles. Du wirst auch jemanden finden, wart's nur ab.

Ich habe ihn gefunden.

An jenem ersten Tag über den Büchern für die Buchhaltung. Filippos großen, von tiefen Schatten umrandeten Augen, seine olivfarbene Haut, das weiche, graumelierte Haar, ein wenig zu lang, die gebräunten Finger, die auf die Zahlen der Olivenernte wiesen.

Ich muß ihnen die Möglichkeit geben, mich um soviel zu betrügen, wie es für ihre Selbstachtung notwendig ist, und gleichzeitig muß ich dafür sorgen, daß es nicht solche Ausmaße annimmt, daß die meine darunter leidet.

Ein schwaches Lächeln, ein Funken Ironie in seinem Blick. Am liebsten hätte sie sein Gesicht berührt, ihre Hände zitterten.

Wie immer versuchte Matty, ihr alles zu verderben.

Du kannst Papa doch nicht einfach aufs Land verpflanzen. Er hat sein ganzes Leben in der Kaserne in der Stadt zugebracht. Ohne das Offizierskasino weiß er doch gar nichts mit sich anzufangen. Was soll er denn den ganzen Tag in einem Haus auf dem Land machen?

Er kann spazierengehen. Es ist wunderschön dort. Außerdem hat er nur eingewilligt, weil er das Anwesen kaufen will.

Er hat eingewilligt, weil er in alles einwilligt, was du willst, weil er Angst vor deinen Wutanfällen hat und weil er weiß, daß sein Leben kaum mehr lebenswert sein wird, wenn er nicht tut, was du willst.

Was meinst du mit meinen Wutanfällen?

O Francesca, tu doch nicht so. Ich habe den größten Teil meiner Kindheit damit zugebracht, dich mit Samthandschuhen anzufassen, weil alle Angst hatten, du könntest hochgehen wie eine Bombe. Und wenn es schließlich passierte, habe ich immer vorgeworfen bekommen, es sei meine Schuld, weil ich dich provoziert hätte. ›Du darfst sie auf keinen Fall aufregen. Sie ist schrecklich zartbesaitet.‹ Ich wußte damals nicht einmal, was zartbesaitet bedeutet und glaubte, es hätte etwas damit zu tun, daß du so dünn warst, daß die Sehnen an deinen Beinen hervortraten.

Lieber zu dünn als zu dick.

Ich habe nicht... Ach, egal. Ich will damit doch nur sagen, daß es für Papa nicht ganz einfach gewesen ist, ganz allein zwei Mädchen großzuziehen. Gönn ihm jetzt im Alter die verdiente Ruhe und den gewohnten Freundeskreis.

Filippo war nicht immer daheim, aber wenn er in der Villa war, verpaßte sie keine einzige Gelegenheit. Sie wußte schon bald, wo er gerne spazierenging, wohin er ausritt, und begann ebenfalls spazierenzugehen, hielt sich aber bescheiden auf ihrer Seite der Hecke, obwohl ihr auf dem Gut alle Wege offenstanden. Er sah einfach unverschämt gut aus, so groß wie Papa, oder vielleicht sogar ein wenig größer, mit der gleichen, kaum wahrnehmbaren gebeugten Haltung, die wie die Andeutung einer Verbeugung wirkte. Aber auf dem Pferderücken war er eine elegante, kerzengerade Erscheinung. Sie bearbeitete auch die alte Frau, vergewisserte sich, daß sie ihren Besuch der Messe registrierte, kleidete sich einfach, trug nur flache Schuhe, wenig oder gar kein Make-up wie diese gräßliche, altjüngferliche Annamaria, eine alte Freundin der Familie, die oft zum Mittagessen in die Villa eingeladen wurde.

Francesca betrachtete Annamaria als Rivalin, denn sie himmelte Filippo ganz offen an, und was die Sache verschlimmerte, sie gehörte zu ihnen, während Francesca eine Außenseiterin war. Sie schloß sich dem Roten Kreuz an und pflegte den Umgang mit Gräfinnen und Prinzessinnen, die einmal in der Woche Dienst im Secondhandladen des Roten Kreuzes hatten. Doch offensichtlich gelang es ihr nur, die alte Dame zu beeindrucken; deren Sohn schien sie gar nicht wahrzunehmen. All ihre Bemühungen schienen vergebens. Dann, ganz plötzlich, änderte sich alles. Sie und ihr Vater wurden zum Tee eingeladen und schon bald darauf auch zum Mittagessen. Dann lud er sie zur Premiere von *Don Giovanni* ein. Sie würde all das bekommen, was Matty hatte, nur um Klassen besser. Eine Märchenprinzessin in einer Wolke aus Tüll, ein Prinz an ihrer Seite, bereit, mit ihr im Zweispänner die Dorfkirche hinter sich zu lassen.

»So ist es besser. Das ist das erste Mal, daß ich Sie lächeln sehe. Bestimmt träumen Sie endlich einmal etwas Schönes nach all den schrecklichen Alpträumen.«

Woher wußte die Schwester von den Alpträumen? Francesca konnte sich selbst ja kaum daran erinnern. Sie lauerten nur darauf, daß sie wieder einschlief, aber wohin auch immer sie ging, Cosimo würde sie stets zurückbringen.

»Die Nachtschwester mußte Ihr Bett gestern nacht gleich zweimal frisch beziehen, so haben Sie geschwitzt. Und Sie haben die Patientin nebenan aufgeweckt, so laut haben Sie geschrien.«

Sie hieß Lucilla. Francesca hatte gestern dem Gespräch der beiden Schwestern gelauscht, die sie auf eine Trage gehoben hatten, um die Laken ihres Bettes wechseln zu können.

»So, jetzt ist alles wieder sauber und trocken.«

Wenn sie doch nur endlos hier ausharren könnte, in dieser Vorhölle, wo man mit ihr sprach, sich um sie kümmerte und in der niemand sonst existierte, nur sie und Lucilla. Die Erwähnung der Patientin von nebenan hatte sie empfindlich gestört. Das erste Mal war sie richtig wütend geworden, weil das ›Spiel‹ wegen dieser fremden Frau unterbrochen wurde. Lucilla behauptete, die wäre wirklich arm dran, womit sie im gleichen Atemzug unterstellte, daß Francesca eine Simulantin war. Wenn sie nicht so fest entschlossen gewesen wäre ›weiterzuschlafen‹, hätte sie sich die Kanüle aus dem Arm gerissen, den Ständer umgeworfen und den Schrank leergefegt, der links vom Bett stehen mußte – zumindest hatte sie das aus Lucillas verschiedenen Hantierungen im Zimmer geschlossen. Aber in der momentanen Situation beschränkte sie all dies auf ihre Phantasie, während in ihrem Bauch die Wut tobte. Dabei übermannte sie eine so tiefe Verzweiflung, daß sie drauf und dran war ›aufzuwachen‹, als Lucilla später zurückkehrte, ihr zuliebe, aber die gewohnte Routine brachte sie schnell wieder zur Besinnung.

»Ich bringe Ihnen die Blumen wieder ins Zimmer, und

dann ist es auch schon Zeit für das Frühstück. Und wenn Ihr Mann nachher wiederkommt, würde ich ihm gerne sagen können, daß Sie etwas gegessen haben. Wenn ich so einen Mann hätte, würde ich lieber mal Augen und Ohren offenhalten... Entschuldigung, das war nur ein Scherz, bitte nehmen Sie das nicht persönlich. Er sieht aber wirklich gut aus. Da sind alle Schwestern hier einer Meinung. Wenn Sie ein wenig frühstücken, können wir den Tropf entfernen und Ihnen eines Ihrer hübschen Spitzennachthemden anziehen. Ich hole die Blumen...«

Was hatte sie denn eigentlich an? Sie tastete mit der linken Hand an sich herum. Dünner Baumwollstoff, ein Krankenhaus-Nachthemd. Ihre Beine fühlten sich nackt an. Die Tür...

»So, da sind sie. Fresien mitten im Dezember. Die müssen ein Vermögen gekostet haben.« Das Rollo ging nach oben. »Wir werden einen kalten, aber recht sonnigen Tag bekommen...« Das Licht ging aus. »Ich muß jetzt nach nebenan. Und dann komme ich mit dem Frühstück.«

Sprechen Sie doch nicht so laut. Ich bin weder taub noch schwer von Begriff... und ich will erst recht nichts über die verdammte Patientin von nebenan wissen.

Die schönste Zeit des Tages war vorüber, die stille Intimität des frühen Morgens, wenn es nur Lucilla und sie und die zarte Berührung der Hände gab, die sie wuschen. Lärmende Putzfrauen, Geschirrwagen, Ärzte und Besucher füllten die Flure.

Mein kleines Mädchen. Mein hübsches, kleines Mädchen... Aber diese Hand, diese Hand war zu schwach, um ihr über den Kopf streichen zu können, das Gesicht so sehr vom Schmerz verzerrt, daß nicht mal mehr ein aufgesetztes Lächeln zustande kam. Dann entstand plötzlich heftige Aufregung, Gestalten drängten sich um das Bett.

Bringt das Kind raus – die letzten Worte, die sie aus dem Munde ihrer Mutter vernahm.

Matty war nicht weggeschickt worden. Wut und Weihrauch. Man kann doch nicht einfach sterben und ein Kind allein lassen …

Sie dürfen nicht weinen. Wenn Sie weinen, weiß ich, daß Sie wach sind.

Die Hochzeit. Denk wieder an die Hochzeit …

Der saubere, reine Duft weißer Fresien, das Rascheln des neuen, wogenden Tülls, auf dem ihre nackten Arme ruhten, die alten Ledersitze in der Kutsche, das Pferdegeschirr, der warme Geruch der Tierleiber. Der Herbsthimmel strahlte in tiefem Blau, und in der heißen Sonne gärten unter den gelben Blättern all jene Trauben, die bei der Ernte übersehen worden waren.

Küß die Braut!

Alles war zur Abfahrt bereit. Die Fotografin eines Boulevardmagazins versuchte eine Nahaufnahme zu ergattern, stürzte auf Filippo zu, blind vor Eifer. Sie sah, wie seine Lippen vor Ärger ganz schmal wurden – vielleicht auch vor Verlegenheit – und wie er Vittorio zunickte, der sich zu ihnen umgedreht hatte.

Sie hatte diesen verletzend lüsternen Blick nicht einordnen können, mit dem Vittorio sie rasch gemustert hatte, bevor er sich wieder den Pferden zuwandte.

Geh weiter.

Als Jungfrau vor dem Altar zu stehen hatte die Heirat zu

etwas Außergewöhnlichem gemacht, zu etwas Aufregendem; etwas aus einer anderen Zeit, aus einer anderen Welt.

Oder von einem anderen Stern.

Du bist doch nur eifersüchtig, Matty, wie immer.

Francesca, er ist sechsundvierzig Jahre alt und hat nie geheiratet, obwohl er einer der begehrtesten Junggesellen der ganzen Stadt ist. Nur um deiner selbst willen, wäre es nicht vernünftig, du würdest…

Was? Was erwartest du eigentlich von mir? Soll ich ihn vielleicht verführen?

Warum denn nicht?

Er stammt aus einer alten, sehr traditionsreichen Familie, und sie sind tief religiös.

Hauptattraktion ihrer Flitterwochen war eine Privataudienz beim Papst, die seine Mutter über den Erzbischof für sie arrangiert hatte, gefolgt von einem Besuch in Pompeji und des Herculaneums.

Als sie nach Hause zurückkehrten, hatte Filippo die Braut noch immer nicht geküßt.

Francesca war zu unerfahren, wußte nicht, was sie tun sollte, und war zu stolz, um zu fragen. Matty schien sie immer nur prüfend anzustarren, also hatte sie Matty kurzerhand aus ihrem Leben gestrichen.

Stunde um Stunde verwandte sie auf ihren Körper. War sie zu dick? Zu dünn? Lag es vielleicht an den Haaren auf der Innenseite ihrer Oberschenkel? Sie hatte sie vorher gar nicht wahrgenommen, aber nun fand sie sie so häßlich wie Schweineborsten und riß sie mit Wachsstreifen aus, eine Prozedur, die tiefrote Male auf der empfindlichen Haut hinterließ und so schmerzte, daß es ihr Tränen in die Augen trieb. Stunde um Stunde, Cremes, Parfüms, Spitzenwäsche... Unsummen hatte sie in den ersten Monaten ausgegeben, hatte Dinge gekauft, die sie haßte, die Männer aber wohl aufregend fanden, schwarz, rot, durchsichtig, vulgär... und lag dann dort, in der dunklen Stille, fühlte sich schmutzig und beschämt. Sie warf das ganze Zeug wieder fort und erstand weiße Spitze, weich, zart, bescheiden. Als sie sich die prachtvollen Locken bürstete, die über die Schultern auf den weißen Morgenrock aus Seide fielen, erblickte sie über der Schulter in einem anderen Spiegel einen Engel von Leonardo. Eine Erscheinung, die zweifellos auf die gelbe Straße gepaßt hätte, die sich durch die violettschimmernden Hügel des *Beicht- und Kommunionbuch für junge Katholiken* zog. Warum liebte er sie nicht? Und just in diesem Augenblick, als mache sich ihr Körper lustig über ihre romantischen Vorstellungen, verhärtete sich ihr Bauch ganz plötzlich, ächzte im eisernen Griff so heftiger Monatsschmerzen, daß sie sich unwillkürlich zusammenkrümmte. Schweiß trat ihr auf die Stirn, ihre Haut nahm eine grünliche Farbe an.

Nicht der kleinste Flecken dunklen Blutes trübte die zarten, sauberen Farben der Aquarelle im *Kommunionbuch.*

Das erste Mal, als sie dieser Schmerz überfallen hatte, war sie ohnmächtig geworden, entsetzt, voller Scham, weil ihr Vater es miterlebt hatte. Matty hatte nur mit den Schultern gezuckt.

Natürlich habe ich es ihm gesagt. Er soll doch nicht glauben, daß du krank bist, oder?

Sie hatte sich immer bemüht, sich während dieser Tage von Filippo fernzuhalten. Sie roch dann anders, und vor lauter Sorge, er könnte es vielleicht merken, ging sie in dieser Zeit recht verschwenderisch mit ihrem Parfüm um.

Filippo?

Was ist?

Soll ich mir das Haar kurz schneiden lassen?

Nein. Dein Haar ist sehr schön. Warum solltest du das tun?

Ich weiß nicht...

Wie glücklich sie diese wenigen Worte gemacht hatten! Dein Haar ist sehr schön. Dein Haar ist sehr schön. Sie befanden sich auf dem Weg zu ihrer Schwiegermutter, um gemeinsam die Messe zu besuchen und mit ihr zu Mittag zu essen. Sie ließ das Thema noch nicht fallen, vielleicht, weil sie auf mehr Lob hoffte.

Ich hatte den Eindruck, daß deine Mutter mein langes Haar nicht mag. Sie gibt mir einfach so ein Gefühl, als... beobachte sie mich. Vielleicht findet sie es frivol.

Sie hat selbst langes Haar.

Aber zu einem strengen Knoten frisiert. Und natürlich beobachtete sie Francesca, suchte nach Anzeichen einer Schwangerschaft. Hatte sie das an jenem Tag irgendwie andeutungsweise erwähnt? Auf jeden Fall war er in jener Nacht zur Tat geschritten.

Wie immer lagen sie stumm nebeneinander im dunklen Schlafzimmer. Sie konnte immer sagen, ob er noch wach war, fast als könnte sie seinen Lidschlag hören. Der Atemrhythmus und gelegentliches Schlucken verrät, ob jemand wach ist oder schläft.

Sie versuchte immer, das Schlucken zu unterdrücken, wenn Lucilla im Zimmer war. Lucilla und ihr Freund. Wie kamen sie zurecht, unter dem gleichen Dach mit den Eltern? Taten sie es im Auto? Während ihres Studiums konnte sich Francesca nicht mit ihren Freundinnen über Sex unterhalten, weil sonst herausgekommen wäre, daß sie die einzige war, die keinerlei Erfahrung vorweisen konnte, ja, daß sie nicht einmal wußte, was genau sie sich unter einem Orgasmus vorzustellen hatte. Das hatte sie erst nach zwei Jahren Ehe herausgefunden, allein, mit Hilfe eines Buches.

Diese Urgewalt überraschte sie, und sie konnte die beschämende Vorstellung nicht ertragen, daß ihr so etwas in Filippos Gegenwart passieren könnte, daß er sehen und hören sollte, wie sie sich verlor.

Woran dachte er, wenn er wach neben ihr lag, Nacht für Nacht? Sprach er seine Nachtgebete? Ich habe zweimal mein Nachtgebet vergessen und dreimal das Morgengebet. Welche Anzahl sie auch wählte, das Morgengebet bekam immer die höhere Ziffer. Die gleiche würde sich unglaubwürdig anhören, und die Wahrscheinlichkeit, daß man in der morgendlichen Eile das Gebet ausfallen ließ, war einfach höher. Nachtgebete ließen sich nur schwerlich vergessen, wenn man wach lag in der Dunkelheit.

Berühr mich, bitte, faß mich an. Halte mich, drücke mich, fest, so fest, daß es weh tut und der kalte, leere Raum um mich herum verschwindet.

Hatte er davor gebetet? Gott um Rat gefragt? Etwas in diese Richtung mußte er getan haben, denn sie hörte ihn einen kurzen, tiefen Seufzer ausstoßen, und dann, nachdem er sich offensichtlich zu einem Entschluß durchgerungen hatte, schaltete er die Nachttischlampe an.

Sie hatte ihr Entsetzen nicht verbergen können, mußte ausgesehen haben wie ein verängstigtes Tier in der Falle. Alles nur wegen der Lampe. Es war ihr nie in den Sinn gekommen, daß es nicht im Schutze der Dunkelheit geschehen würde. Er schob ihr Nachthemd hoch. Panik stieg in ihr auf, weil sie das an eine Szene erinnerte, die sie in einem Buch gelesen hatte: Der Graf, der ein Bauernmädchen geheiratet hatte, befahl ihr, sich ›da unten‹ zu waschen. Dann untersuchte er sie wie ein Arzt und stellte fest, daß sie keine Jungfrau mehr war. Letzteres war Francescas geringste Sorge, aber sie hatte Angst, daß er sie häßlich finden könnte.

Er sah sie nicht an, als er sich auf sie schob, blickte an sich selbst hinunter. Sie folgte seinem Blick, und er sah, daß sie es tat.

Das hier tut mir wirklich leid. Es ist widerlich, nicht wahr?

Nun konnte sie ihn kaum mehr bitten, das Licht auszumachen.

Spreize deine Beine etwas mehr. Ich habe Angst, dir weh zu tun.

Er tat ihr weh, sie stöhnte leise auf. Er zog sich zurück.

Befeuchte dich dort mit ein wenig Speichel. Dann geht es leichter.

Sie hatte gehorcht, mit geschlossenen Augen, weil sie sich schämte.

Er bewegte sich langsam, hielt immer wieder inne, erkundigte sich, ob sie Schmerzen hätte. Dann plötzlich, ohne jede Vorwarnung, begann er wie verrückt zu stoßen und hielt bald darauf inne. War es vorbei? Anscheinend. Er zog sich auf die andere Seite des breiten Bettes zurück, blieb einen Augenblick wortlos liegen. Etwas Kaltes rann aus ihr heraus. Sie war wund. Er stand auf, zog sich den abgetragenen Seidenmorgenmantel über und ging zur Tür. Beim Verlassen des Raumes warf er einen kurzen Blick auf sie zurück, mit tiefrotem Gesicht, als wäre er schrecklich zornig.

Es tut mir leid.

Er schlief in dem Bett in seinem Arbeitszimmer.

Seit jener Nacht schlief er immer dort. Zweimal in der Woche, dienstags und freitags, kam er in ihr Zimmer, eine schweigende, weiße Gestalt, in immer demselben, verschlissenen Seidenmorgenmantel, blieb danach einen kurzen Augenblick mit geschlossenen Augen neben ihr liegen, atmete kaum hörbar, zog sich anschließend den Morgenmantel über und ging.

Sie kaufte sich Bücher, erklärte an der Kasse jedesmal den Grund für den Kauf...

Ich bin Lehrerin, und ein paar Eltern haben mich um eine Empfehlung gebeten, was sie...

Würden Sie mir dieses Buch für meine pubertierende Tochter empfehlen?

Der Inhalt der Bücher erfüllte sie mit Entsetzen. Ihr Gesicht brannte vor Scham, als sie sie hinter verschlossener Schlafzimmertür las. Sie versteckte sie hoch oben im Schrank. Einmal hatte Milena ihn vollkommen ausgeräumt, weil sie für die Sommerzeit den Kampfer auffrischen wollte. Sie hatte die Bücher fein säuberlich in anderer Reihenfolge wieder zurückgelegt und sie mit keiner Silbe erwähnt.

Nur ein einziges Mal hatte Francesca versucht, einen

der schwerverständlichen Ratschläge in die Praxis umzusetzen. Wie vom Blitz getroffen hielt er inne.

Bleib still liegen. Ich will dich nicht verletzen.

Nur ein einziges Mal, dann war sie schwanger geworden.

Ein Sonnenstrahl fiel auf ihre Stirn, warm, als berühre sie eine Hand. Sie hätte gern die Augen geöffnet, aber da stand jemand an der Tür. Mehrere Personen.

»Noch nicht...« hörte sie Lucilla murmeln, womit sie den anderen sicher mitteilte, daß sie noch nicht ›aufgewacht‹ war. »Ich hatte gehofft, sie mit dem Frühstück locken zu können.«

»Schon gut. Können wir irgendwo warten? Wir müssen miteinander reden.«

Filippo! Aber wer war ›wir‹? Keiner der anderen sprach. Die Tür wurde geschlossen. Der Sonnenstrahl brannte heiß auf ihre Stirn, blendete sie trotz geschlossener Augen. Ihr Körper war so heiß und kribbelte vor Unruhe, daß sich die Augen gegen ihren Willen öffneten. Das Zimmer sah ganz anders aus, kleiner, als sie es sich vorgestellt hatte. Staubpartikel tanzten in einem langsameren Takt als ihr Puls.

»Ah, Sie sind aufgewacht! Gerade rechtzeitig zum Frühstück.«

Zu spät, die Augen wieder zu schließen. Sie wollte lächeln, essen, mit Lucilla reden, aber irgendwo, in einem anderen Raum, unterhielt sich Filippo mit einer fremden Person. Einer Person, die Alptraum und Realität trennen würde. Sie war nicht bereit.

»Setzen Sie sich, ich werde Ihnen ein paar Kissen in den Rücken schieben, damit Sie es bequemer haben.«

Sie mußte Lucilla gehorchen, ihrer einzigen Verbündeten, und außerdem würde jeglicher Protest zwangsläufig Sprechen erfordern, dabei war Schweigen die einzige Verteidigung, die ihr geblieben war.

»Ich mache dieses kleine Päckchen Kekse für Sie auf, ja? Bitte sehr... Nein, das ist kein richtiger Kaffee, der würde Ihnen jetzt nicht guttun, aber ein schönes warmes Milchgetränk ist genau das richtige, wenn man so lange nichts gegessen hat.«

Die Milch strudelte in der braunen Flüssigkeit, und Francesca würgte und würgte, schlug wild mit geballten Fäusten um sich. Das Tablett schepperte, die Vase auf dem Nachttisch ergoß sich auf den Boden, der Tropf fiel um, Lucillas Gesicht blutete, Hände griffen nach ihr, die Spritze... Dunkelheit, keine Luft zum Atmen.

Sie mußte also doch wieder aufgeben, still sein und weiter durch die trostlosen Landschaften ihres Alptraumes wandern.

Nicht weinen!

Ich kann nicht anders. Ich bin so müde.

Soll ich dir ein Papiertuch geben? Ich kann die Schachtel für dich öffnen.

Gehen wir jetzt nach Hause?

Cosimo gab keine Antwort. Sie wußte, warum. Wenn sie nach Hause gingen, würde sie das Loch in der Erde sehen, den Schutt in einem endlos tiefen Schlammkrater, den grauen Himmel, den nur das Heulen des Windes erfüllte.

Aber was soll ich tun? Wo soll ich hingehen?

Sieh doch nur. Dattelpflaumen und Chrysanthemen.

Orange und Gold am zähblauen Himmel. Die Farben

brannten so heiß wie Sonnenstrahlen. Er führte sie näher heran, so daß sie die Wärme auf ihrem Gesicht spüren konnte. Es war ein sehr großer Marktstand, und zu beiden Seiten des Kaminholzes schliefen Hunde.

Jetzt kannst du dich setzen und zu Abend essen. Es ist schön warm.

Sie tat, wie er sie geheißen hatte, denn so klein er auch sein mochte, war er doch ein Erwachsener.

Ich bin so hungrig.

Ich weiß. Weil du nicht regelmäßig zu Abend ißt. Du fühlst dich nicht wohl, hat Großmutter gesagt. Aber jetzt ist alles wieder gut. Du kannst noch eine Portion haben, wenn du magst.

Bei Pia darf ich auch immer soviel essen, wie ich will.

Doch er aß nichts. Sein Teller stand dort, leer, und sie hatte Angst, ihn nach dem Grund zu fragen.

Das Essen war ausgezeichnet. Sie hatte gar nicht gewußt, wie vergnüglich essen sein konnte. Cosimo streichelte ihr Haar so sanft, daß sie es kaum spürte. Seine großen grauen Augen blickten ernst.

Ist das nicht lecker? Zart und knusprig. Du kannst auch noch Nachtisch haben, und danach bummeln wir zu all den anderen Ständen und schauen uns so lange um, wie wir Lust haben.

Geborgen und glücklich aß Francesca und blickte sich um. Über ihr schaukelten die Kleider glitzernd im Sonnenschein, Stände mit Käse und Honigtöpfen, mit blauen und gelben Eimern in einer Reihe. Ich passe auf dich auf, hörte sie Cosimos Stimme, ich lasse dich nicht alleine, nie.

Sie weinte. Sie wollte Cosimo erklären, daß sie vor lauter Glück weinte, nicht weil sie traurig war, aber sie konnte nicht sprechen. Er zog ein Papiertuch aus der Schachtel und trocknete ihre Tränen.

»Bitte, wach auf und sprich mit mir. Ich weiß nicht, was ich tun soll.«

Sie wachte auf. Die großen grauen Augen, die sie anschauten, waren verhangen, hatten tiefe, dunkle Ränder. Nicht Cosimos Augen. Filippos. Aber wieder paßte die Realität nicht in das mächtige, unerreichbare Bild in ihrem Kopf. Dies war nur ein Mann, gebrochen, tödlich verletzt. Sie fühlte sich ganz friedlich. Ein wenig Schlaf würde ihr jetzt guttun.

»Francesca! Bitte, sprich mit mir.«

Was in aller Welt könnte er ihr wohl sagen wollen? Traum und Realität hatten sich von selbst getrennt, aber sie brauchte viel Zeit und Ruhe mit Cosimo, bevor sie sich dem Traum stellen konnte, der über die Grenze gestoßen war.

Nervös befingerte er mit seinen großen Händen ein Papiertuch, zerriß es mit den Fingern. »Der Staatsanwalt wartet. Er muß mit dir sprechen. Du mußt dir keine Sorgen machen, er tut nur seine Pflicht. Du bist auch angegriffen worden, wahrscheinlich, als du Cosimo helfen wolltest, bevor du erkannt hast, daß es zu spät war, und versucht hast ...«

Selbstmord zu begehen. Ein schlimmes Wort. Aber da ist ein noch schlimmeres, und ich kann darüber nicht sprechen, bis Cosimo es mir erlaubt. Solange bleibe ich ganz still in meinem Kopf und warte.

»Ich hole ihn herein. Ich bleibe bei dir und halte deine

Hand. Wenn du zu müde wirst oder dich die Sache zu sehr mitnimmt, sag es mir einfach. Wenn du nicht mit mir reden willst, drück einfach meine Hand.«

Er ging hinaus. Sie schloß die Augen, genoß die Wärme des Sonnenstrahls. Ich bleibe bei dir und halte deine Hand, hatte er gesagt. Das tat so gut, so wie vorhin, als Lucilla versprochen hatte, daß sie in einer Stunde wiederkäme. Ich bleibe bei dir und halte deine Hand. Dabei hatte er wahrscheinlich Angst vor dem, was sie sagen würde, Angst vor zu vielen Fragen nach ihrem Privatleben. Hatten sie vielleicht das Haus durchsucht? Ist es nicht das, was sie immer tun? Sie stellte sich vor, wie Polizisten ihren Schrank durchwühlten und die Bücher finden würden und dann in Filippos Arbeitszimmer gingen und dort diese anderen Bücher finden würden, so wie Milena, die sie bestimmt auch gefunden hatte. Sie wartete darauf, daß sich das übliche, überwältigende Schamgefühl einstellen würde, aber nichts geschah. Angesichts der ausbleibenden Reaktion wagte sie es, sich ihren ersten Besuch in Filippos Arbeitszimmer in Erinnerung zu rufen… Sie hatte all ihren Mut zusammengenommen… Die grinsenden Gesichter, die Körper, einige nackt oder zur Hälfte bekleidet, andere in fantastischen Kostümen, in so unvorstellbar vulgären Positionen, daß ihr Herzschlag aussetzte. Die Welt, in der sie bislang zu leben geglaubt hatte, war mit einem Schlag für immer zerstört. Panisch wühlte sie nach der Flasche mit den Schlaftabletten. Sie hatte sie nicht absichtlich angespart. Die Tabletten hatten sich angesammelt, weil sie versucht hatte, ihn auszuspionieren, die zahllosen Telefongespräche mit seiner Mutter belauschen wollte, begreifen wollte, warum er sie in den fünf Jahren nach Cosimos Geburt nicht ein einziges Mal mehr angerührt hatte. Aber dann mußte sie Matty anrufen. Wenn sie den Grund für das, was sie tat, nicht erklärte, würden sie es nicht verstehen, würden sie sie für neurotisch und depressiv halten und ihn bemitleiden. Aber welchen Sinn sollte das alles jetzt noch haben? Sie wollte nichts anderes, als daß der Sonnenstrahl ihr Gesicht weiter wärmte und liebkoste und daß Filippo bald wieder hereinkommen und ihre Hand halten würde, so wie er das auch nach dem Selbstmordversuch getan hatte. Fast einen ganzen Monat lang war er wieder zu ihr gekommen, wie zu Anfang, aber dann ließ er es wieder sein, obwohl er diesmal nicht wußte, daß sie schwanger war. Nun ja, jetzt wußte er es, und diesmal würde er ihr all seine Aufmerksamkeit schenken. Sie hatte Hunger und hätte am liebsten mit Cosimo das Abendessen verspeist, das er ihr gezeigt hatte, am Feuer in der großen Küche in der Villa. Berge von Dattelpflaumen und Chrysanthemen auf dem Marktstand... was für ein seltsamer Traum. Glitzerten da nicht auch Luftballons und Luftschlangen in der Luft? Nein, Kleider, Kleider, die dort oben hingen. So viele Farben, soviel Licht. Außer an ihrem Hochzeitstag hatte sie sich nie glücklicher gefühlt. Eine Seite der Zunge schmerzte empfindlich. Sie hatte versehentlich heftig darauf gebissen, als sie in ihrem Traum das köstliche Mahl verzehrt hatte.

»Francesca? Bist du noch wach?«

Männer standen in ihrem Zimmer. Filippo und zwei Fremde. Filippo setzte sich neben sie und nahm ihre Hand. Sie fühlte sich sicher und glücklich, wandte den Kopf, um ihn anzuschauen. Seine großen, grauen Augen hingen wie gebannt an ihr. Das genügte. Neben ihm standen die Fresien, frisch arrangiert, duftend, weiß und grün. Ihr Brautstrauß. Alles würde so sein, wie Cosimo versprochen hatte. Der Sonnenstrahl wärmte ihr Gesicht. Sie lag ganz still da und schaute den Staatsanwalt an, der auf einem harten Stuhl am Fuße ihres Bettes saß. Er war ein sehr großer Mann, kräftig, geschmeidig und elegant wie eine Katze. Die Nähte seines Anzugs schienen kurz davor, zu platzen. Die eine Ecke seines Hemdkragens rollte sich hoch, vielleicht, weil er den Kopf die ganze Zeit auf die eine Seite geneigt hielt. Das freundliche, beinahe lächelnde Gesicht verriet nichts. Vielleicht lächelte er gar nicht wirklich – Stirnrunzeln erschienen zwischen den gesenkten Augenbrauen, während er sprach –, aber seine Augen strahlten so fröhlich, als ob er es doch täte. Sie mußte sich bei Cosimo nach ihm erkundigen. Der Mann war weder ein Gläubiger noch ein Ungläubiger. Ihm war es egal, ob sie ihm etwas vorspielte oder nicht. Es war unwichtig, das gab er deutlich zu erkennen. Er konzentrierte sich ganz auf sein eigenes Anliegen und sprach sehr ruhig, mit beschwichtigender Stimme, über jemanden, den sie nicht kannte. Seine große Hand ruhte auf Aufzeichnungen, die er auf seinen Knien ausgebreitet hatte. Sie runzelte die Stirn, versuchte zuzuhören, aber sie war nicht bei der Sache, dachte über ihn nach, darüber, wie er wohl lebte, ob er verheiratet war und was er wohl davon hielt. Was er wohl von allem hielt. Sie war neugierig geworden, wollte so vieles wissen, aber es gab keinen Grund zur Eile. Der Sonnenstrahl, der ihr Gesicht wärmte, verlief knapp an seinem Kopf vorbei; Staubpartikel tanzten darin, in Zeitlupe, und vermittelten ihm Form und stoffliche Substanz. Sie schaute in die freundlichen, liebevollen Augen mit den ausgeprägten Krähenfüßen, versuchte zu erkennen, ob er vorhatte, ihr weh zu tun. Aber nein, nichts deutete darauf hin. Er sprach in ruhigem, stetigem Singsang, ohne jede besondere Betonung, als erzählte er eine Geschichte, die er schon so oft erzählt hatte, daß sie sie inzwischen auswendig können müßte. Und obwohl sie sie nie zuvor gehört hatte, nahm sie es hin, lauschte andächtig wie ein Kind der tröstlichen Stimme, tauchte widerstandslos ein in das beruhigende Gefühl seiner Anwesenheit, wurde schläfrig.

»Sie hat ausgesagt – ich fasse ihre Aussage kurz zusammen, damit wir Sie nicht allzusehr ermüden –, daß der kleine Junge in den Flur hinaustrat, als sie gerade die Wohnungstür aufsperrte, so gegen zwanzig Uhr. Sie wollte nur rasch einige Einkäufe hochbringen und dann gleich wieder gehen, sie hatte eine Verabredung zum Abendessen. Er spielte mit einem Teddy und wollte ihn ihr zeigen. Sie ist ziemlich sicher, daß er die Tür ganz allein aufgemacht hat und daß er behauptet hat, er warte auf seinen Papa. Sie ist ebenfalls sicher, daß das Kind ungefähr eine Viertelstunde später, als sie die Wohnung wieder verließ, nirgendwo mehr zu sehen war. Die Wohnungstür stand weit offen. Sicher verstehen Sie die Tragweite dieser Aussage. Möglicherweise können Sie diese Aussage nicht mit absoluter Sicherheit bestätigen, weil Sie sich in einem anderen Teil der Wohnung aufgehalten haben. Wenn Sie jedoch keine Einwände erheben, sehen wir keinen Anlaß, ihre Aussage zu bezweifeln. Sie gab später zu – etwas zögerlich aufgrund der Ereignisse –, daß sie nicht mit absoluter Gewißheit behaupten könne, die Haustür hinter sich abgeschlossen zu haben, als sie gegen acht Uhr das Haus betrat. Sie sagt, der Schließmechanismus mache manchmal Probleme, und da sie gleich wieder gehen wollte...«

Die ausländische Kunststudentin, er redete von der ausländischen Kunststudentin.

Filippo hatte auch wissen wollen, warum die Tür offenstehe. Francesca hatte damals mit der Frage nichts anfangen können und begriff auch jetzt nicht, worauf der Staatsanwalt hinauswollte. Sie wollte gerne helfen, aber von der Tür wußte sie nichts. Die Studentin kam aus Österreich, immer schick angezogen, immer freundlich. Warum hätte ihr Cosimo Teddy Braun zeigen wollen? Filippos alten, ramponierten Bären... wo war der Bär jetzt? Sie mußte ihn suchen, Cosimo würde ohne ihn nirgendwohin gehen. Schlagartig wurde ihr klar, wie wichtig das war. Würden sie es verstehen? Sie blickte Filippo an. Er würde es ganz bestimmt verstehen. Als er klein war, hatte er den Bären nicht eine Sekunde aus den Augen gelassen.

Darf ich dir etwas erzählen? Sein Vater hat ihm den Bären geschenkt, weil er früher einmal ihm gehört hat. Als der arme Cosimo ertrunken ist, hatte Papa schlimme Alpträume. Teddy Braun sollte ihn trösten, und Großmutter hat gesagt, daß wir alle Trost im Gebet suchen müßten.

Wie unnachgiebig er sie angestarrt hatte, wollte, daß sie etwas sagte. Was hatte sie gesagt? Sie konnte sich nicht erinnern. Sie erinnerte sich nur an sein besorgtes Stirnrunzeln, als er versuchte, es ihr zu erklären.

Ich mag es, wenn Papa mit mir *De Profundis* betet, aber allein kann ich es nicht so gut, weil ich mir die Worte einfach nicht merken kann und weil… und weil… Darf ich es dir erzählen? Ich weiß nicht, ob Teddy Braun eine unsterbliche Seele hat. Also muß ich auf ihn aufpassen, denn wenn er in der Nacht stirbt, weiß ich nicht, was mit ihm geschieht.

Teddy Braun gehörte zu ihnen, sein Alter und seine Herkunft waren eine ständige Provokation und Beleidigung zugleich für Francesca, die nichts besaß, das Familientradition oder Stammbaum verkörperte. Was kümmerte sie die unsterbliche Seele des verhaßten Bären. Sie konnte Cosimo die Sorge nicht abnehmen, konnte ihm nur sagen, daß er möglicherweise doch eine hatte, schließlich hatte Filippos Mutter den Erzbischof sogar dazu gebracht, vom Papst einen ganz besonderen Dispens zu erbitten.

Ein Gedanke, der mit der Naht an der Stirn des Teddys zu tun hatte, drängte sich in ihr Bewußtsein, wurde aber für den Augenblick wieder zur Seite geschoben. Eins nach dem andern, sie würde sich schon um alles kümmern, solange Filippo nur ihre Hand hielt, wenn sie wach war, und Cosimo, wenn sie schlief.

»Francesca?« Er sprach ganz sanft mit ihr, als könne ein Wort, ein Atemzug sie verletzen. So hatte er mit ihr gesprochen, als…

Bleib ganz ruhig…

Ich möchte dich nicht verletzen…

Ein wenig Speichel…

Unwillkürlich drückte sie seine Hand, eine unbeabsichtigte Reaktion, falsch interpretiert.

»Schon gut. Schon gut… Ich schicke sie fort, wenn du es willst… aber wir haben es fast geschafft. Wenn du es nur noch ein paar Minuten aushältst? Du brauchst nichts zu sagen, es sei denn, du willst die Darstellung des Staatsanwalts, was in der Nacht passiert ist, korrigieren. Hast du das verstanden? Du kannst ihn jederzeit unterbrechen, du mußt einfach nur meine Hand drücken, und wir verschieben es auf einen späteren Zeitpunkt, wenn du dich der Sache gewachsen fühlst. Francesca… Francesca, sieh mich an.«

Sie sah ihn an. Sah nur seine Augen, seine Qual. Solch schlimme Qual, er konnte kaum mehr atmen. Sie wollte Bereitwilligkeit demonstrieren, versuchte die Mundwinkel ein wenig hochzuziehen, in der Hoffnung, daß es wie ein schwaches Lächeln aussah.

»Darf ich fortfahren?«

»Ich denke schon. Aber wir müssen vorsichtig sein.«

Ja. Seid vorsichtig. So ist es richtig. Achtet auf Details, auf jeden einzelnen Farbton des Bildes, jede einzelne Note des Musikstückes, jeden Duft in der Luft. Seht Cosimo, wie er dreimal um den Brunnen im Hof rennt, er liebt das Geräusch seiner Schritte auf dem Pflaster, das Laub der Reben in seiner Hand, die an der Mauer hochranken, das Rauschen des Wassers, den Duft des Winterjasmins im eiskalten Wind.

Darf ich dir etwas erzählen…?

Erzähl es mir, Cosimo. Hilf mir. Nein… was ist passiert? Der Staatsanwalt war aufgestanden, stand vor ihr, groß und bullig, fummelte an einer Akte herum… und verdeckte ihren Sonnenstrahl, begriff nicht, warum sie unwillig die Stirn runzelte. Mit einem fragenden Blick erbat er von Filippo die Erlaubnis fortzufahren. Sie zeigten ihr Fotos von Männern, Männer, die sie nicht kannte. Sie setzten die Bausteine einer Geschichte zusammen, brauchten ihre Hilfe. Die offene Tür mußte ein Teil davon sein. Doch sie konnte nicht helfen. Der Staatsanwalt mußte seinen Weg gehen, sie den ihren, der all ihre Aufmerksamkeit erforderte. Wer war eigentlich der andere Mann? Da war doch noch ein anderer Mann gewesen. Oder brachte sie wieder Realität und Traum durcheinander? Sie bewegte den Kopf, schaute sich um. Er saß beinahe direkt hinter ihr, in der rechten Ecke. Graue Hosen, Wurstfinger, ein Notizheft und ein Füller.

»Es ist alles in Ordnung, Liebling. Mach dir keine Sorgen.«

»Mein Assistent hier macht nur einige Notizen für mich. Geben Sie uns einfach irgendein Zeichen, wenn Sie einen der Männer erkennen. Vielleicht hat er gesehen, wie die junge Frau ins Haus gegangen ist, ohne die Tür hinter sich zu verschließen, und hat die Gelegenheit genutzt. Und als er dann Ihre offene Wohnungstür entdeckte ... wahrscheinlich hat der kleine Junge ihn gestört ...«

Gestört ... aber da war noch etwas Schönes, an das sie sich erinnern wollte, doch dieser Mann sprach weiter und weiter.

Darf ich dir noch etwas erzählen? Er läßt sie immer eingesperrt, es stinkt und ist dunkel, und eigentlich darf er das nicht, hat Großmutter gesagt. Und darf ich dir noch etwas sagen ...?

Was hat er denn nun schon wieder?

Er ist ganz durcheinander, weil Vittorio Daisy nie aus der Box läßt. Der Himmel weiß, wie er das herausgefunden hat, es sei denn, Vittorio selbst ...

Auf dem Nachhauseweg im Auto; Cosimos fünfter Geburtstag.

Er wird sich schon wieder beruhigen. Ich hatte den Eindruck, daß er Spaß gehabt hat…

Aber Cosimo weinte und weinte und ließ sich nicht beruhigen. Im Bett mit Teddy Braun, beide Gesichter naß von Tränen, beide völlig in Vergessenheit geraten über dem heftigen Streit wegen der unendlich langen Sonntage bei seiner Mutter.

Und dennoch stellte sich heraus, daß dies ein ganz besonderer Tag für Cosimo gewesen war, dieser eine Geburtstagsnachmittag, den Filippo ihm ganz allein gewidmet hatte. Sie hatten Daisy auf die Weide gelassen und sich über Pferde und Springreiten unterhalten. Cosimo hatte aufgepaßt, hatte sich jedes Wort gemerkt, jedes bißchen Information aufgesogen wie ein nasser Schwamm, hatte sich jede Begebenheit eingeprägt, jeden Ratschlag verinnerlicht und aus all diesen Fäden einen Teppich väterlicher Zuwendung gewebt, der ein Leben lang halten würde, sorgsam gehegte Erinnerungen eines einzigen Nachmittages, wie jene an die kostbaren Tage der Windpocken oder der Nachtgebete.

Und ob es währt bis in die Nacht und wieder an den Morgen, doch soll…

Und ob es währt bis in die Nacht und wieder an den Morgen, doch soll… soll… soll…

Francesca wußte nicht, wie es weiterging, und konnte ihm nicht helfen.

Sie hatte vergessen, woran sie sich erinnern wollte. Zu viel Gerede. Wenn sie doch nur endlich still wären. Kein Detail durfte ihr entgehen.

Filippo drückte ihre Hand, daß sie zusammenfuhr. Der Staatsanwalt kam näher.

»Sie kennen diesen Mann, Sir?«

Francesca versuchte, ihre Aufmerksamkeit auf das Bild zu konzentrieren, das Filippo in der Hand hielt. Ein junger Mann mit ausgeprägtem Kinn und einem dunklen Pferdeschwanz.

»Sir?«

»Nein. Nein, natürlich nicht. Du, Liebling?«

Warum log er? Sie konnte die Lüge in seiner Stimme hören, sie spüren an seiner verkrampften Hand. Sie kannte das Gesicht nicht, Filippo aber wußte, wer das war. Sie durften sie nicht wieder von den wirklich wichtigen Dingen ablenken. Er hatte Liebling zu ihr gesagt. Zweimal. Das hatte er noch nie getan. Und als er das sagte, hatte sie keine Lüge in seiner Stimme gehört oder in seiner Hand gefühlt. Bei so etwas hatte er sie noch nie angelogen. Aber den Staatsanwalt, den hatte er belogen.

»Nein, ich kenne ihn nicht«, behauptete er, als sie ihn baten, sich das Foto noch einmal anzuschauen.

Ich habe zweimal gelogen.

Ich war unaufmerksam.

Und ob es währt bis in die Nacht… Und ob es währt bis in die Nacht… Mami, ich weiß nicht mehr weiter…

Schlaf jetzt endlich! Genau um die Zeit, da sie den Anruf ihres Liebhabers erwartete. Sie mußte bereit sein, beim zweiten Klingeln abzunehmen, das vereinbarte Zeichen, daß sie alleine war und reden konnte.

Bitte, darf ich dich etwas fragen? Bitte…

Ich will nicht, daß du so redest.

Verhaßte alte Hexe, brachte ihm Manieren aus dem letzten Jahrhundert bei.

Es tut mir leid, es tut mir leid, ich wollte doch nur…

Was? Was willst du?

Ich wollte doch nur wissen, wann Papa kommt.

Filippo… O Filippo, bitte komm. Bitte…

Ein kleiner Junge wartet in seinem Bett, einsam.

Eine andere Gestalt am Fenster des Salons, sorgfältig frisiert, parfümiert, wartend.

Und ob es währt bis in die Nacht und wieder an den Morgen…

Am schlimmsten waren die langen Nachmittage, besonders die sonnigen Nachmittage am Samstag, die rechte Wange an die Scheibe gepreßt, um so weit wie möglich nach links sehen zu können, auf all die ahnungslosen, glücklichen Menschen dort unten, die nicht Filippo waren. Und entgegen aller Regeln der Vernunft lauschte sie angespannt auf seinen Schritt hinter ihr, malte sich aus, daß er unbemerkt das Haus betreten hatte, obwohl sie die Straße nicht eine Sekunde aus den Augen gelassen hatte. Die Anspannung des Wartens brachte sie ins Schwitzen. Sie mußte nochmal duschen, dabei hatte sie sich so sorgfältig für ihn bereitgemacht. Doch um duschen zu gehen, mußte sie ihren Beobachtungsposten aufgeben, sie konnte sich nicht losreißen, konnte sich nicht von der Stelle rühren. Und ob es währt bis in die Nacht und wieder an den Morgen…

Eins! Zwei! Drei! Vier!

Hör auf damit! Hör sofort auf damit! Wie kannst du mich nur so erschrecken? Dich einfach hinterrücks anzuschleichen…

Es tut mir leid. Es tut mir leid. Es tut mir schrecklich leid.

Was um Himmels willen tust du eigentlich? Was?

Es tut mir leid. Es tut mir schrecklich leid. Ich habe nur gespielt...

Du hast nicht gespielt, du bist gerannt! Kannst du ein Zimmer nicht ganz normal betreten? Im Gehen?

Ich bin gehüpft...

Wie bitte?

Ich bin gehüpft und habe bis zehn gezählt, wenn der Zeh auf einen Hasen zeigt...

Sie wandte sich wieder dem Fenster zu, ihr Herzschlag beruhigte sich, seine Stimme wurde immer leiser.

Was hatte Cosimo gemeint? Was geschah, wenn sein Zeh worauf zeigte? Sie erinnerte sich nur noch ganz verschwommen daran, daß er um Schokolade gebeten hatte.

Wir haben keine Schokolade.

Er blickte sie erstaunt an, liebevoll. Warum Schokolade? Das war ein wichtiges Detail. Alle Details waren wichtig, sogar diese Fotos, die sie ihr zeigten, aber sie konnte nicht helfen, weil sie die Zusammenhänge nicht verstand, und eines dieser Fotos hatte Filippo aus dem Gleichgewicht gebracht, also mußte sie ihm die Entscheidung überlassen.

Bis zehn zählen, und wenn der Zeh dann...

Wie sehr sie sich auch anstrengte, seine Stimme wurde immer leiser. Sie erinnerte sich nur noch, daß er sie nach einer stillen Weile sacht mit dem Kopf anstieß, und sie hatte den Arm gehoben, damit er zu ihr kommen konnte, die Anspannung ließ nach, die Hoffnung starb mit der einbrechenden Dunkelheit. Er würde heute nicht kommen. Der Salon in ihrem Rücken lag im tieferen Dunkel als die schmale Straße dort draußen, und während sie sich auf den Weg zur

Küche machten, um zu sehen, was Milena ihnen bereitgestellt hatte, schlug die Großvateruhr im Flur die Stunde ihrer Einsamkeit.

Tick… Tack…

Wie oft hätte sie am liebsten das Glas des Pendelkastens zerschlagen, aber sie hatte es nie gewagt. Sie hatte Angst, Angst vor diesem Wunsch und dessen Bedeutung, aber noch mehr Angst davor, daß ihr hilfloser, kleiner Angriff überhaupt keine Wirkung zeigen würde, daß die Uhr einfach weiterticken würde, hundert Jahre, dort, in der dunklen Ecke.

Tick… Tack…

Was, wenn Filippo nie mehr zurückkam? Sie würden den leeren Flur wieder und wieder durchqueren, um in die leere Küche zu gehen, und nicht einmal mehr die Anspannung des Wartens würde sie am Leben erhalten. Nur noch ein klaffendes Nichts.

Tick… Tack…

Sie drehte sich auf die andere Seite des Bettes, aufgewühlt von diesen Erinnerungen. Sie hatte noch immer Angst vor der Uhr. Bis ins Mark spürte sie die Kälte der Einsamkeit und die Sehnsucht nach Filippo, obwohl er doch in diesem Augenblick ihre Hand hielt. Cosimo sollte ihre Hand halten. Cosimo…

Sie sollten endlich gehen, damit sie ihn suchen konnte, denn der Druck in ihrer Brust verursachte ihr solche Schmerzen, daß sie die Tränen nicht mehr zurückhalten konnte; sie strömten an den Ohren vorbei auf das Kissen.

Filippo beugte sich über sie und versuchte, sie mit dem zerfledderten Papiertuch, das er noch immer in der Hand hielt, zu trocknen. Sie wollte ihm sagen, daß nicht die Männer, die er wegschickte, schuld hatten, daß sie sich nicht über sie aufgeregt hatte. Sie war weder durcheinander noch aufgeregt. Aber wie sollte sie ihm erklären, daß ihr Körper trauerte, trauerte wegen all der Jahre der Vernachlässigung und des Kummers? Ihre Gedanken waren klar und ruhig. Sie mußte ihren Körper dem Schmerz überlassen und sich um ihre Angelegenheiten kümmern.

»Es tut mir so leid, Francesca. Vergib mir. Ich hätte alles gegeben, um dir das hier zu ersparen, aber ich konnte es nicht verhindern. Sie wollten mir sonst seinen Leichnam nicht zurückgeben, verstehst du? Mein Gott, Francesca... Sie wollten mir nicht erlauben, ihn zu beerdigen...«

Dann mußten sie Teddy Braun finden. Cosimo würde ohne seinen Teddy nirgendwohin gehen, und schon gar nicht in das Haus des toten Großvaters. Er mußte Teddy Braun zurückbringen. Niemand brauchte ihn mehr. Er sollte jetzt gehen und das erledigen. Sie schloß die Augen. Sein schwarzer Kummer umfing sie, vergiftete das Zimmer, und seine tödliche Stille rief in ihrem Kopf ein Zischen hervor. Cosimo legte den Zeigefinger an die Lippen und hob den anderen, Ruhe gebietend. Dann lächelte er sie an.

3

Der Herr gebe ihm die ewige Ruhe, und das ewige Licht leuchte ihm. Laß ihn ruhen in Frieden.«

»Amen.«

Filippo kniete, den Kopf andächtig gesenkt, betete aber nicht. Er preßte die Daumen gegen die Schläfen, hielt den Druck, die Qual und die Stille in seinem Kopf gefangen. Er hatte das Gefühl, tief, ganz tief unter Wasser zu sein. Die Worte des Priesters drangen nur noch gedämpft und wellenartig an sein Ohr, so daß jeglicher Sinn verlorenging. Aber sie hatten einen Sinn, wenn dieser auch nichts mit dem gemein hatte, den der Priester predigte. Da gab es einen winzigen Faden, der unter all den anderen verschlissenen Fäden im alten, vertrauten Muster hell glitzerte. Wenn er ihn doch nur zu fassen bekäme. Er versuchte es jedesmal, wenn er aufblitzte, aber jegliche Anstrengung, die über das Halten seines platzenden Kopfes hinausging, verschlimmerte den Schmerz ins Unerträgliche. Und doch, wie konnte er sich diesem Schmerz, solch trivialem Schmerz verschließen, so heftig er auch war, angesichts eines Kindes in einem mit weißen Tüchern bedeckten Sarg, auf dessen Stirn die Naht des Leichenbeschauers prangte, der den aufgeplatzten Schädel notdürftig zusammengeflickt hatte, von den übrigen Nähten ganz zu schweigen. Die Naht mußte mit einem weißen, bestickten Satinband bedeckt werden. Filippo war überzeugt, darunter das Ende eines Fadens entdeckt zu haben. Sie hatten seine Lippen und Wangen zu rot angemalt, aber um dieses Stückchen Faden schimmerte die Haut wächsern, gelblich, als sei der Kopf Knetmasse.

Teddy Braun. Filippo, du mußt...

Mattys Stimme in der vergangenen Nacht, flüsternd, obwohl sonst niemand im Zimmer war. Der Ton klang dringlich, die Augen baten flehentlich um Antwort, aber was wollte sie? Teddy Braun. Teddy Braun. Lange Zeit konnten sie ihn einfach nicht finden. Doch Filippo hatte nicht aufgegeben, hatte sogar den Staatsanwalt angerufen und schließlich, auf den Fotos, die sie vom Tatort gemacht hatten, sahen sie ihn draußen auf dem Flur liegen, mit dem Gesicht nach unten, neben dem Aufzug.

Cosimo hätte ihn niemals dort draußen liegenlassen. Wer immer ihn angegriffen hat, muß es dort draußen auf dem Flur getan haben...

Matty hatte ihn nur schweigend angestarrt, dann den Blick von ihm abgewandt.

So viele Menschen sind dort hinein- und wieder hinausgegangen, die Sanitäter, du...

Sie legten den schmuddeligen Bären neben den weißgekleideten Leichnam, der wie eine Puppe anmutete zwischen den Würzkräutern und dem Winterjasmin, die Amadeo mitgebracht hatte. Matty hatte lange dagestanden und auf den offenen Sarg hinabgeschaut. Filippo hatte gesehen, wie sie mit einem Finger sanft über den zerschlissenen, zusammengeflickten Kopf des Teddys gefahren war, dann die Augen wieder gehoben und den Blick auf ihn geheftet hatte.

Sie wirkte zögerlich, beinahe ängstlich. Gab sie ihm – wie er sich selbst – die Schuld an allem, weil er nicht dagewesen war, um Cosimo zu retten? Sie erwähnte das Thema mit keinem Wort, erzählte ihm statt dessen, wie schrecklich Cosimo damals geweint hatte, als bei Teddy Braun irgendwie die Nähte geplatzt waren und die Füllung auf Angelos Bett verstreut gelegen hatte.

Armes, kleines Häschen. Ach, mein armes, kleines Häschen, wie hast du geweint…

Ihre Tränen fielen auf die Lorbeerblätter und die winzigen gelben Blumen, als sie sich niederbeugte, um seine Hand zu küssen.

Ich habe darüber nachgedacht, Nacht für Nacht. Wir hätten es wissen müssen. Ich habe es gewußt, das ist mir inzwischen klargeworden, aber sosehr ich mir auch den Kopf zermartere, ich habe noch immer keine Ahnung, was ich hätte tun sollen. O Filippo…

Sie sprach mit leiser, freundlicher Stimme, und ihre Gegenwart tröstete ihn. Würde er sie doch nur ein wenig besser kennen.

Du kommst uns nie besuchen, Matelda, und doch, wenn wir dich brauchen, wie durch Zauberhand…

Nein, nein. Keine Zauberei.

Sie berichtete ihm von dem Anruf, den sie erhalten hatte, keine Nachricht, aber von ihrem Anschluß. Ich dachte, ich sehe besser mal nach…

Francesca hat dich zu Hilfe gerufen? Das muß ich der Polizei erzählen…

Nein. Nein, Filippo. Das ist komplizierter… wir sprechen später darüber, nach der Beerdigung.

Er empfand ihre Anwesenheit an seiner Seite in der Kirchenbank als tröstlich. Sie war die einzige Person, die er wirklich wahrnahm. Ihr Mann und ihre Kinder saßen in der Bank hinter ihm. Matty hatte sich kurzerhand über alle geschriebenen und ungeschriebenen Regeln hinweggesetzt und war zu ihm in die Bank gegangen, da ihm in dieser schweren Stunde weder Francesca Beistand leisten konnte noch seine Mutter, die seit dem Unglück ans Bett gefesselt war, so dramatisch hatte sich ihr Gesundheitszustand verschlechtert.

»Der Herr gebe ihm die ewige Ruhe …«

Wieder dieses winzige Glitzern … Hatte es mit dem *De Profundis* zu tun? Er hatte auf dem Gebet bestanden, obwohl der Priester protestierte: Für das Begräbnis eines so kleinen Kindes sei dies ja wohl nicht ganz das passende Gebet. Er war nah dran, aber noch nicht am Ziel. Er würde die Qualen, die mit dem Versuch des Verstehens verbunden waren, auf sich nehmen, sich zwingen … Teddy Braun, Teddy Braun … es hatte nichts mit dem Bären zu tun, aber mit Mattys nervöser Dringlichkeit, mit ihrem durchdringenden Blick, der seine Aufmerksamkeit erflehte. Cosimos Augen waren grau, wie die von Filippo, aber dieser Ausdruck nervöser Dringlichkeit, flehentlich um Verständnis bittend …

»Der Herr gebe ihm die ewige Ruhe …«

Die ewige Ruhe. Das war es. Sie hatten das Gesicht und den Körper des Kindes fast vollständig mit einer medizinischen, pinkfarbenen Lösung betupft, die zu weißen Flekken trocknete. Er trug gestrickte Baumwollhandschuhe, damit er sich im Schlaf nicht kratzte. Doch was das Kind wirklich quälte, hatte nichts mit der Krankheit zu tun, sondern irgend etwas mit der ewigen Ruhe. Große, verzweifelte Augen waren Filippo gefolgt, als er nach dem Abendgebet das Zimmer verließ, aber warum? Irgendeine kindische Sorge, vage Angst. Vergessen jetzt. Nicht mehr nachzuvollziehen.

»Da Gott in seiner Weisheit beschlossen hat, Cosimo im zarten Alter der Unschuld zu sich zu nehmen, lasset unsere Gebete heute nicht Gebete der Trauer, sondern Gebete der Freude sein. Denn Cosimo, getauft im Namen des Herrn und verbunden mit der Heiligen Katholischen Kirche, war frei von der Erbsünde und zu jung, um andere Schuld auf sich geladen zu haben. So ist nun seine Seele aufgefahren in den Himmel. – *Hic accipiet benedictionem a Domino*...«

Wo warst du, Filippo?

Die Stimme seiner Mutter dröhnte so laut in seinem Kopf, daß sie das *Hic accipiet* übertönte.

Wo warst du? Warum wolltest du nicht mit Cosimo ins Wasser? Dann hätte das Kindermädchen auf euch beide aufpassen können und wäre nicht gezwungen gewesen, ständig von einem zum anderen zu laufen!

Er wußte nicht, was er antworten sollte. Er hatte seiner Mutter bis zu jenem Tag immer die Wahrheit gesagt, denn man konnte sich fest darauf verlassen, daß sie selbst immer zu ihrem Wort stand, wenn sie einmal etwas versprochen hatte. Aber ein Blick in ihr Gesicht zeigte ihm nur zu deutlich, daß sie diejenige war, die dabei war zu ertrinken, ihn um eine Lüge anflehte, an die sie sich klammern konnte. Er hatte Angst, nicht nur vor dem Kindermädchen und der Strafe, die er von ihr erwartete, sondern auch Angst davor, daß seine Mutter all dem nicht standhielt, daß die Welt aus den Fugen geraten würde. Jeden Tag, bevor Louise mit dem Mann fortging, drohte sie den beiden leise, aber höchst eindringlich in ihrem seltsamen Akzent: Bleibt zusammen und geht nicht zu nah ans Wasser... und wagt es bloß nicht, mich zu verraten, sonst müßt ihr im Dunkeln schlafen, und wenn ihr weint, bekommt ihr eine Tracht Prügel.

Filippo hatte Angst im Dunkeln und vor ihren kalten, blauen Augen und den langen, spitzen Fingernägeln.

Cosimo war zwei Jahre jünger als er, aber er hatte keine Angst im Dunkeln und marschierte mit seinem Eimer geradewegs ins Wasser.

Cosimo! Komm wieder raus! Komm sofort wieder raus, sonst nimmt sie uns das Nachtlicht weg, so wie damals, als du ihr erzählt hast, wie du aufs Dach geklettert bist! Doch Cosimo spritzte fröhlich mit dem Wasser und rannte einfach davon. Er hatte keine Angst. Und dann schlug Louise Filippo, ihre Hände hielten ihn wie ein Schraubstock, Wellen der Wut und Angst überrollten ihn, und er mußte lügen.

Ich wollte nicht... ich wollte nicht und ich mußte weinen, und Louise hat gesagt...

Das Kindermädchen hat gesagt...

»Filippo!« Etwas zerrte an seinem Arm, und jemand rief seinen Namen, aus nächster Nähe, für ihn klang es wie ein Schrei, aber in Wirklichkeit konnte es nur ein Flüstern gewesen sein.

»Setz dich, du fällst sonst noch.«

Matty.

»Filippo, setz dich für einen Moment, sonst fällst du noch in Ohnmacht.«

Er hob den Kopf, atmete tief ein, setzte sich aber nicht. Der Priester näherte sich dem kleinen Sarg, gefolgt von einem Ministranten, der den Weihrauch trug, und einem weiteren mit dem Weihwasser.

»Herr, du hast ihn zu dir gerufen in dein Reich. Laß ihn nun schauen deine Herrlichkeit von Angesicht zu Angesicht.«

»Herr, erbarme dich.«

Bis zu jenem Augenblick, da er auf den Sarg seines eigenen Sohnes blickte, hatte er sich nie gefragt, wo seine Mutter vor all den Jahren gewesen war, an jenem heißen Nachmittag, als er mit sonnenverbrannten Schultern und Knien im etwas kühleren Sand unter dem Schirm gewartet hatte, am ganzen Leibe zitternd. Er erinnerte sich an dieses Gefühl, daß etwas in ihm starb, und die gleiche explosive Stille wogte damals in seinem Kopf, als ihn aus weiter Ferne der Lärm spielender Kinder durch die hohen Wellen kalter, dunkler Angst hindurch erreichte. Das Meer, und weit und breit kein Cosimo! Der Strand, und weit und breit keine Louise.

Lange Zeit hatte die Angst vor Louise Filippos Leben bestimmt – zumindest hatte er es so empfunden. Dann war sie fortgeschickt worden. Seine Angst vor ihr hielt selbst danach noch an, und manchmal glaubte er zu hören, wie sie nachts in sein Zimmer kam, glaubte, sie wäre gekommen, um ihn mit ans Meer zu nehmen, damit er in der Dunkelheit ertrank. Er versteckte sich unter der Bettdecke, betete verzweifelt. Aus tiefer Not schrei ich zu dir... Hatte er eigentlich die Beerdigung seines Bruders miterlebt? Er war sich nicht ganz sicher. Manche Kindheitserinnerungen trogen, man glaubte sich an Dinge erinnern zu können, die man nur erzählt bekommen hatte.

Wo bist du gewesen, Filippo? Wo?

Die erneute Tragödie würde seine Mutter kaum überleben. Sie hatte ihm die gleiche Frage wie damals gestellt. Dieses Mal hatte er ihr nicht geantwortet, sondern war neben ihrem Bett stehengeblieben, hatte zu ihr hinuntergeschaut, darauf gewartet, daß sie ihm erlaubte zu gehen. Die Luft im Zimmer war stickig und viel zu warm. Vielleicht empfand er das nur so, weil er noch immer im Mantel war und den warmen Schal umgebunden hatte.

Wo bist du gewesen, Filippo? Warum bist du nicht dort gewesen? Entschuldige, ich weiß, was du durchmachst, aber... die arme Francesca. Ach, die arme, arme Francesca... Was haben wir nur getan?

Er mußte fort von ihr, fort von ihrem Kummer, der alle Zeit überdauerte, fort von ihrer Krankheit, fort aus dem stickigen Zimmer, hinaus an die kalte, klare Luft, hinaus in den Hof, wo Amadeo büschelweise Jasmin abschnitt und auf den steinernen Rand des Brunnens legte. Er war dort hinausgegangen, versuchte nicht zu denken, ließ seine Gedanken einfach wandern, um Cosimos Tod kreisen, bis er schließlich seinen und Francescas Geist dort sitzen sah, an einem warmen Oktobernachmittag, auf ebendiesem Brunnenrand. Sie hatte ihm gesagt, daß sie schwanger sei, doch seine Erleichterung und seine Freude wurden nur zu bald schon überschattet von neuen, ungeahnten Sorgen. Sie wirkte so zerbrechlich. Hatte er überhaupt das Recht, so etwas von ihr zu verlangen? Würde das Kind eventuell eines Tages teuer dafür zahlen müssen? Und brachte man

Frauen und Kinder nicht im Juli und August in die Sommerfrische? Das zumindest konnte er ihr anbieten.

Ist es dir nicht zu langweilig, den ganzen Sommer hier draußen auf dem Lande zu verbringen?

Wie kommst du denn darauf? Diesen Sommer haben wir doch auch hier verbracht.

Ja, aber… mit einem Kind… die Meeresluft…

Nein, ich hasse das Meer.

Erleichtert hörte er sich ihre Geschichte an. Wie sie da auf den warmen Steinen saßen, der Duft der Blumen sich mit dem strengeren Geruch des gärenden Weins vermischte, kamen ihm ein paar Zeilen aus den längst vergangenen Tagen seiner Studentenzeit in den Sinn. Was hatten sie noch gelesen? Er wußte es nicht mehr, konnte sich nur daran erinnern, daß er sich in tiefer Not an diese beiden Zeilen geklammert und sie nie wieder vergessen hatte:

›Die Dinge, von denen wir glauben, sie würden geschehen, geschehen nicht; das Unerwartete macht Gott möglich.‹

Vielleicht kam ja alles in Ordnung.

Francescas Blick, so vertrauensvoll, so verletzlich.

Du wirst dich um mich kümmern?

Das werde ich. Keine Sorge. Und er meinte es so. Nicht einmal die Jungfrau Maria hätte mehr Ehrfurcht und Respekt erwarten können. Ihre weißen Laken waren ihm heilig, ihre Gesundheit sein erstes Interesse und wichtigstes Anliegen. Zumindest in dieser Hinsicht besaß er ein reines Gewissen.

Die schönen Erinnerungen und das Geräusch des plätschernden Wassers hatten seine Nerven beruhigt, und er war weitergegangen, bemerkte den beißendkalten Wind gar nicht.

Die Kälte in der Kirche drang nun bis auf die Knochen, obwohl sie hier vor dem Wind geschützt waren. Angestrengt suchte er den Trost jener Erinnerung, doch die Stimme des Priesters brach in seine Gedanken ein.

»Feuer und Hagel, Schnee und Nebel, du Sturmwind, der sein Wort vollzieht; ihr Berge und alle Hügel; ihr Fruchtbäume und alle Zedern; ihr wilden Tiere und alles Vieh, Kriechtiere und gefiederte Vögel…«

Papa, bitte, sagst du es ihm? Bitte! Weil Daisy… weil… Darf ich dir etwas sagen? Ich bin zu klein und… Papa, warum kannst du dich nicht um Daisy kümmern? Warum nicht?

Die Erinnerung traf ihn wie ein Schlag in die Magengrube, und beinahe hätte er laut aufgestöhnt. Warum hatte er das damals nicht so empfunden? Was hatte das zu bedeuten? Müssen die Menschen erst sterben, damit wir ihnen zuhören, ihre Worte verstehen?

Jede Erinnerung an Cosimo war eine Erinnerung an eine flehentliche Bitte oder an einen verängstigten, sehnsüchtigen Blick. Ein kleiner Junge auf einem roten Stuhl im Krankenhausflur, Entschuldigungen murmelnd, weil er glaubte, versagt zu haben.

Ich habe versucht sie aufzuwecken. Oft, ganz oft. Tante Matty hat gesagt, daß sie… daß sie…

Schon gut. Alles wird wieder gut. Das verspreche ich dir.

»Ihr jungen Männer und auch ihr Mädchen, ihr Alten mit den Jungen. Loben sollen sie den Namen des Herrn;

denn sein Name allein ist erhaben, seine Hoheit strahlt über Erde und Himmel.«

Es war noch nicht zu spät, zumindest nicht für Daisy. Cosimo würde in der Familiengruft beigesetzt werden, bei der kleinen Kirche, in der er und Francesca getraut worden waren. Sofort danach würde er zu Daisy gehen. Wie ein sterbender Mann, der um einen Schluck Wasser bittet und darin Trost findet, so linderte diese belanglose Entscheidung Filippos Qual. Er glaubte, er hätte sich wieder ganz im Griff, bis Matty ihn am Arm zog und ihm zuflüsterte, daß er nun aufstehen und dem Sarg folgen müsse.

Die mittelalterliche Kirche befand sich in einer engen Gasse, und nichts als Kälte und Nebel vom Fluß war jemals durch die schmalen, verstaubten Buntglasfenster gedrungen. Die Lichter brannten an diesem Morgen, aber sie erreichten nicht viel mehr, als die Dunkelheit zu betonen. Die Gesichter, die sich Filippo zuwandten, als er vorbeiging, nahm er in dem trübgelblichen Licht nur als blasse Schemen wahr.

Und – darf ich dir etwas erzählen – Großmutter hat gesagt, daß ich ganz allein eine Kerze für Großvater anzünden darf. Ich muß sie senke halten …

Senkrecht.

Ja, denn sonst tropft heißes Wachs auf meine Hand …

Die leise Stimme verklang. Der Trauerzug geriet ins Stocken, wartete darauf, daß die gläsernen Seitentüren geöffnet wurden. Gemurmelte Befehle, ungeschicktes Hin und Her, als der Sarg hinausgetragen wurde. Am liebsten hätte Filippo laut aufgeschrien. Nein! Welches Recht hatten diese Fremden, ihm Cosimo wegzunehmen? Da fiel ihm plötzlich ein, daß Cosimo gar nicht dorthin wollte, wo sie ihn hinbrachten. Die Kinderstimme kehrte zurück, deutlicher, flehend, drang vom Rücksitz her an sein Ohr, als sie durch die sonntäglich stillen Straßen fuhren:

Ich mag das Haus des toten Großvaters neben der Kirche nicht. Und ... darf ich dir noch etwas sagen? Ich würde gerne Daisy besuchen.

Du darfst auch Daisy besuchen.

Sofort, wenn wir angekommen sind?

Nach dem Mittagessen.

Papa?

Ja?

Wann können wir den kleinen Cosimo aus dem Haus des toten Großvaters holen und ins Krankenhaus bringen, damit sie ihn dort aufwecken?

Als er ihm erklärte, daß das nicht ginge, weinte Cosimo.

Du mußt nicht weinen.

Aber warum sollte er nicht um seinen toten Bruder weinen? Er selbst hatte nie um ihn geweint, nur Angst gehabt.

Sei jetzt wieder fröhlich. Wir sind fast da. Und du magst doch den großen Strauß Chrysanthemen, den du mit Milena gekauft hast, oder?

Sie sind fett, finde ich ...

Wie bitte?

Das ganze Auto roch nach Gras und Friedhof und endlich einmal war Filippo dankbar, als Francesca sich zu ihm umwandte und ihn mit einer Duftwolke ihres Parfüms einhüllte:

Er sagt das Wort ›fett‹ so gerne.

Als sie aus der Kirche kamen, blinzelte Filippo in den

Strahl hellen Sonnenlichts am Ende der mit trüber Weihnachtsbeleuchtung geschmückten Gasse, wo zahlreiche Käufer, eingemummelt zum Schutz vor dem kalten Wind, eilig ihrer Wege gingen.

Sie schoben den kleinen, mit weißen Tüchern bedeckten Sarg in den Leichenwagen. Ein Kranz aus Lilien lag darauf, keine anderen Blumen. Hätte er lieber Chrysanthemen nehmen sollen, die Cosimo so mochte?

Fette Chrysanthemen...

Auf dem kurzen Weg von der Kirche zum Leichenwagen standen Menschen Spalier. Wer waren sie? Filippo versuchte sie zu ignorieren, ärgerte sich über ihr aufdringliches Verhalten. Er hatte bereits zahlreiche Journalisten abwehren müssen.

»Entschuldigen Sie bitte...« Ein kleines Mädchen sah zu ihm auf, vielleicht zwölf Jahre alt. Er versuchte sie einzuordnen, entdeckte aber nichts, was in ein bekanntes Muster paßte. Eine blaue Steppjacke, eine braune Locke, die ihr in die Stirn fiel, Tränen, die über die mit Sommersprossen übersäten Wangen rannen.

»Ich hab... ich wollte... es tut mir so leid...«

Besorgt warf sie einen Blick über die Schulter nach hinten. Eine große Frau mit zwei Einkaufstüten in den Händen trat hinter sie. »Schon gut, Liebling.« Sie blickte zu Filippo hinüber. »Sie wollte Ihnen gerne etwas geben.«

Verwirrt blickte er von der Frau zu dem Kind.

»Ich bin Lilla. Ich bringe Cosimo in den Kindergarten.«

»Ja. Ja, natürlich.«

»Ich hab ihm das hier gekauft. Zu Weihnachten. Für seine Koppel.«

Sie reichte ihm einen winzigen, glatten Gegenstand, den er fest umklammert hielt, während er sich bedankte. Er zögerte einen Augenblick, starrte die Leute an, die dort standen. Sollte er die etwa auch kennen? Da stand ein kleiner Mann, wahrscheinlich ein Händler vom Markt, zumindest ließen die warme Wollmütze, die grüne Schürze, die bis hinunter auf den Boden reichte, und die roten, rissigen Hände darauf schließen. Neben ihm stand ein kräftiger Mann in einem blauen Overall. Ein Künstler? Beruhigend tätschelte er den Kopf eines großen Hundes, damit der zu winseln aufhörte. Filippo kannte all diese Menschen nicht. Dennoch – als er prüfend in ihre Gesichter blickte, spürte er, daß sie keine Gaffer waren. Sie wichen seinem Blick nicht aus, wirkten tief bewegt. Aber warum? Überrascht registrierte Filippo, der Fremde immer gemieden hatte, daß ihm ihr Mitgefühl guttat, ihn wärmte. Sogar als die Autotür hinter ihm geschlossen wurde und die Kolonne sich in Bewegung setzte, spürte er noch diese tröstliche Wärme.

In dem Wagen roch es sauber, nach Putzmitteln. Sie folgten dem Leichenwagen, fuhren zur Stadt hinaus aufs Land.

Filippo hielt den größten Teil der Fahrt den Kopf gesenkt. Er fühlte sich so schwer an, erfüllt vom Lärmen seines eigenen Atmens. Immer wieder rief er sich Daisy und seinen Entschluß ins Gedächtnis, um der aufsteigenden Panik in seiner Brust Einhalt zu gebieten. Als sie die Dorfkirche erreichten, merkte er, daß er die ganze Zeit mit einem kleinen Gegenstand in seiner Hand gespielt hatte, sich von dem glatten, festen Gefühl hatte beruhigen lassen. Er öffnete die Finger und sah, daß er eine winzige Katze aus Porzellan in der Hand hielt, gelb mit orangefarbenen Streifen. Er starrte sie eine Weile lang an, ließ sie dann in seine Tasche gleiten und stieg aus dem Auto.

Der Priester aus der Stadt begleitete sie zum Friedhof, da nur sonntags ein Geistlicher aus der Nachbargemeinde herkam, um in der kleinen Dorfkirche die Messe zu lesen. Hinter der niedrigen Grenzmauer lag die von Zypressen gesäumte Allee, die hinauf zur Villa führte. Filippo wollte die offene Gruft nicht sehen, fixierte seinen Blick auf die Balustrade mit den Terrakottaurnen, die sich deutlich gegen den klaren, blauen Winterhimmel abzeichneten. Das Heulen des Windes drang von der schneebedeckten Bergkette aus der Ferne zu ihm.

Der Priester wiederholte den Psalm, und Filippo nahm den Sprengwedel entgegen.

»Feuer und Hagel, Schnee und Nebel, du Sturmwind, der sein Wort vollzieht; ihr Berge und alle Hügel; ihr Fruchtbäume und alle Zedern; ihr wilden Tiere und alles Vieh …«

Filippo vollzog die von ihm erwarteten rituellen Handlungen. Er mußte weg hier, irgendwohin, wo es Cosimo besser gefallen hatte. Als er seine Pflicht erfüllt hatte und die anderen nichts weiter von ihm zu erwarten schienen, ging er weg. Seine Schritte knirschten auf dem Weg zwischen den dunklen Zypressen, die den eisigen Wind abhielten. Endlich konnte er sich auf die Suche nach Cosimos Stimme machen.

Leichtere Schritte neben seinen schwereren, die an Cosimos fünftem Geburtstag nach der Messe den Weg zur Villa hinaufgehen. Es ist heiß. Warum sind sie allein? Francesca muß mit seiner Mutter im Auto hochgefahren sein, da deren Beine schon seit geraumer Zeit den Dienst versagen.

Papa, darf ich dir etwas erzählen? Wenn ich erwachsen bin, werde ich Mami heiraten.

Das geht nicht, Cosimo.

Warum nicht? Du hast es doch auch getan.

Wahrscheinlich gibt es eine Standardantwort auf diese Frage, aber Filippo kennt sie nicht. Wenn du groß genug bist, wird deine Mutter eine alte Dame sein.

Du meinst, wie Großmutter?

Ja.

Er hat das Gefühl, daß Cosimo ihm das nicht wirklich glaubt, aber offenbar akzeptiert er die Erklärung, denn nachdem sie eine Weile schweigend weitergetrottet sind, lenkt er ein. Dann heirate ich eben Christina.

Wer ist Christina?

Sie geht in die Schule direkt bei meinem Kindergarten. Und sie hat lange, dunkle Locken, so wie Mami… und darf ich dir noch etwas erzählen? Sie hat eine Puppe mit Zöpfen. Die ist so klein, daß sie sie immer in der Tasche bei sich tragen kann. Sie ist meine Freundin, ich spiele jeden Tag mit ihr, und darum werde ich sie heiraten.

Ich verstehe. Und mit wem spielst du sonst noch? Fußball und so?

Pierino…

Pierino. Ist Pierino so alt wie du?

Ja… Er ist etwas größer… und er hat eine Tasche mit Comicfiguren drauf.

Soso. Und wer spielt noch mit dir und Pierino?

Ginger.

Ist das ein Spitzname? Hat er rotes Haar?

Ja. Und einen großen Garten.

Soso. Viel Platz zum Fußballspielen, verstehe. Magst du ihn einmal nach hier draußen einladen? Vielleicht hat er ja Lust, Daisy zu besuchen, was meinst du?

Ja.

Ist die plötzliche Erleichterung, die Filippo bei diesem Gespräch verspürt, der Grund dafür, daß er spontan beschließt, die gewohnte, selbstauferlegte Zurückhaltung fallenzulassen und sich für den restlichen Tag an der Gesellschaft seines Sohnes zu erfreuen? Cosimos Welt scheint in Ordnung zu sein, obwohl der Gedanke an den rothaarigen Jungen bei Filippo unangenehme Erinnerungen an ein Erlebnis in der ersten Klasse weckt. Der rothaarige Junge aus dem Süden hatte furchteinflößende grüne Augen und knochige Hände und Beine. Er rempelte Filippo rücksichtslos an: Bleib bloß weg von mir und meiner Bande, oder du kassierst eine saftige Abreibung, und wir treten dir dein Mädchengesicht ein. Geh da rüber, auf die Mädchenseite. Das war natürlich verboten, und so blieb Filippo immer dicht an der unsichtbaren Grenzlinie, in ständiger Furcht vor dem rothaarigen Jungen auf der einen Seite und vor dem Zorn von Schwester Benedetta auf der anderen. Jungen war der Aufenthalt dort verboten. Schwester Benedetta mochte den rothaarigen Jungen, denn er war Meßdiener. Filippo hingegen mochte sie nicht. Als er dem Ratschlag seiner Mutter folgte und zu ihr ging, um ihr von den Rempeleien zu berichten, wies sie ihn erbost zurecht und sagte, er solle sich nicht so anstellen. Da bat er seine Mutter, bei seinem kleinen Bruder zu Hause bleiben zu dürfen, aber sie sagte, daß Cosimo auch bald zur Schule gehen müsse. Er wollte Louise bitten, mit ihm vor dem Schultor zu warten, so daß er rasch beim letzten Klingeln hineinflitzen konnte, aber er wußte, daß sie nein sagen würde. Er hatte sie in das Café auf der anderen Straßenseite gehen sehen, wo sich die Einheimischen zum Morgenkaffee trafen. Außerdem wollte er nicht, daß sie von seiner Angst erfuhr, denn das wäre für sie nur ein weiterer Grund gewesen, ihn zu hassen. Filippo begann sein Gesicht im Spiegel zu studieren, wollte herausfinden, was damit nicht stimmte, und jedesmal, wenn die Freundinnen seiner Mutter sich hinter seinem Rücken zuflüsterten, was für ein hübsches Kerlchen er doch sei, wäre er vor Scham am liebsten im Erdboden versunken. Nachts lag er wach, versunken in roter Dunkelheit, krank vor Angst vor der Schule, dem Pausenhof, dem Lärm der Kinder, dem Morgengeruch der Linden im Sonnenschein, den frischgebackenen Broten, noch warm im Backpapier, dem Pausenfrühstück, Schwester Benedettas schwarzer Brille und dem schwarzen Flaum über ihren Lippen. Sie roch nach der Salbe, die sie auf die Knie auftrug, wenn man gefallen war. Filippo achtete besonders darauf, nicht zu fallen, wenn er die unsichtbare Grenze entlangrannte und so tat, als ob er spielte. Er begann zu stottern, das sich erst wieder gab, als der kleine Cosimo ertrank. Es hieß, der Schock habe ihn geheilt. Müßig, darüber zu diskutieren, auf jeden Fall hatte er sich nie wieder vor den Spiegel gestellt und überlegt, was mit seinem Gesicht nicht in Ordnung war.

Um diese Erlebnisse kreisen seine Gedanken, während er in seinem ehemaligen Zimmer die Trauerkleidung ablegt und in die Reitkleider schlüpft. Selbst jetzt noch, nach so vielen Jahren, hebt das vertraute Gefühl der abgetragenen Kleider und des alten Leders seine Stimmung. Als er aus dem Fenster blickt, sieht er nicht die Betonpfeiler des neuen Weinbergs, sondern den Geist eines Grauschimmels, der auf der Koppel grast.

Darf ich dich etwas fragen? Darf ich Daisy reiten, wenn ich groß bin?

Wenn du keine Angst hast.

Nur ein bißchen…

Aber du magst Daisy doch, oder? Sie ist groß und stark, aber auch sehr brav und gutmütig. Möchtest du wissen, wie sie wirklich heißt?

Heißt sie denn nicht Daisy?

Eigentlich heißt sie Pâquerette. Das ist französisch und bedeutet Gänseblümchen, Daisy ist das englische Wort dafür. Sie ist ein französisches Pferd. Hier, du darfst sie führen. Halte den Arm ausgestreckt, geh zügig, aber renn nicht. Sie darf dich nicht überholen… so ist es gut…

Er fährt mit seinen Erklärungen für Cosimo fort, jetzt allerdings, da er Daisys Box erreicht hat, nur noch in Gedanken. Er befestigt die Führleine am Halfter, das Daisy eigentlich nicht tragen sollte. Da konnte er Vittorio so oft zurechtweisen, wie er wollte…

So, und jetzt striegeln, in gleichmäßigen, fließenden Bewegungen, mit festem Druck, gleichmäßig und fest, gleichmäßig und fest…

Wie alt muß ich sein, damit ich den Heuballen nicht mehr brauche? Zehn?

Gleichmäßig und fest, gleichmäßig und fest. Jetzt leg den Striegel in die linke Hand und nimm diese Bürste hier.

Die ist aber groß.

Ich halte sie mit dir. Schieb deine Hand unter das Band.

Kleine, warme Hand unter seiner eigenen auf der Bürste.

Eins, zwei, drei, fertig. Eins, zwei, drei, fertig… gleichmäßig und fest.

Vittorio kann es schnell. Warum tut er es nicht auch jetzt?

Weil du es lernen mußt. Du mußt alles lernen, und später, wenn dein Pferdeknecht es für dich erledigt, überprüf es, besonders die Hufeisen und die Sattelgurte. Ich hatte einmal ein Pferd…

Wie oft hatte er sich diese Szene ausgemalt? Schon bevor Cosimo geboren war, hatte er nachts wachgelegen und darüber nachgedacht, welche Begebenheiten und Geschichten er ihm erzählen würde. Aber ein Kind sollte bei seiner Mutter sein, die ebenso unschuldig und rein war wie das Kind selbst. Ausnahmsweise, nur dieses eine Mal, gönnt er sich diese gemeinsamen Stunden. Er hat doch so viele Geschichten zu erzählen, und Cosimo ist offensichtlich ganz begierig, sie zu hören. Oder ist er einfach nur höflich?

Während er Daisy sattelt, malt er sich aus, wie er ihm noch einmal die Geschichte von Terremoto erzählt – das Pferd, das jegliches Training verweigerte und das niemandem erlaubte, die Gurte festzuzurren, bevor nicht die Kampfrichter auf dem Platz erschienen waren.

Und hat er gewonnen?

Jedesmal. Nur einmal nicht, als ich nicht bei der Sache war. Ich machte mir Sorgen wegen eines anderen Pferdes, das ich zuvor in der Debütantenklasse geritten hatte. Es hatte sich verletzt, und ich vergaß, bei Terremoto die Gurte zu straffen. Nach dem zweiten Hindernis kam in einer scharfen Wende der Sattel ins Rutschen.

Und hast du dich verletzt?

Nein, nicht mehr, als ich verdiente. Es sei denn, man wollte mit dem Kopf nach unten reiten – willst du mit dem Kopf nach unten reiten?

Nein!

Cosimos begeistertes Lachen fliegt mit dem Wind, als Filippo in den Hof hinaus und durch die Weinberge zur Grenzmauer reitet. Er schlägt den Spazierweg ein, den er vor langer Zeit regelmäßig wählte, und Erinnerungen verdrängen die Phantasie.

Guten Morgen.

Guten Morgen. Genießen Sie Ihren Spaziergang?

Nein, das ist die falsche Stelle. Normalerweise traf er sie auf dem Weg von der Straße nach unten, immer auf der anderen Seite der Hecke.

Er ließ die Stute mit lockerem Zügel traben.

»Wärm dich ein wenig auf ... zu kalt für einen gemütlichen Spaziergang heute ...«

Der Wind blies ihnen in den Rücken, von vorn schien ihnen die Sonne ins Gesicht. Sie trabten zwischen nackten, knorrigen Reben auf der rechten Seite und trockenem Bambus am Rande eines Grabens zur Linken dahin. Der Weg war sandig, und die Sonne hatte die dünne Eisschicht wieder aufgetaut, die sich in der Nacht gebildet hatte. Er konnte nicht widerstehen.

»Ga-lopp, Daisy! Braves Mädchen! Ga-lopp!«

Schneller und schneller. Daisys mächtige Schultern bewegten sich auf und ab wie Kolben, die Sonne verbrannte ihm die Stirn, und der brausende Wind, der ihm um die Ohren pfiff, verschluckte jedes Geräusch um ihn herum, bis auf den gleichmäßigen Hufschlag und die Worte, die in seinem Kopf kreisten.

Feuer und Hagel, Schnee und Nebel, du Sturmwind, der sein Wort vollzieht; Feuer und Hagel, Schnee und Nebel, du Sturmwind, der sein Wort vollzieht; Feuer und Hagel, Schnee und Nebel...

Wie hatte er das nur vergessen können? Wie hatte er Daisy so lange im Stich lassen können? Er durfte sich sicherlich das Recht herausnehmen, die eigene Gesundheit und körperliche Fitness zu vernachlässigen, aber wie konnte er es vor sich rechtfertigen, Daisy derart zu vernachlässigen?

Er ließ sie schon bald wieder im Trab gehen, dann im Schritt, aus lauter Sorge, daß sie vielleicht zu sehr außer Atem war, um weiterzugaloppieren, und es kam überhaupt nicht in Frage, daß sie um die Kurve den steilen Weinberg bis hinauf zu den Apfelbäumen galoppierten.

»Immer mit der Ruhe, braves Mädchen.« Er ließ die Zügel fallen und beugte sich nach vorn, um ihr den Hals zu tätscheln. »Es tut mir leid, heute gibt es keine Äpfel für dich.«

Dennoch machten sie aus alter Gewohnheit halt, und er ließ Daisy einen Moment am Rande eines steilen Weinbergs grasen, wo die Sonnenstrahlen den Nachtfrost vertrieben und das kümmerliche Gras ein wenig erwärmt hatten. Filippo schaute hinauf zu den hoch aufgeschossenen Apfelbäumen, den kahlen Ästen, überwuchert von Efeu und kläglichen Resten von Geißblatt. Jahr für Jahr hatten die Bäume geblüht und Früchte getragen, und im Herbst lagen die kleinen, schrumpligen Äpfel auf der Erde, bis sie in der Sonne zu gären begannen, willkommene Beute für die Wespen, die sich regelrecht darin hineinbohrten. Tag für Tag, Jahr für Jahr hatte Daisy geduldig gewartet, die Nüstern hoffnungsvoll durch die Gitterstäbe gestreckt.

Was hatte er nur aus seinem Leben gemacht? Alles hatte so klar, so richtig, so wichtig ausgesehen, als er es tat, aber nun war es in tausend Teile zersprungen. Wie sollte er die Teile wieder richtig zusammensetzen, wenn er nicht die geringste Ahnung hatte, wie das Bild zum Schluß aussehen sollte?

»Auf jetzt! Weiter geht's.«

Hier. Hier war sie normalerweise aufgetaucht. Sie wandten sich nach links, überquerten den oberen Weg und nahmen den Pfad, der an der Hecke entlangführte. Wie bei den kahlen Apfelbäumen trödelten sie nun auch bei der Hecke. Daisy zerrte an den Zügeln, bis er nachgab und sie ein wenig grasen ließ. Er rief sich das Bild vor Augen, wie er Ausschau hielt nach den weichen, dunklen Locken, die auf der anderen Seite auf und ab wippten, auf und ab, und dann innehielten. Aber nie erhob sie den Blick, bevor er sie ansprach.

Guten Morgen.

Guten Morgen.

Mai … Geißblatt, Heckenrosen und wilde Möhren. Ihre Augen strahlten in einem unglaublich klaren Tiefblau, ihre Haut so zart und hell wie die eines Kindes. Alles an ihr wirkte zart und zerbrechlich. Er liebte es, sie anzuschauen, bewunderte sie wie eine seltene Blume. Sie verhielt sich ausgesprochen zurückhaltend, kleidete sich auch so, trug nur sehr blasse Farben oder Weiß. Wann immer er mit ihr die Finanzen des Guts durchgehen mußte, sprach er sehr leise und sehr freundlich, vor lauter Sorge, sie könnte sonst zerspringen wie gesponnenes Glas.

»Auf, weiter geht's.« Der kalte Wind blies nun heftiger, da der Tag sich langsam dem Ende zuneigte. Von hier oben konnte er den Kamm der verschneiten Bergkette erkennen, das Blau des Himmels vertiefte sich mehr und mehr in ein dunkles Purpur, und das Heulen setzte ein. Als er an dem Haus vorbeiritt, in dem Francesca mit ihrem Vater gelebt hatte, runzelte Filippo die Stirn. Wer immer das Haus nach dem Tod des Generals gekauft hatte, hatte die unregelmäßige Natursteinfront mit geraden Zementfugen versehen, die in blendendem Weiß erstrahlten. Ein Teil der wilden Hecke war entfernt und durch kunstvoll geschnittenen Lorbeer ersetzt worden, eine Laterne, eine Imitation aus dem 19. Jahrhundert, verunzierte die verbreiterte Zufahrt. Der General war ein respekteinflößender, ruhiger Mann gewesen, der, obwohl er sich nie sonderlich für Land und Leute interessierte, niemals einen solchen Frevel begangen hätte. Auf ihn hatte er immer den Eindruck eines Menschen gemacht, der aufgegeben hatte, duldsam, aber ein wenig verwirrt über die Karten, die ihm das Schicksal zugedacht hatte. Zweifellos traf man bei Angehörigen des Militärs oft auf diesen Ausdruck der Verlorenheit, wenn sie in Pension gingen und die Truppe verlassen mußten.

Die Verunstaltung des Hauses traf ihn dieses Mal um so mehr, als er sich die letzten Jahre vor Augen führen wollte, sein Handeln und Tun rekapitulieren wollte, in der vagen Hoffnung, endlich zu begreifen, wie er überhaupt an diesen Punkt gelangen konnte, an dem er sich nunmehr befand, und den Weg zu finden, den er jetzt einschlagen mußte. Er war froh, als er das Haus hinter sich gelassen hatte und endlich die Straße erreichte, die nach unten zur Villa führte. Jetzt blies ihm allerdings der kalte Wind ins Gesicht, die Sonne hatte er im Rücken. Sobald der Weg ein wenig ebener verlief oder gar eine leichte Anhöhe hinaufführte, bevor er wieder steil nach unten abfiel, lockerte er die Zügel oder zwang Daisy sogar ein wenig zu traben, um sie warm zu halten. Er hatte das Gefühl, seine Knie wären inzwischen angefroren, und so erhob er sich immer wieder mal aus dem Sattel, um sich ein wenig zu lockern und das Blut kreisen zu lassen. Seine Ohren brannten, und sein Kopf dröhnte vor Kälte, aber der unbarmherzige, reinigende Wind kam ihm gerade zupaß, setzte ihm körperlich zu, während seine Gedanken in der Welt der warmen Maisonne weilten, wo ihm das Unwahrscheinliche plötzlich möglich erschienen war.

Zuerst hatte er sich eingeredet, daß er es nur tat, um seine Mutter zufriedenzustellen, daß ihn ein gelegentlicher Theaterbesuch zu nichts verpflichtete. Aber in Wahrheit wußte er von der ersten Sekunde an, daß er nicht widerstehen konnte. Alle hatten sie angeschaut, ihre Schönheit bewundert und dann zu ihm geblickt, und er hatte Überraschung in ihrem Blick gesehen, Neid, Anerkennung, und das hatte ihm gefallen. Er, der immer so getan hatte, als ob ihn nicht kümmere, was die Welt von ihm hielt, hatte sich wie ein kleines Kind darüber gefreut, als er und Francesca die erste gemeinsame Einladung erhielten: Man hatte sie als Paar akzeptiert. Die Einladung stammte vom Herzog, dessen Freundschaft Filippo sehr schätzte, obwohl die Zeit ihrer Expeditionen in die Alpen längst vorüber war. Er selbst brachte seinen Titel nur selten ins Spiel. Etwas an dieser Erinnerung schmerzte ... einer dieser glitzernden Fäden in dem Muster, die er aufnehmen und verfolgen mußte, auch wenn ihm das Angst einjagte, wie der mit dem ewigen Frieden ... es mußte etwas mit Cosimo zu tun haben, obwohl Cosimo Titel nichts sagten, und er hatte den Herzog nie gesehen, nur auf dem Bild ... der Eispickel.

Der kleine Körper, zusammengerollt in Angelos Bett ... warum Angelos Bett? Er hatte Angelo nie getraut. Am Fußende von Guidos Bett der Eispickel.

Nein, Signore, Sie können dort nicht hinein.

Cosimo!

Es tut mir leid, Signore, aber Sie können nichts mehr tun.

Am darauffolgenden Tag hatte der Staatsanwalt in seinem Büro von Filippo wissen wollen, ob er denn nicht nach seinem Sohn gesehen hätte, als er nach Hause gekommen war. Die meisten Väter würden das tun. Ihm selbst sei es eine liebe Angewohnheit geworden, als seine Tochter noch ein kleines Mädchen war.

Ich habe kurz zu ihm hineingeschaut, um mich zu vergewissern, daß er in seinem Bett lag.

Sie haben die Möglichkeit in Betracht gezogen, daß er nicht in seinem Bett liegt?

Die Wohnungstür stand weit offen. Natürlich hatte ich Angst, daß er nicht in seinem Bett liegen könnte, daß ihn vielleicht jemand entführt hatte.

Aber Sie sind nicht ins Zimmer hineingegangen.

Nein. Als ich gesehen hatte, daß alles… daß er in seinem Bett lag, bin ich zu meiner Frau gelaufen, und als ich erkannte, in welchem Zustand sie sich befand, hatte ich nur noch den Krankenwagen im Kopf.

Ich verstehe.

Was hatte er verstanden? Wußte er, daß Filippo nach Hause gekommen war und sich dreißig oder vierzig Minuten lang unter der Dusche abgeschrubbt hatte, bevor er in den Pyjama und den abgetragenen, seidenen Morgenmantel geschlüpft war, der einmal seinem Vater gehört hatte und der für ihn die ruhige, verläßliche Güte jenes Mannes ausstrahlte, der er so gerne sein wollte? Wußte er, wie er am Fuße des Bettes gestanden hatte, eine blasse, stille Gestalt, und Cosimo im Schlaf beobachtet hatte?

Es betrübte Filippo sehr, daß Cosimo Angst vor dem Großvater zu haben schien, den er nie kennengelernt hatte, vor jenem guten Mann, der nach dem Tod seines kleinen Bruders jede Nacht mit Filippo gebetet, ihm Geschichten vorgelesen und der ihm den über alles geliebten Teddy Braun geschenkt hatte, damit er die langen Nächte neben Angelos leerem Bett hatte ertragen können. Die Erinnerungen vermischten sich mit jenen aus der Zeit, als er krank gewesen war… aber vielleicht war er ja direkt nach dem Tode seines Bruders krank geworden. Nein, nicht Windpocken, Masern, es waren die Masern gewesen.

Papa, wenn ich etwas anschaue, wie zum Beispiel diese Kommode hier oder Angelo, dann geht es weg, verschwindet immer weiter in den Hintergrund, bis es nur noch ganz, ganz winzig ist, und dann kommt es langsam wieder zurück, bis es wieder die normale Größe hat.

Das kommt daher, weil die Masern dich sehr geschwächt haben. Wenn es dir bessergeht, hört das wieder auf. Sollen wir jetzt die Geschichte von Pinocchio weiterlesen?

Warum hatte Cosimo in jener Nacht in Angelos Bett gelegen? Und was hatte der Eispickel am Fuß von Guidos Bett zu suchen gehabt... wer hatte ihn von seinem Platz über dem Foto an der Wand heruntergeholt...

Francesca hatte ihn gefragt, wie sie den Herzog anreden solle. Er hatte sie angelächelt und ihr freundlich erklärt, sie solle ruhig Roberto zu ihm sagen. Sein Name ist Roberto. Ob dies nun der Moment war, ab dem es kein Zurück mehr gab, zumindest war dies der Zeitpunkt, da seine Phantasie die sorgfältig fallengelassenen Anspielungen seiner Mutter aufnahm und mit ihnen zu spielen begann. Er entschied, daß er lieber einen eigenen Hausstand gründen wollte, und berechnete die Kosten für die Instandsetzung zumindest einer Etage seines Hauses in der Stadt. Ein Junggeselle war bei Abendgesellschaften immer ein gerngesehener Gast. Allerdings konnte er sich vor Jahren noch damit schmeicheln, daß ihm immer hübsche, ungebundene junge Damen an die Seite gesetzt wurden, die sich stets sehr bemühten, sein Interesse und seine Gunst zu gewinnen. In letzter Zeit fand er ausnahmslos geschiedene Frauen auf dem Platz zu seiner Rechten vor, die wahrscheinlich nur eingeladen worden waren, weil noch eine Tischdame gefehlt hatte. Dank Francesca gewann er wieder deutlich an Attraktivität. Er fühlte sich rehabilitiert, hielt aber an dem Glauben fest, daß er den Status quo für immer beibehalten könne. Doch seine Mutter drängte sie unbarmherzig weiter. Er wollte sie daran hindern, schrie sie im Geiste an, daß es ein Ding der

Unmöglichkeit sei, aber in der Realität blickte er sie nur an – wortlos, entschlossen, gespannt.

Sie reagierte darauf, sah ihn dabei aber nicht an, sondern wandte den Kopf ab und sprach bedächtig.

Du hast deiner Familie gegenüber gewisse Pflichten, Filippo, und darüber hinaus ... du schuldest keinem Menschen dieser Welt Rechenschaft. Zweifellos wird die Londoner Supermarktkette weiterhin unser wichtigster Kunde und größter Abnehmer für Öl und Wein bleiben, und ich hoffe sehr, daß du trotz der Anforderungen des Familienlebens die Zeit finden wirst, ihn persönlich vor Ort zu betreuen.

Hier also nicht. Auf gar keinen Fall. Es war möglich.

Er hatte geglaubt, Francesca hätte bereits Erfahrung. Als sie ihm sagte, daß dem nicht so sei, daß sie so unschuldig sei wie am Tage ihrer Geburt, bestürzte ihn das zutiefst. Er konnte doch nicht derjenige sein, der ...

Er zauderte erneut.

Da gab es immer noch Annamaria, die langjährige Freundin der Familie, eher ein wenig mager und farblos, aber stets in der Nähe, sie unterstützte seine Mutter tatkräftig bei Wohltätigkeitsveranstaltungen und himmelte Filippo mit großen Augen an. Er hatte sich an sie gewöhnt. Sie würde nur wenige oder vielleicht gar keine Ansprüche an ihn stellen. Das Leben würde weitergehen wie immer.

Wie schade, daß Annamaria keine Kinder bekommen konnte. Sie wäre ihm eine sehr gute Frau gewesen.

Er haßte es, daß seine Mutter offenbar in der Lage war, seine Gedanken zu lesen, obwohl sie diese Fähigkeit nur dann einsetzte, um Gesprächsthemen zu vermeiden, die ihm peinlich sein könnten.

Dennoch zauderte er weiter.

Daraufhin lud seine Mutter den Erzbischof zum Tee ein und ließ ihn mit dem Prälaten allein. Der verbreitete sich ganz allgemein über die Familie, die Pflichten eines Sohnes, den Gesundheitszustand seiner Mutter sowie die Heiligkeit der Ehe und die damit einhergehenden Pflichten, während er gleichzeitig eine ganz erstaunliche Menge Kekse verschlang, ohne auch nur einen einzigen Krümel fallen zu lassen. Filippo sah und hörte ihm schweigend zu. Dann und wann wanderte sein Blick über den weißbehaarten Schopf des Kirchenmannes hinweg zu dem Baum hinter den Verandatüren, an dem die grünen und gelben Dattelpflaumen immer praller wurden. Wahrscheinlich war Völlerei des Erzbischofs zweitgrößte Sünde. Mangelnde Selbstkontrolle gehörte zu jenen Eigenschaften, die Filippo am wenigsten ausstehen konnte. Auch die unbedeutendere Sünde der Eitelkeit verachtete er zutiefst. Ihm selbst war Eitelkeit völlig fremd. Nur selten einmal schaute er in einen Spiegel. Filippo wußte zwar, daß er größer war als die meisten Männer, hätte sich ansonsten aber nur mit Schwierigkeiten selbst beschreiben können. Der Erzbischof hingegen war unübersehbar aufs sorgfältigste gekämmt und manikürt und hatte an jenem Tag offenbar sogar die kleinen, weißen Bärtchen an den Ohrläppchen in Form schneiden lassen. Sein Schneider und sein Schuhmacher waren eindeutig Könner ihres Fachs. Als der Erzbischof registrierte, daß der Teller nun endlich leer war, hörte er auf zu essen, beugte sich leicht nach vorne und blickte Filippo durchdringend an.

Gibt es irgend etwas, über das du gerne mit mir sprechen möchtest, mein Sohn?

Es war nicht die Frage an sich, sondern der komplizenhaft lüsterne Blick in den schmalen Augen, der sogleich Filippos Brust vor Zorn anschwellen ließ. Er konnte der Röte, die ihm über den Nacken ins Gesicht aufstieg, nicht Einhalt gebieten, aber noch besaß er Kontrolle darüber, was ihm über die Lippen kam. Nein, hatte er geantwortet, sein Gegenüber mit dem Blick erdolchend.

Bei der unerfreulichen Erinnerung stieg er so heftig und unerwartet in die Steigbügel, daß Daisy verwirrt zögerte und die Ohren aufrichtete, weil sie ein Kommando erwartete.

»Schon gut, Daisy. Braves Mädchen...« Er beugte sich nach vorne, um ihr beruhigend über den Hals zu streichen und die Kruppe zu tätscheln.»Schon gut. Jetzt ist es nicht mehr weit.«

Er wandte sich nach links und lenkte Daisy vorsichtig in einen sanft abfallenden Olivenhain, um so ein beträchtliches Stück des in Serpentinen nach unten führenden Weges abzukürzen. Filippo ließ die Zügel schleifen, achtete darauf, sich rechtzeitig vor den zum Teil tief herabhängenden, silbrigglitzernden Zweigen zu ducken, verließ sich aber ansonsten darauf, daß Daisy sich schon den besten Weg suchte.

Die Stämme der Olivenbäume müssen ausgehöhlt werden, Cosimo. Das Klima ist zu feucht. Wenn sich hier Wasser sammelt – schau –, dann verrottet der Stamm.

Bei einigen ist überhaupt kein Stamm mehr vorhanden.

Sie sind entkernt. Wasser und Nährstoffe wandern über die äußere Rinde nach oben. So bleibt der Baum trocken und gesund. Sieh dir diesen hier an. Er hat sich geteilt. Das ist ein sehr alter Baum.

Wie oft hatte er sich so mit Cosimo unterhalten – allerdings nur in seiner Phantasie.

Daisy scheute, weil plötzlich neben ihr ein Olivenregen in ein Netz niederging. Hoch oben in den Zweigen tauchte das Gesicht eines Mannes auf.

»Ho, ho, ho. Halt, Daisy, halt. Das ist Renato. Er wird dich schon nicht fressen. Guten Morgen.«

»Guten Morgen …« Renato stand ganz oben auf einer Leiter in der Krone des Baumes und hielt zögernd den Olivenkamm in der Hand. Er wirkte verlegen. Der Mann hatte etwas Verschlagenes an sich. Auf den ersten Blick hatte Filippo das Gefühl, daß sich Renato ertappt fühlte und nur so tat, als ernte er gerade Oliven. Er ritt ein wenig näher heran, noch immer beruhigend auf die Stute einredend, und schaute zu ihm hoch. »Ganz schön kalt heute zum Arbeiten.«

»Es geht, solange es nicht auch noch anfängt zu regnen.«

»Wie geht es Ihrer Mutter?«

»Unverändert. Meine Frau allerdings ist am Ende ihrer Kräfte … «

Nach drei Schlaganfällen war die alte Dame kaum noch in der Lage, sich zu artikulieren oder zu bewegen, aber sie besaß ein kräftiges Herz, und es war damit zu rechnen, daß sie noch einige Jahre lebte. Wie die meisten anderen Männer hatte Renato sein Häuschen samt Pachtland vor mehr als zwanzig Jahren aufgegeben und war in die neuen Wohnblöcke am Rande des Dorfes gezogen. Von neun bis fünf arbeitete er auf dem Gut. In den Abendstunden aber bearbeitete er heimlich eine kleine Parzelle, die er sich –

wie viele seiner Kollegen auch – an einer versteckten Stelle des Gutes eingerichtet hatte. Filippos Vater hatte diese Felder großzügig übersehen, und Filippo führte diese Tradition weiter. Er erwartete von seinen Leuten nur, daß sie sich weit genug an den Rand des Gutes begaben, damit er den Schein wahren konnte. Natürlich bedienten sie sich seines Saatguts und seines Düngers. Einige Traditionen hielten sich eben länger als andere. Die beiden Söhne von Renato aber arbeiteten in der Computerbranche. Der einzige junge Mann, den der Gutsverwalter in diesem Jahr eingestellt hatte, stammte aus Rumänien.

Filippo meinte mehr als nur Verlegenheit in Renatos Augen zu erkennen, aber nach einem kurzen Gespräch darüber, ob sie es schaffen würden, die Ernte bis Ende Januar einzubringen, und in welchem Abschnitt die anderen Männer weiter unten gerade arbeiteten, gab Filippo den Versuch auf, Renatos Mienenspiel zu ergründen, und ritt weiter. Hinter ihm murmelte Renato irgend etwas, aber Filippo schenkte ihm bereits keine Aufmerksamkeit mehr. Er war schon ein ganzes Stück weitergeritten, als ihm plötzlich aufging, was er in Renatos Augen gesehen hatte: Mitleid! Scham und Wut übermannten ihn.

Aufgewühlt wendete er die Stute und ritt nun am Rande des neuen Weinberges entlang, um so ein Zusammentreffen mit den anderen Erntehelfern zu vermeiden. Die zusätzlichen Minuten im Sattel kamen ihm ganz recht, er brauchte ein wenig Zeit, um sich im Schutz des eiskalten Windes an den neuen Gedanken zu gewöhnen. Er, Kopf einer alteingesessenen, hochangesehenen Familie, Besitzer dieses Landes, Ehemann einer wunderschönen Frau, Vater… ja, Vater, ungeachtet dessen, was passiert war, Vater… wurde bemitleidet von einem diebischen Angestellten, dessen Vorstellung von Reichtum bei einer Rolex-Uhr aufhörte…

›Komm uns bloß nicht zu nahe, mir und meiner Bande! Geh schon rüber auf die Mädchenseite!‹

Das war der Mensch, den Renato bemitleidete. Die armselige Gestalt, die an der unsichtbaren Grenze auf und ab rannte, so tat, als spiele sie, in ständiger Furcht vor einem Sturz.

Nun gut, jetzt, da er gestürzt und aller schützenden Äußerlichkeiten beraubt war, blickte Renato auf ihn herab, sah nichts anderes in ihm als den Menschen, der auf seiner Seite der Grenze nichts zu suchen hatte, denn hier pflegten Frauen Schwiegermütter, hier wuchsen Söhne zu jungen Männern heran, hier hatte jemand wie Filippo – abgesehen von der einen oder anderen höhnischen Bemerkung – keinerlei Aufmerksamkeit verdient.

Oder sah er nur den Mann in ihm, dessen kleiner Sohn gestorben war?

Stimmt, als Filippo sich zum Gehen gewandt hatte, hatte er ihn noch etwas murmeln hören…

Mein herzliches Beileid – das hatte er gesagt.

Der gleiche Blick. Das Mädchen vor der Kirche.

Ich bin Lilla. Ich bringe Cosimo in den Kindergarten.

Nicht mehr. Cosimo kann nicht mehr in den Kindergarten gehen, kann den Wind nicht mehr spüren und die Berge nicht mehr sehen. Er wird nicht dasein, wenn die Mimosen blühen oder der Jasmin, oder um sich ein Büschel praller Weintrauben in den Mund zu stopfen oder um das zarte Fruchtfleisch der Dattelpflaume zu kosten.

Sie brennen an den Zähnen.

Warum ißt du sie dann?

Weil ich die Farbe mag.

Jetzt kann er die Farbe nicht mehr sehen.

Morgen, am Sonntag, würde Cosimo nicht mehr am Kamin in der alten Küche Brathähnchen essen können.

Cosimo...! Wo steckte er nur? Wo? Filippo suchte den Horizont ab, Trauer übermannte ihn beim Anblick der kahlen Reben, des leeren blauen Himmels, der schneebedeckten Gipfel in der Ferne, aus der der heulende Wind zu ihnen kam. Filippo mußte die Luft anhalten, damit er diesem Heulen nicht spontan antwortete, er sog die Luft tief in die Lungen, straffte die Schultern und richtete sich kerzengerade auf, als er in den Hof ritt.

Vittorio eilte ihm entgegen, einen Hufräumer und eine Dose Schmierfett in der Hand. Mit verschlagenem Blick machte er ein unglaubliches Theater um das Absatteln der Stute, kaum daß Filippo abgestiegen war. Vittorio hatte Filippo nicht auf dem Gut erwartet, und erst recht hatte er nicht damit gerechnet, daß er an einem solchen Tag ausritt. Er schien sich gegen Vorwürfe gewappnet zu haben, weil er die Box nicht ausgemistet und die Stute nicht gestriegelt hatte. Um von dem verdienten Tadel abzulenken, klagte er laut und lang darüber, daß ihm die Zeit einfach davonrannte, jetzt, wo die Olivenernte auf Hochtouren lief und der Traktor nun schon zum zweiten Mal in dieser Woche nicht ansprang. Natürlich war es nur recht und billig, daß die Arbeit für die Beerdigung unterbrochen wurde... ein Kind zu beerdigen ist immer eine furchtbare Tragödie, und der Kleine war doch erst vier...

»Fünf«, unterbrach ihn Filippo, dem nun vor lauter Wut und Ärger die angehaltene Luft mit einem Ruck aus den Lungen strömte. »Er war fünf Jahre alt. Nein, lassen Sie die Satteldecke, wo sie ist, und führen Sie Daisy zum Reinigen der Hufe in den Stall, damit sie aus dem eisigen Wind rauskommt. Und legen Sie ihr eine saubere Decke auf! Die, die ich ihr vorhin abgenommen habe, war ganz feucht.« Mehr sagte er nicht. Cosimo hatte recht gehabt, was Vittorio betraf, und durch Zurechtweisungen ließ sich da nichts mehr korrigieren. Was man ihm auch sagte, Vittorio würde so weitermachen wie immer, würde nach wie vor nur das absolute Minimum erledigen, und das auch nur, wenn Filippo erwartet wurde. Er mußte jemand anderen für Daisy suchen. Vittorio sollte das tun, wozu er geboren war, Bäume beschneiden und abernten oder mit dem Trecker fahren. Man durfte ihn einfach nicht in die Nähe von Tieren lassen. Er hielt zwar selbst ein paar Schweine und Hasen, aber seine Frau fütterte sie und kümmerte sich um sie. Vittorio schlachtete sie nur.

Filippo ging rasch durch den Hof, trat mit den Reitstiefeln so kräftig wie möglich auf das Pflaster, um die Stille am Springbrunnen zu übertönen.

»Die Gräfin ist wach und hat nach Ihnen gefragt.« Pia war noch immer in weiter, schwarzer Seide, und noch immer strömten ihr unkontrolliert Tränen aus geröteten Augen die Wangen hinunter.

In der marmornen Spüle lag ein toter, grauer Hase und ein dickes Bündel Gewürzkräuter. Unwillkürlich entfuhr Filippo ein Seufzer der Erleichterung. Cosimo haßte Hasenfleisch…

Warum magst du Hase nicht? Du magst doch auch Hähnchen. Das schmeckt ganz ähnlich.

Weil Vittorio sie haßt, wenn er sie tötet. Er hat ein großes Messer und einmal... darf ich dir etwas erzählen... ich habe die Ohren von einem Hasen gestreichelt, und sie waren kalt, und Tante Matty hat gesagt, halt dich fest, mein Häschen, und sie...

Sinnloses Geplapper eines Kindes. Warum erinnerte er sich ausgerechnet jetzt daran? Wahrscheinlich waren es gar nicht die Worte, sondern sein ängstlicher Blick.

Der Kamin war kalt und leer.

»Ich gehe nach oben. Amadeo soll bitte das Auto vorfahren. Er soll mich nach Hause bringen.«

Gut, daß er sich so entschieden hatte. Als sie etwa eine Stunde später in die Toreinfahrt seines Stadthauses einbogen, registrierte Filippo, daß er gar nicht fähig gewesen wäre, Auto zu fahren. Entweder jagten bei den Erinnerungen an Cosimo die Gedanken und Ideen nur so durch seinen Kopf und erforderten seine ganze Aufmerksamkeit, oder eine Lücke tat sich auf, und dann übermannte ihn Kummer oder Panik. In welchem Zustand er sich auch gerade befand, er war gar nicht in der Lage, die Außenwelt wahrzunehmen. Nur ganz verschwommen registrierte er, daß Amadeo wieder zurückfuhr, und erst als der Wagen am Ende der Straße abbog, wurde ihm klar, daß er Amadeo mit ein paar Worten hätte verabschieden müssen, aber ihm fiel nur ›Wie geht es Ihnen?‹ ein. Und das war nicht das richtige. Doch das war jetzt nicht mehr wichtig, Amadeo war fort.

Er öffnete die Hoftür und ging auf dem Weg ins Haus an der großen eisernen Laterne vorbei, die nur trübes Licht spendete. Im Geiste ging er noch einmal das Gespräch mit seiner Mutter durch, sofern man dies als Gespräch bezeichnen konnte.

Du wirst den Rat eines Experten einholen müssen, Filippo. Ich weiß, es fällt dir nicht leicht, aber…

Was fällt mir nicht leicht?

Anderen zu vertrauen. Du bist immer sehr zurückhaltend. Francesca wird Hilfe brauchen und bis…

Etwas geschah mit dem Gesicht seiner Mutter, die Haut… sie schien keinerlei Verbindung mehr zum Knochen oder zu den Muskeln zu haben, als habe bereits eine Art Zerfall eingesetzt. Die Augen, die ihn aus dieser neuen Maske anstarrten, bannten ihn an seinen Platz, wie immer, noch immer fest entschlossen zu retten… was denn eigentlich? Oder vielleicht *wen*? Hatte sie ihr ganzes Leben darauf verwendet, seinen Bruder rückwirkend zu retten? War er etwa auch dazu verdammt, nun sein ganzes Leben lang diesen Sonntag wieder und wieder durchleben zu müssen, wieder und wieder mit einer neuen Variante, ein Flugzeug, das früher ging, ein Kampf mit einem bösartigen Fremden auf der Treppe. Wie oft hatte er Cosimos Zimmertür geöffnet und Francesca erblickt, die ihn weinend zu retten versuchte, bis endlich der Krankenwagen eintraf, den er gerufen hatte? Er füllte damit die langen, schlaflosen Nächte, aber nicht einmal in seiner Phantasie gelang es ihm, den Ausgang zu bestimmen. Welche Variante er auch erfand, es lief immer auf das gleiche Ende hinaus, und er lag dann da, hilflos stöhnend, mit den Zähnen knirschend.

Er nahm die Treppe nach oben und das Trompe-l'œil-Fresko des Familienwappens, viel größer als er selbst, gewährte ihm einen flüchtigen Moment des Trostes, ein Gefühl der Zugehörigkeit, half ihm, der aufsteigenden Panik wieder Herr zu werden, die nach dem Besuch bei seiner Mutter von ihm Besitz zu ergreifen gedroht hatte, auch wenn ihm der Grund dafür nicht klar war.

Er hatte lange an ihrem Bett gesessen, sie einfach reden lassen. Das war nur recht und billig, wenn es das war, was sie jetzt brauchte. Er hatte sie zwar nicht unterbrochen, aber er hatte die Augen nicht von ihr abgewandt, sie im Geiste angefleht, ihm doch all die Dinge zu erzählen, die er wissen mußte, bevor es zu spät war. Mit seinem Vater wäre es einfacher gewesen, aber damals hatte Filippo noch nicht gewußt, was er fragen sollte. War das immer so? Daß wir unseren Kindern nur eine Fiktion von uns und unserem Leben vermitteln und daß wir uns dann, bevor sie es entdecken können, rasch in den Tod flüchten?

Wo bist *du* damals gewesen? Das wollte er sie fragen. Und wenn wir schon einmal dabei sind, wo ist Vater gewesen?

Tick... Tack...

Das vertraute Geräusch in den Räumen, die plötzlich solch große Leere ausstrahlten, beruhigte ihn. Er begann umherzuwandern, wußte nicht mehr, was er tat, wenn er die Wohnung betrat, in welches Zimmer er ging, welche Tür er öffnete oder schloß, welches Licht er ein- oder ausschaltete.

Und so schaltete er, wie es ihm gerade einfiel, hier und dort ein Licht ein, kehrte zurück zur Standuhr, die sein einziger Bezugspunkt war, erkannte, daß die silberne Schale auf dem dunklen Eichenregal für die Dinge gedacht war, die man beim Hereinkommen ablegen wollte, und deponierte seine Brieftasche dort. Er warf einen Blick in die Küche, sah, daß alles geputzt war und sauber glänzte. Ein paar Zeitungen lagen auf dem Tisch und obendrauf ein Blatt Papier, auf dem etwas geschrieben stand.

Er wanderte den Flur hinunter, fand sich im Eßzimmer wieder, schenkte sich einen Whisky ein, in der Hoffnung, daß der Alkohol das zunehmend stärker werdende Angstgefühl in seiner Magengrube ertränken würde.

Sie wird viel Hilfe und Unterstützung brauchen, Filippo, hast du das begriffen?

Natürlich hatte er das.

Wir müssen auch an das neue Baby denken. Warum starrst du mich so an, Filippo? Kannst du mir überhaupt folgen? Ich bin sehr müde, und diese ganze Geschichte…

Wie bist du damals damit fertig geworden? Mit dem Verlust… dem Verlust meines Bruders?

Das ist alles schon so lange her. Du mußt dich jetzt dringenderen Problemen zuwenden.

So einfach würde er sie nicht davonkommen lassen.

Du mußt mir helfen. Du hast mich gefragt, wo ich gewesen bin, wieder und wieder. Und jetzt fragst du mich das gleiche. Damals war ich ein Kind, ein siebenjähriger Junge. Nun ist es an dir, mir zu sagen, wo du warst. Wo warst du?

Euer Kindermädchen war bei euch.

Ich weiß, ich weiß. Ich sage ja nicht, daß du schuld bist!

Filippo, bitte, sprich nicht so laut. Pia…

Mach dir wegen Pia keine Gedanken.

Dennoch senkte er die Stimme.

Mutter, bitte glaube mir. Ich will niemandem die Schuld

geben. Ich will nur wissen, was du durchgemacht hast und mit welcher Strategie du überlebt hast. Kannst du das verstehen? Sag mir wenigstens, wo Vater war.

Hier natürlich. Du weißt doch, daß er nur sehr ungern von hier fortging. Bitte, schenk mir einen Schluck Wasser ein.

Er mußte ihr beim Trinken den Kopf halten, aber so schwach sie auch war, er würde sie nicht davonkommen lassen.

Das Kindermädchen, Louise...

Er hatte Schwierigkeiten, ihren Namen laut auszusprechen, selbst jetzt noch, als beschwöre er auf diese Weise ihre Anwesenheit in diesem Raum herauf.

Sie hat uns am Strand allein gelassen. Jeden Tag hat sie uns allein gelassen und sich mit ihrem Freund getroffen, und ich habe die Schuld bekommen...

Das reicht. Danke. Laß das Glas in meiner Nähe stehen... Dieses Mädchen war schon immer höchst unzuverlässig, eigentlich selbst noch ein Kind, aber die Kosten für eine gelernte Erzieherin... Wenn sie dich allein gelassen hat, dann nur, weil sie nach Cosimo schauen mußte. Niemand hat dir je die Schuld gegeben, Filippo. Das ist Unsinn. Nicht zu voll... Danke. Nimm doch bitte die Kondolenzbriefe von meinem Sekretär, auch den, der offen auf dem Löschpapier liegt... Ich habe mit den Antworten begonnen, aber ich fürchte, ich werde dazu nicht in der Lage sein. Bitte, verschick doch du die Karten in unser beider Namen. Ich muß jetzt schlafen...

Sie hatte die Augen schon geschlossen. Er kehrte an ihr Bett zurück, sah auf sie hinunter, auf die bräunlichgelben

Hautsäcke unter den Augen, auf die unordentlichen Haare auf dem Kissen, die sonst immer so fein säuberlich hochgesteckt waren, und auf die mageren, mit braunen Flecken übersäten Hände, die die Decke über der Brust festhielten. Er konnte sich recht gut vorstellen, wie sie im Sarg aussah, und bei dem Gedanken hätte er sie am liebsten geschüttelt, sie gezwungen, mit ihm zu sprechen, weiterzuleben.

Wenn sie starb, würde niemand mehr auf dieser Welt übrig sein, der ihn kannte. Diejenigen, die uns am längsten kennen, sind wichtig für uns, und diejenigen, die uns aufwachsen sahen, sind die wichtigsten Menschen für uns, ob wir sie nun mögen oder nicht.

Er stand am Eßzimmerfenster, schaute nach unten in den Garten, wo sich rosafarbene Lichtpunkte in den winterlichen Platanen reflektierten, nippte am Whisky und dachte an seine Mutter. Er empfand nur Mitleid. Zweifellos mußten viele Mütter das durchleiden, was sie durchlitten hatte, aber sie hätte nicht so allein sein müssen. Er sah ihr Leben vor sich ausgebreitet, ihre einsamen Gebete morgens um sechs, ihre abgetragenen, einfachen Kleider, die akribisch genaue Führung der Gutsgeschäfte, bis er sie übernahm, er sah, wie einsam sie gewesen war, obwohl sie die ganze Zeit Menschen um sich hatte. Religion war der einzige Trost, den sie sich zugestand, bis Cosimo auf die Welt kam.

Darf ich dir etwas erzählen? Großmutter wartete und wartete, während eine Familie nach der anderen den Strand verließ und das Meer eine furchterregend silbergraue Farbe annahm.

Cosimo hatte ihr zugehört, ihr in die Augen geschaut, versucht, sie zu verstehen. Vielleicht hatte er sie sogar wirklich verstanden. Filippo, hinter einem Wall von Schuld und Wut, hatte länger gebraucht, aber schließlich und endlich war auch er dort angekommen. Sie dachte, daß sie ihre einsame Schande mit ins Grab nehmen würde und daß er sie in dem Glauben lassen würde, dies sei ihr gelungen. Aber er erinnerte sich. Sie hatte keine heimliche Schuld mitzunehmen, keine große Sünde, die sie vor dem Letzten Gericht bekennen konnte.

Ich muß schlafen.

Mutter, bitte...

Wo befand sich dieses Zimmer, an das er sich erinnerte? Er war sich nicht sicher. Nur mit Mühe konnte er den großen, blassen Flecken ausmachen, den er schließlich als zerwühltes Bett erkannte. Es war früh am Morgen, und das farblose, diffuse Licht drang durch eine offene Lamelle der hohen, starren Fensterläden, von denen die trockene braune Farbe abblätterte. Er konnte sich nicht daran erinnern, welche anderen Möbel sich in den dunklen Ecken des großen Zimmers verbargen. Mit bloßen Füßen stand er auf glatten, gebohnerten Fliesen, ein Fuß hatte sich in einen Haufen Spitzen verheddert, die ihn kitzelten. Das Zimmer roch nach dem Parfüm seiner Mutter, aber er konnte nichts von ihr erkennen bis auf eine braune Haarsträhne auf dem Kissen. Trotz der Hitze hatte sie die dünne Decke wegen der Stechmücken bis über das Gesicht hochgezogen.

Bitte, Mama, Louise hat nämlich...

Ich muß schlafen...

Wessen Haus war das eigentlich? Es gab dort einen Flur, breit und ziemlich lang, mit hohen, fleckigen Spiegeln und schummrigen Lampen, die den ganzen Tag über brannten, weil die Läden geschlossen blieben, um die Hitze soweit wie möglich auszusperren. Einige Zimmer waren immer abgeschlossen, aus anderen leuchteten ihm nur große, weiße, unförmige Flecken aus der Dunkelheit entgegen. Die sandigen Wege des Grundstücks waren voller pieksender Piniennadeln. Er erinnerte sich an einen Springbrunnen ohne Wasser, wo sie nicht spielen durften, weil er sich ganz in der Nähe der Laube befand, in die sich Mama während der kühleren Stunden des Tages zum Lesen zurückzog. Cosimo kletterte aus dem Fenster und kraxelte Bäume hoch, Filippo kämpfte sich mühsam hinterher, um ihn vor größerem Schaden zu bewahren. Zu Hause auf dem Gut war Cosimo ebenso wild, aber dort war Vater.

Hier war nur Louise. An dem Tag, als Cosimo auf das Dach hinauskletterte, hatte sie die beiden Jungen in ihr Zimmer eingesperrt.

Selbst kaum mehr als ein Kind.

Und was war mit seiner Mutter? Was war mit jener jungen Frau geschehen, von der er nur eine Haarsträhne auf dem Kissen gesehen und deren Spitzenwäsche er an seinem Fuß gespürt hatte, deren junge Stimme erklärt hatte, daß sie schlafen müsse? Eine faule, gedankenlose, hübsche, junge Frau ... und sie war hübsch gewesen, wie zahlreiche Fotos bewiesen ... einsam und unendlich gelangweilt mit zwei Kindern am Meer. Filippo hatte keine Ahnung, wo oder in wessen Haus sie sich befanden, wahrscheinlich war es gemietet, und ganz bestimmt waren sie irgendwo am Meer. Der Sand und die trockenen Piniennadeln an den nackten Füßen verrieten ihm das, obwohl er nicht sicher sagen konnte, welchem Jahr genau diese Erinnerung zuzuordnen war.

Licht glitzerte zwischen den Baumstämmen. Das Meer lag unten, das Haus hoch oben auf einem bewaldeten Hügel. Ein langer Weg – er erinnerte sich nur noch an eine Leinentasche, die er den Hügel hinauftrug. Sie war nicht sonderlich schwer, aber sie war voller Sand und rieb ständig gegen sein sonnenverbranntes Bein; das tat weh. Cosimo lief voraus, außer Sichtweite, rief laut, spielte Fußball mit den Schuhen, zerriß seine Kleidung, verletzte sich. Doch Louise strafte nicht Cosimo, Louise strafte immer nur Filippo. Filippo, nicht Cosimo fürchtete ihre eisigblauen Augen und ihre langen, spitzen Fingernägel. Er wußte, daß sie Cosimo mochte und ihn verachtete. Er hatte Angst, wenn sie in die Badewanne mußten. Cosimo planschte vergnügt und machte ihre Sachen naß; sie wusch ihn und trocknete ihn ab, lachte und scherzte sogar manchmal mit ihm. Dann stellte sie sich an die Wand, die Hände hinter den Rücken, und Filippo mußte sich selbst waschen und abtrocknen, während sie sich daran weidete, wie er sich unter ihrem mitleidlosen Blick vor Scham wand. Cosimos Verfehlungen waren ihr Grund genug, Filippo zu strafen. Aber mehr als ihre Schläge fürchtete er die geflüsterten Drohungen, die gemeinen Spielchen mit dem Nachtlicht und die endlosen Stunden allein am Strand.

Mutter, bitte...

Ich muß schlafen.

Cosimos Tod, einen ganz gewöhnlichen Unfall, nahm sie als gerechte Strafe an.

Filippo runzelte die Stirn und wandte sich vom Fenster ab, wo das rosafarbene Licht verblaßte, als ein Geräusch die Erinnerungen störte, seine Aufmerksamkeit forderte.

Das Zimmer lag im Dunkeln. Während er sich das Gehirn zermarterte, wie er auf dieses Geräusch zu reagieren hatte, machte er das Licht an. Mit dem Glas in der Hand betrachtete er den langen Tisch, die leeren Stühle...

Das Telefon. Das Telefon hatte ihn gestört. Zufrieden mit dieser Erklärung, schaltete er das Licht wieder aus und verließ den Raum. Als er die Tür hinter sich schloß, zögerte er. Er hatte noch etwas zu erledigen, aber was... Das Foto! Er wußte zwar nicht mehr genau, aus welchem Grund er sich das Foto im Salon ansehen wollte, ging aber dennoch zielstrebig dorthin und schaltete das Licht an. Das irritierende Geräusch hatte Gott sei Dank endlich aufgehört. Er spürte, daß er gerade im Begriff war, viele Dinge zu verstehen, aber er brauchte Ruhe, um nachdenken zu können, um die Dinge erneut zu prüfen. Und es war dringend. Dieser Augenblick würde nie wiederkommen. Seine Mutter würde sterben, Cosimos Stimme ihn möglicherweise verlassen. Cosimo... Da war er ja, das Köpfchen an der Brust seiner wunderschönen Mutter, die winzige Hand, die sich an die Perlen klammerte, die Perlen seiner Mutter, ein Taufgeschenk. Das Foto war an Cosimos erstem Geburtstag aufgenommen worden. Filippo konnte sich nicht mehr daran erinnern, wen sie alles eingeladen hatten. Der Erzbischof war auf jeden Fall da und Annamaria. Cosimo hatte die vielen Menschen überhaupt nicht wahrgenommen. Er hatte alles, was sich in seiner unmittelbaren Nähe befand, mit höchster Konzentration untersucht, es berührt, gedreht, betrachtet, in den Mund genommen, seinen Schuh, das Haar seiner Mutter, die Perlen. Filippo erinnerte sich noch sehr gut daran, wie sehr ihn diese stille, losgelöste Versunkenheit fasziniert hatte. Die beiden zusammen waren einfach vollkommen. Absolut vollkommen. Doch irgendwie beschäftigten sich seine Gedanken noch immer mit seiner Mutter. Eugenia. Hübsch, wahrscheinlich eitel, gedankenlos, faul. Eugenia verschwand an dem Tage, an dem ihr Kind ertrank. Erst jetzt, da es zu spät war, verstand Filippo, warum Kummer und Gram das Leben seines Vaters bis zu dessen Tod beherrschte. Der Grund dafür war nicht der Verlust seines Sohnes. Darüber hinaus hatte der Mann auch seine junge, über alles geliebte Frau verloren. Verloren an Priester, Morgengebete, Wohltätigkeit und triste Kleider, an Dinge, die so offensichtlich tugendhaft waren, daß er nichts dagegen einwenden konnte. Wahrscheinlich hatte er seinen Sohn vermißt, aber kleine Kinder gehörten in den Zuständigkeitsbereich der Mutter, und außerdem hatte er ja noch einen zweiten Sohn. Doch wie sehr mußte er seine hübsche Frau vermißt haben. Es ist so einfach, unseren Eltern für alles, was wir in unserer Kindheit gehaßt haben, die Schuld zu geben, und so schwierig, sich vorzustellen, daß auch sie einmal jung und unglücklich waren. Seine Mutter hatte den Rest ihres Lebens der Tugend verschrieben, und ihre Aufmerksamkeit zu gewinnen war nur noch schwieriger geworden. Filippo hatte ihr das einzige angeboten, was er ihr hatte geben können, jene lebensrettende Lüge. Aber jetzt bereute er es, hatte nun, da sie im Sterben lag, sogar versucht, sie wieder zurückzunehmen, alles richtigzustellen. Er konnte sich nicht mehr daran erinnern, aber vielleicht hatte ja auch er die verschwundene, eigensüchtige und hübsche Eugenia lieber gemocht. Er versuchte, sich noch einmal ins Gedächtnis zu rufen, wie sie damals gewesen war, aber er sah nur ein Gesicht im Spiegel, das nicht sich selbst, sondern ihn ansah, und ihm etwas sagte. Hübsche Locken fielen ihr in die Stirn.

So vollkommen... Wie konnte er nur jemals glauben, er hätte ein Anrecht darauf?

Baby-Cosimo himmelte seine wunderschöne Mutter mit großen Augen an. Ihr Blick ruhte auf Filippo, ein unsicheres Lächeln umspielte ihre Lippen.

Wirst du dich um mich kümmern?

Komm bloß nicht in unsere Nähe! Die Stimme des rothaarigen Jungen dröhnte laut in seinem Schädel. Diese Augen – voller Haß und Verachtung. Louises kalte blaue Augen, während er mit gesenktem Kopf und angezogenen Knien im lauwarmen Wasser wieder und wieder Füße und Waden schrubbte, bis sie ihn erlöste. Renatos mitleidiger Blick, Vittorios anzügliches Grinsen.

Komm bloß nicht...

Jeder Nerv in seinem Körper schrie, als stünde er in Flammen. Er wehrte die Schmerzen nicht ab, hielt ihnen stand, ließ sie fließen. Als sie nachließen, erkannte er, warum er sich das Foto hatte ansehen wollen. Eugenia. Wahrscheinlich war es ihr nicht bewußt, doch ganz bestimmt hatte seine Mutter in Francesca nicht nur die Rettung für Filippos Seele und den Familienstammbaum gesehen, sondern darüber hinaus auch eine nostalgische Zuneigung für die Person empfunden, die sie selbst einmal gewesen war.

Filippo, ist die Farbe zu kräftig? Deine Mutter sieht mich an...

Sie findet, daß du sehr hübsch bist. Sie hat das schon oft gesagt.

Wann und warum hatte Francesca damit begonnen, diese roten Kleider zu tragen und dieses Parfüm zu benutzen, immer mit dem gleichen unsicheren Lächeln auf den Lippen?

Mach dir deswegen keine Gedanken. Meine Mutter mag dich wirklich sehr. Ich glaube, sie macht sich Sorgen um dich.

Du meinst, sie vertraut mir nicht.

Arme, arme Francesca. Was haben wir ihr nur angetan.

Das Telefon klingelte, und er beeilte sich, das Gespräch entgegenzunehmen, wollte den Gedanken entfliehen, die immer konkretere Formen annahmen und sich in den Vordergrund zu drängen versuchten.

Ein Fremder begann rasend schnell auf ihn einzureden. Filippo hatte kein Wort verstanden und wußte nicht, wer es war und was er wollte.

»Entschuldigen Sie bitte, wer spricht dort?«

»Sie kennen mich nicht. Ich bin der Produzent. Wahrscheinlich kennen Sie den Moderator. Bestimmt haben Sie unsere Sendung schon gesehen, Montag abends um neun: *Am Tatort.* Wir haben der Polizei oft weiterhelfen können...«

Er legte auf, und sofort klingelte das Telefon wieder. Er nahm den Hörer ab, runzelte verärgert die Stirn.

»Nein, nein...«

»Filippo? Gott sei Dank!« Es war Matty.

»Matelda...«

»Du hast noch nicht mit ihm gesprochen?«

»Mit wem?«

»Dem Staatsanwalt! Filippo! Hast du denn die Nachrichten auf deinem Anrufbeantworter nicht abgehört?«

»Ich... nein. Ich bin noch nicht lange hier.«

»Bestimmt hat er dir auch aufs Band gesprochen. Bei mir hat er zweimal angerufen, aber ich hatte ja keine Ahnung, wo du warst. Allerdings hatte ich den Eindruck, daß er mir nicht ganz geglaubt hat... nicht, daß er irgendeine Bemerkung in dieser Richtung hätte fallenlassen. Weißt du nicht mehr? Wir wollten doch nach der Beerdigung miteinander reden?«

»Ach ja... Worüber denn?«

»Über Teddy Braun. Über Francesca und alles.«

»Hast du sie besucht? Hat sie irgend etwas gesagt?«

»Nein. Ich bin gerade erst aus dem Krankenhaus gekommen. Sie spricht noch immer nicht, also konnte sie mir auch nicht verbieten, sie zu besuchen. Sie macht einfach die Augen nicht auf. Das hat sie als Kind auch immer getan, so lange, bis es gekracht hat.«

»Gekracht?«

»O Filippo, es tut mir leid, ich wollte nicht... Ich weiß doch, daß du am Ende bist. Mir geht es nicht anders. Der arme kleine Cosimo. Armer, kleiner Junge. Ich liege nachts wach und male mir aus, was er wohl alles durchgemacht hat, bevor er versucht hat, mich anzurufen. Ich würde alles dafür geben, wenn ich nicht ausgegangen wäre, aber jetzt ist es zu spät. Wir können ihn nicht mehr retten. Uns bleibt nur noch das zu tun, was er so verzweifelt zu tun versucht hatte.«

»Ja, das glaube ich auch.«

»Er hat alles getan, um ihr zu helfen. Du wirst sie doch nicht im Stich lassen, oder?«

»Sie im Stich lassen? Auf gar keinen Fall. Es ist meine Schuld. Ich hätte bei ihnen sein sollen...«

»Nicht! Tu das nicht. Auf die eine oder andere Art geben wir uns alle die Schuld, aber das hilft niemandem weiter. Das hilft nie. Francesca betet dich an, so wie Cosimo euch beide angebetet hat, und das ist das einzige, woran wir jetzt denken sollten. Wenn ihr euch gegenseitig nicht helfen könnt, was bleibt dann noch? Wo könntest du hin? Natürlich, sie ist schwanger… aber ich habe Angst davor, was die Presse daraus macht. Bei einem so bekannten Namen steht der Staatsanwalt ziemlich unter Druck. Sein Chef kannte meinen Vater, also habe ich ihn angerufen. Hast du die Zeitung gelesen?«

»Die Zeitung… nein.«

»Da ist ein Foto vom Staatsanwalt drin, zweimal so groß wie das vom kleinen Cosimo. Jeder mit auch nur einem Fünkchen Ehrgeiz könnte gar nicht anders als…«

»Sie haben ein Foto von Cosimo veröffentlicht? Wo haben sie das her?«

»Von mir. Ich habe dich gefragt. Erinnerst du dich nicht? Ich habe es letztes Jahr am Strand aufgenommen. Man darf sie nicht unnötig verärgern. Sie können durchaus nützlich sein, wenn man ihnen etwas gibt, um die Seiten zu füllen, aber sie können fast alles zerstören, wenn sie glauben, man hätte etwas zu verbergen.«

»Ich habe nichts zu verbergen!«

»Reg dich nicht auf, Filippo. Aber sei bitte vorsichtig, wenn du mit dem Staatsanwalt sprichst. Und erwähne Teddy Braun am besten gar nicht. Milena ist sehr verschwiegen… sie hat gesagt, sie würde dir die Zeitungen bringen und eine Nachricht für dich hinterlassen, als wir dich nicht finden konnten. Hat sie das getan?«

»Ja, ich glaube schon … ja.«

Milena … der Staatsanwalt, die Presse …

All diese Menschen, und auch Matty, benahmen sich, als hätten sie ein Recht auf seine Privatsphäre, ein Recht, darüber zu reden, darüber zu schreiben. Wie kamen sie nur darauf? Wie konnten sie es wagen? Er legte auf, blieb eine Weile im Alkoven stehen, tastete in seiner Tasche nach dem kleinen, glatten Gegenstand, preßte ihn tief in den Handteller, drehte ihn, preßte ihn … spürte eine tröstliche Nachricht von ihm ausgehen, obwohl er nicht ausmachen konnte, wie die Nachricht lautete. Es hatte etwas mit seinem Arbeitszimmer zu tun. Er ging den Flur hinunter, öffnete die Tür zum Vorraum und betrat den Raum, blieb vor dem aufgeräumten Schreibtisch stehen. Ja? Er drehte und preßte den Gegenstand in seiner Hand, drehte und preßte ihn …

Kann ich bitte ein Blatt Papier haben.

Aber natürlich. Warte dort.

Auf ein leises, kaum hörbares, aber dennoch bestimmtes Klopfen an der äußeren Tür hatte Filippo geöffnet. Er ließ Cosimo bis an die Tür des Arbeitszimmers treten, holte ihm ein Blatt Papier und gab es ihm.

Ist das richtig so? Willst du darauf malen?

Ja.

Die großen grauen Augen blickten ernst in die seinen.

Bitte, darf ich dir etwas erzählen? Ich will Möhren für Daisy malen. Dann schneide ich sie aus und bringe sie in die Koppel.

Ich verstehe. Und hast du auch Farbstifte und eine Schere?

Ich habe einen grünen und einen orangefarbenen Stift. Lilla hat sie mir geschenkt.

Lilla.

Das hier habe ich für Cosimo gekauft. Für seine Koppel.

Da war es wieder! Er nahm den Gegenstand aus seiner Tasche und betrachtete ihn genauer. Was wollte Cosimo mit einer Porzellankatze in seiner Koppel? Den Talisman fest in der Hand, marschierte Filippo geradewegs hinaus auf den Flur in Cosimos Zimmer. Er schaltete das Licht an.

Guido und Angelo wiesen ihn an, leise zu sein, verteidigten die beiden leeren Betten mit den glattgestrichenen Tagesdecken. Er hatte den Eindruck … ein Geruch von Seife oder Politur vielleicht … daß das Zimmer geputzt worden war. An der Wand über dem Foto, das auf der Kommode stand, konnte er schwach eine Silhouette erkennen. Die Koppel stand auch auf der Kommode. Nur ein einziges Mal hatte er sie zuvor gesehen, auf dem Boden. Da oben auf der Kommode, war das nicht viel zu hoch für Cosimo? Er stellte die kleine Katze in die Mitte neben das Plastikpferd und blieb stehen, um das Spielzeug ein wenig genauer zu betrachten. Ein Hund, eine winzige Puppe, ein Zaun aus Streichhölzern, teilweise zerbrochen. Ein Fetzen farbiges Papier lag darin, wahrscheinlich aus einer Illustrierten ausgeschnitten, da auch Text darauf gedruckt war. Er konnte damit nichts anfangen, außerdem suchte er nach etwas ganz anderem. Er wollte die Möhren finden. Als er sie entdeckte, war er sehr überrascht, denn er hatte erwartet, daß ihre Größe auf die des Pferdes abgestimmt wäre. Aber sie waren größer als das Pferd, so groß oder vielleicht sogar noch größer als echte Möhren.

Weil … Pia, darf ich dir etwas sagen? Daisy mag sie wirklich sehr, Papa hat das auch gesagt, und Milena hat mir nur die hier gegeben, und die sind so klein...

Filippo hatte das Gefühl, daß Cosimos Herz viel zu groß war für den kleinen Körper, so, wie die Karotten viel zu groß waren für das kleine Plastikpferd. Er nahm das orange und grün bemalte Papier in die Hand und setzte sich auf Guidos Bett. Er hätte den Whisky nicht trinken sollen, er konnte sich gar nicht mehr daran erinnern, wann er das letzte Mal etwas gegessen hatte. Der Kopf tat ihm weh, und er legte sich hin, nur für einen kurzen Augenblick, suchte nach einer schwachen Erinnerung.

Wo befand er sich nur, dieser kleiner Junge, dessen Herz vor Liebe überquoll?

Cosimo, wo bist du? Wo?

Ich bin in Angelos Bett.

Wirklich? Ich dachte, du seiest tot.

Cosimo widersprach ihm nicht, sondern rannte weg, so schnell, daß Filippo nicht Schritt halten konnte, weil sein Kopf so schrecklich weh tat.

Warte auf mich! Warte! Wir bekommen Ärger!

Aber Cosimo wartete nicht. Die Piniennadeln pieksten Filippo an den Füßen, als er rannte und rannte. Das Angstgefühl in seinem Magen breitete sich immer weiter aus, Übelkeit übermannte ihn. Alles war ganz still, bis auf Filippos hämmerndes Herz. Die Last, die er tragen mußte, wurde immer schwerer und schwerer, rieb schmerzhaft an seinem von der Sonne verbrannten Bein. Eigentlich sollte es eine Tasche aus gestreiftem Tuch sein, aber jeder, der sie sah, würde sofort erkennen, daß es in Wirklichkeit Cosimo war und daß Filippo es nicht schaffen und ihn fallen lassen würde. Renato würde es sehen, denn er stand hoch oben im Baum. Filippo hielt den Kopf gesenkt, lief schneller, mied die anderen Männer, die ebenfalls hoch oben in den Bäumen standen. Licht funkelte zwischen den Bäumen.

Angelos Bett.

Angelos Bett war das silbergraue Meer, und Cosimo stand bis zu den Knien im Wasser, winkend.

Komm da raus, Cosimo! Komm sofort da raus!

Cosimo bewegte sich nicht, aber seine Gestalt wurde rasch kleiner, und schon bald war er so winzig wie ein Stecknadelkopf und weit, weit weg.

Es ist in Ordnung, beruhigte Filippo sich selbst. Das ist nur so, weil ich Masern hatte. Er wird zurückkommen.

Filippo wartete darauf, daß Cosimo wieder seine normale Größe annahm, aber als das geschah, war der Strand leer, und die Sonne war am Horizont verschwunden. Es war zu spät.

Bitte, komm zurück. Laß mich nicht allein.

Filippo zitterte.

Cosimo antwortete nicht. Er winkte auch nicht mehr, stand nur einfach da im Wasser. Er sah traurig aus. Obwohl er nicht sprach, konnte Filippo ihn reden hören, in seinem Kopf.

Ich muß hierbleiben, es ist kalt.

Ich kann nicht mit dir kommen! Ich habe Angst! Ich kann nicht!

Jetzt hörte er keine Stimme mehr, sah nur noch traurige, vorwurfsvolle Augen. Cosimo wurde wieder kleiner.

Filippos Trauer schwoll zu einem lauten Stöhnen, als er den Kopf von dem furchteinflößenden Meer abwendete.

Das selbst verursachte Geräusch weckte ihn. Wie Blei lastete das Gehirn in seinem Schädel, und auf der Tagesdecke unter seiner Wange hatte sich ein feuchter Fleck von den Speicheltropfen gebildet, die ihm aus dem Mundwinkel geronnen waren. Er haßte den Schlaf, die dunklen Stunden des Herumirrens und den mörderischen Schmerz, der im Augenblick des Erkennens wie ein Messer in seine Brust fuhr: Nein, das ist kein Alptraum, es ist die Realität. Nur versehentlich konnte ihn der Schlaf übermannen, in Momenten wie diesem. Er setzte sich auf, schaute auf die Uhr, hoffte, daß diese alltägliche Geste ihm helfen würde, die Angst der kleiner werdenden Gestalt abzuschütteln.

Er hatte keine Ahnung, wie lange er geschlafen hatte, da er vorher nicht auf die Uhr geschaut hatte, ja, seit der Beerdigung hatte er nicht mehr auf die Uhr gesehen. Er glättete die Möhren in seiner Hand, die er versehentlich ein wenig zerknittert hatte, stand auf und legte sie zurück in die Koppel. Dann ging er zu einem der Fenster und öffnete die Jalousie. Die Läden waren geschlossen. Er spähte durch die Lamellen nach unten und sah den Widerschein des trüben Laternenlichts an der gegenüberliegenden Mauer. Er ließ die Jalousie wieder herunter. Cosimo hatte ihm irgend etwas über die Fensterläden erzählt. Er hatte Angst im Dunkeln, aber da war ja das Nachtlicht... nein, das war es nicht. Nein, nicht Cosimo hatte ihm das erzählt, seine Mutter...

Ganz schlecht für das Kind, diese Phantasien auch noch zu unterstützen. Du solltest mit Francesca reden. Ich fürchte, sie wird sich jegliche Einmischung meinerseits verbitten... Ich kann mich noch sehr gut daran erinnern, wie schwierig die ersten Jahre der Ehe sind... aber wer hat je gehört, daß ein Kind Angst vor Vögeln hat? Er hat eine viel zu lebhafte Phantasie, ist überaus ängstlich…

Filippo sah sich in dem Zimmer um. Bis auf die Koppel gab es kaum etwas, womit Cosimo sich hätte beschäftigen können, abgesehen von seiner Phantasie. Er erinnerte sich an seine Gewohnheiten als Kind und ging hinüber zu dem alten Eckschrank, rosafarbene Girlanden und goldene Blumen zierten die verblaßten hellgrünen Türen. Wie hatte er diesen Schrank mit den dreieckigen Fächern und dem großen eisernen Schlüssel geliebt, als er klein gewesen war. Deswegen hatte er auch beschlossen, ihn in dieses Zimmer zu stellen, mit Guido und Angelo, für Cosimo. Wie erwartet fand er Spielsachen darin, aber fast ausschließlich Babyspielzeug, nichts für einen kleinen Jungen: ein Kreisel, eine Pinocchio-Figur, ein Eimer und eine Schaufel und eine Kiste mit Bauklötzen aus Plastik. Alles sauber und ordentlich und ohne jeden Kratzer, unbenutzt. Lag das vielleicht daran, daß Cosimo niemanden zum Spielen hatte? Als Filippo damals in seinem Alter war, hatte er einen Bruder… nun ja, jetzt würde er auch bald einen Bruder haben, vielleicht auch eine Schwester, und so…

Wie ein Messer traf ihn die Realität des Todes, obwohl er nicht geschlafen hatte, sie traf ihn so oft am Tag, und doch würde es Jahre dauern, bis Gewohnheit die schmerzhafte Klinge würde stumpf werden lassen.

Er schloß den Schrank und verließ das Zimmer, weil er noch einiges zu erledigen hatte. Doch als er das Licht gelöscht und die Tür hinter sich geschlossen hatte, blieb er im Flur stehen und versuchte sich daran zu erinnern, welche Dinge er erledigen wollte.

Matty. Matty hatte ihm soviel erzählt. Vorsichtig holte er Luft und wartete. Zeitungen. Lies die Zeitungen. Es war inzwischen zu spät, um sich welche zu kaufen, aber Matty hatte doch gesagt... sie hatte gesagt...

Er mußte sich wieder in den Griff bekommen. Schließlich hatte er eine Pflicht zu erfüllen, seiner Familie gegenüber, Francesca gegenüber und natürlich auch dem Baby gegenüber, das sie ihnen schenken würde. Eigentlich sollte er im Krankenhaus sein. Iß etwas. Ohne Nahrung konnte sein Gehirn nicht funktionieren.

In der Küche entdeckte er Milenas Nachricht. Mit geschwungener, kindlicher Handschrift teilte sie ihm mit, daß er den Staatsanwalt anrufen solle, egal, wie spät es sei. Sie hatte ihm drei Nummern aufgeschrieben, eine davon war eine Mobilfunknummer. Sie hatte ihm auch die Zeitungen gebracht, von denen nur die oberste, die von heute, ungelesen war. Zuerst etwas essen. Da er mit den wenigen Päckchen im Kühlschrank nichts anzufangen wußte, sah er im Schrank nach, entdeckte Kekse und legte sie auf einen Teller. Wenn er wach bleiben wollte, brauchte er Kaffee. Als er die Kanne aus der Kaffeemaschine nahm, stellte er überrascht fest, daß die Maschine erst vor kurzem benutzt worden war. Wahrscheinlich hatte sich Milena Kaffee gemacht, als sie die Zeitungen gebracht hatte. Filippo ärgerte sich darüber, nicht, weil sie sich Kaffee gekocht hatte, sondern weil sie die Maschine nicht wieder saubergemacht und ihm mit dem Verwischen ihrer Spuren den erforderlichen Respekt demonstriert hatte. Seine Verärgerung stieg weiter, als er die Kanne aufschraubte und dabei feststellte, daß sie noch ganz voll war. Der Kaffee schwappte über seine

Hand auf den weißen Marmor. War die dumme Frau inzwischen nicht lange genug bei ihnen angestellt, um zu wissen, daß er sich abends gerne noch einmal Kaffee aufbrühte? War sie nicht sogar manchmal im Haus gewesen, um auf Cosimo aufzupassen?

Milena hat gesagt, daß ich hier bei ihr in der Küche bleiben darf, bis der Hühncheneintopf für morgen fertig ist, und das dauert noch ewig!

Und natürlich bist du viel lieber in der Küche als in deinem eigenen Zimmer.

Ja, weil es so weit weg ist. Und darf ich dir noch etwas erzählen? Milena sagt, daß Kaffee um diese Uhrzeit nicht gut ist, für niemanden. Aber sie glaubt, daß du Kopfweh hast. Hast du Kopfweh?

Den Gedanken, daß sie den Kaffee vielleicht für ihn gemacht hatte, verwarf er gleich wieder. Seit Francescas ... Unfall störte ihn ihre Anwesenheit, die Art, wie sie ihm direkt in die Augen schaute, machte ihn wütend. Allein der Gedanke daran ließ Zorn in ihm aufwallen und verschlimmerte die Kopfschmerzen.

Hast du ...?

Cosimos Augen blickten ihn besorgt über den Rand einer großen Tasse hinweg an. Milena stand mit dem Rücken zu ihnen und schnitt Gemüse klein. Die Küche strahlte vor Wärme und Licht. Gab es noch mehr Lampen? Eine entdeckte er über der marmornen Arbeitsfläche, gerade oberhalb der Kaffeepfütze. Er schaltete sie ein, doch die Küche wirkte noch immer trübe, und obwohl die große, alte Heizung auf Hochtouren lief, fror er, wahrscheinlich, weil er inzwischen halb verhungert war.

Filippo schenkte sich den lauwarmen Kaffee ein. Er zögerte einen Augenblick verlegen, weil er noch nie in dieser Küche gesessen hatte, ließ sich dann aber auf Cosimos Platz nieder. Er probierte einen Keks. Der kleine Geist war jetzt still, das laute Ticken der Großvateruhr draußen auf dem Flur das einzige Geräusch, das die Stille unterbrach. Er begann die Zeitungen in chronologischer Reihenfolge zu lesen. An den ersten beiden Tagen berichteten sie über den brutalen Überfall auf Francesca und Cosimo. *Schreckliche Tragödie trifft junge Mutter – mit ihrer unermüdlichen Wohltätigkeitsarbeit half sie vielen Menschen, die weniger Glück im Leben hatten als sie.* Die Überschrift verwies auf Seite fünf, die ganz allein dieser Geschichte gewidmet war. Die meisten Artikel beschäftigten sich mit den polizeilichen Verhören. Die interessierten Filippo nicht weiter. Er suchte nach Cosimo und entdeckte schließlich auf der linken Seite einen Artikel: *Der kleine Junge, den alle mochten.* Er studierte ihn. Die Reporter waren im Kindergarten gewesen, hatten mit Erzieherinnen und Kindern gesprochen. Cosimo hat sich nie mit anderen Kindern gestritten, war immer aufmerksam und still. Hat nie Ärger gemacht. Alle Kinder erklärten, daß er wirklich sehr nett war und daß sie schrecklich bestürzt gewesen seien, als sie von seinem Tod erfahren hatten. Filippo fragte sich, wieviel sie wirklich erfahren hatten, aber das machte im Grunde keinen Unterschied. Er suchte nach Namen, nach Pierino und Ginger. Ginger war natürlich nur ein Spitzname, aber er entdeckte nicht einen einzigen. In dem Artikel stand nichts darüber, wer sein bester Freund war. Journalisten arbeiteten manchmal recht schlampig.

Er schlug die neueste Zeitung auf. Das große Foto des Staatsanwalts war nicht zu übersehen, und da war auch Mattys winzige Aufnahme von Cosimo, der ihm ängstlich entgegenlächelte. War das dort im Hintergrund das Meer? Die Schlagzeile auf der ersten Seite lautete: *Cosimo – Blutspuren an der Waschmaschine – lesen Sie weiter auf Seite 4; Die Rettung der Familienehre – mehr auf Seite 5.*

Er schlug die Seite fünf auf. Wie hatten sie von ihrem ersten Versuch erfahren? Sie hatten nicht einmal das Datum korrekt wiedergegeben. Schlampig und vulgär. Aufdringlich. Eine Märchenhochzeit. Woher hatten sie das... natürlich aus ihren eigenen Archiven. Damals war selbstverständlich darüber berichtet worden. Filippo hatte sich nicht weiter darum gekümmert, das Gesicht abgewandt, aber Francesca lächelte strahlend in die Kamera, wie es sich für eine glückliche Braut gehörte. Sie war einfach vollkommen. Sie trug ein wundervolles Brautkleid, er konnte sich noch an jedes Detail genau erinnern. Der Blumenkranz auf den offen fallenden, dunklen Locken, die zarte Hand, die vorsichtig über die Fresien strich, an ihrem hübschen Finger die Ringe von Urgroßmutter, die er nie kennengelernt hatte, weil sie so früh gestorben war. Wieder erfüllte ihn dieser Stolz und diese Freude, dieses unwiderstehliche Triumphgefühl, weil alle Augen Francesca voller Bewunderung anstarrten und ihm neuen Respekt zollten. Und jetzt lag sie im Krankenhaus, blaß und still, und er wußte nicht recht, was er als nächstes tun sollte, obwohl Stimmen von überall her kamen, auf ihn einredeten.

Du mußt Dankeskarten schicken.

Hast du meine Nachricht nicht abgehört?

Hast du nicht mit ihm gesprochen?

Kennen Sie diesen Mann, Sir?

Teddy Braun, Filippo, du mußt…

Sie möchte Ihnen etwas geben.

Die Menschen standen Spalier, als er den Teddybären von dem kleinen Mädchen entgegennahm. Vor lauter Angst klopfte ihm das Herz im Halse. Seine Hand hielt den winzigen Bären fest umklammert, er konnte den Faden der Nähte spüren und wußte, daß alle anderen sie auch gesehen haben mußten und daß die Wangen und Lippen viel zu rosa geschminkt waren.

Filippo, du mußt…

Jetzt war es zu spät. Er sollte eigentlich in dem Sarg liegen, aber er war verschlossen, und sie schoben ihn in den Leichenwagen. Was geschah, wenn sie es entdeckten? Denn sie würden es entdecken, zweifellos. Er mußte in den Sarg. Er mußte.

Aber… darf ich dir etwas erzählen… ich mag das Haus des toten Großvaters nicht.

Schscht! Nicht doch, die Leute könnten es hören…

Er preßte die Hand fester und fester zusammen, spürte, wie Schweißtropfen die Schläfen hinunterrannen.

Schscht, sie werden…

Das sind meine Freunde.

Das stimmte. Er erinnerte sich wieder, auch daran, wie sehr ihn ihr Mitgefühl getröstet hatte. Lillas Mutter sagte, es sei ein Traum. Achten Sie darauf, nicht zu fest einzuschlafen, sonst vergessen Sie alles. Und wenn Sie dann aufwachen, müssen Sie sich wieder an alles erinnern.

Ich weiß.

Er weinte, und die Tränen sickerten in die Zeitung unter seinem Kinn. Sie hatte recht. Er durfte nicht zu tief in die Welt der Träume abtauchen, mußte an der Oberfläche bleiben. Am besten, er las weiter, obwohl es schwierig war, denn die Lampe in der Küche schien mehr blendende Dunkelheit zu verbreiten denn Licht. Er mußte sich anstrengen, um hierzubleiben, durfte sich nicht in die schwarze Dunkelheit sinken lassen. Das Hochzeitsbild war verschwunden. Er blickte auf das große Foto des Staatsanwalts und auf das winzige von Cosimo. Es sah aus, als sei der kräftige, freundlich wirkende Mann Cosimos Vater, aber wahrscheinlich wirkte das Foto nur deshalb so auf ihn, weil es im Hof der Villa aufgenommen worden war. Die steinerne Fassade hinter ihm war von Efeu und Wein befreit, verputzt und weiß gestrichen worden. Sein Vater blickte ihn traurig an, sprach aber nicht.

Nicht. Sei nicht traurig. Ich kümmere mich um alles, ich verspreche es. Du wirst nie wieder einen Grund haben, mir vorzuwerfen, daß ich meine Pflichten vernachlässige.

Aber noch während er sprach, erkannte Filippo, daß es gar nicht seine Stimme war. Traurig wandte sein Vater den Blick von ihm ab.

Filippo rannte mit nackten, sandigen Füßen ins Haus, in den langen Flur, wo die Lampen nur trübes Licht verbreiteten und er sich in den fleckigen Spiegeln betrachten konnte. Sein Herz klopfte laut. Es war in dem trüben Licht nur schwer zu sehen, aber es gab keinen Zweifel. Das Spiegelbild zeigte nicht ihn. Er sah seine Mutter.

Er geht durch enge Gassen, dunkel, bis auf die Weihnachtsbeleuchtung hoch über ihm, doch er sieht nicht hoch. Es geht fast kein Wind mehr, dennoch trägt er den warmen Schal und den Kragen seines langen, schwarzen Mantels hat er hochgestellt. Dann und wann schüttelt er im Gehen kurz, aber energisch den Kopf. Auf diese Weise versucht er gewissen Sätzen zu entfliehen, die ihn verfolgen. Sie klingen ihm in den Ohren, also zieht er den Schal noch ein wenig höher; sie üben einen fürchterlichen Druck auf seine Schläfen aus, also schüttelt er den Kopf und zieht ihn ein. Als sie sich in das Fleisch um sein Rückgrat krallen, muß er seine ganze Beherrschung aufbieten, um nicht unkontrolliert loszurennen. Das sorgfältig unter Verschluß gehaltene Gespenst namens Furcht ist ausgebrochen, kann sich frei in ihm bewegen, nimmt lautstark mit den Stimmen der Außenwelt Kontakt auf. Er kann es gar nicht fassen, daß all die anderen es offenbar weder hören noch sehen – nicht die Menschen auf der Straße... in solch stillen, kalten Nächten ist um die Uhrzeit sowieso niemand mehr unterwegs, aber all jene Menschen, die ihn kennen, die ihn beobachten, kritisieren oder beschuldigen, auch wenn sie keinerlei Recht dazu haben. Warum sollten sie in seine Privatsphäre einbrechen, seine Würde verletzen dürfen? Sein ganzes Leben lang haben sie es getan, und die kindische Idee, daß er ihnen als Erwachsener entfliehen könne, erwies sich als Illusion. Wie konnten sie es wagen? Wer gab ihnen das Recht? Er spürt das Prickeln jedes einzelnen Nervs, die Nervenenden zucken und brennen, die Kleidung reibt an ihnen, grob wie Schmirgelpapier. Er bewegt sich vorsichtiger, wagt kaum zu atmen. Ein Knoten schmerzt tief in seiner Brust, zieht seine Schultern nach innen. Schritte von dem im Dunkeln liegenden Bürgersteig auf der anderen Seite kommen auf ihn zu. Erschrocken wendet er das Gesicht ab, gibt vor, die Schaufensterauslagen zu studieren, obwohl Metallgitter die Sicht versperren. Er wagt nicht zu atmen und kneift die Augen fest zusammen, bis die Schritte endlich an ihm vorbei sind. Er weiß, daß er sich wie ein Kind benimmt, ein Kind, das sich gegen die Wand im Flur zur Vorratskammer drückt, sich nicht mehr von der Stelle rühren kann, das die Augen fest zusammenkneift und die gestohlenen Kekse so heftig umklammert, daß sie in der Hand zerbröseln. Er ist dieses Kind. Er kann sich nicht mehr an den Namen der Hausangestellten erinnern, die feinfühlig genug war, um geradewegs an ihm vorbeizugehen, als sei er unsichtbar. Sie rief sogar der Küchenmagd irgend etwas zu, wollte ihm auf diese Weise ganz offensichtlich Mut zusprechen, denn er hatte die Küche zuvor überprüft und gesehen, daß dort niemand war. Auch wenn er ihren Namen vergessen hatte, ihr freundliches Verhalten würde ihm immer in Erinnerung bleiben.

Die kahlen Äste der Bäume auf dem stillen Platz sind mit zahllosen kleinen, weißen Lichtpunkten gespickt. Das Wasser des Springbrunnens tröpfelt auf Eis, und seine Schritte hallen laut, als er diesen magisch anmutenden Platz überquert und sich nach rechts wendet, weg von der Kirche, deren Silhouette sich nur schwach gegen den dunklen Himmel abzeichnet. Das Rundfenster blickt ihm hinterher.

Er muß unbedingt zum Bahnhof, um die neueste Ausgabe der Zeitung zu kaufen, die inzwischen dort angekommen sein müßte. Darum geht er weiter.

Beobachter und Ankläger sprechen nun mit einer Stimme, der Stimme des Staatsanwaltes. Nicht anklagend, sondern entschuldigend, aber im Endeffekt läuft es auf das gleiche hinaus, wenn auch er wie der rothaarige Junge und wie Louise wirklich weiß, was Filippo ist. Er weiß es.

Ich wollte Ihnen nur mitteilen, daß das nicht aus meinem Büro kommt.

Woher dann?

Keine Ahnung. Bei der Autopsie waren zum Beispiel zwei Studenten dabei. Dort könnte darüber geredet worden sein, obwohl ich selbst eher einen der jungen Polizisten in Verdacht habe, die am Tatort waren. Der Journalist behauptet, er hätte die Stimme nicht erkannt, aber das hat nicht viel zu sagen.

Ja, aber… ist es wahr, was sie schreiben?

Die Fakten stimmen, das heißt, die forensischen Beweismittel. Deren Interpretation allerdings ist eine ganz andere Sache. Sie wissen weder etwas von der offenstehenden Tür noch von der Zeugin, und sie werden es auch nicht erfahren. Ich habe nicht vor, mich von der Presse beeinflussen zu lassen. Sie müssen sich mit dem zufriedengeben, was ich für richtig halte, ihnen mitzuteilen.

Von dem, was sie schon haben, einmal abgesehen.

Ja. Aber ich verspreche Ihnen, und Sie können sich auf mein Wort verlassen, deren Spiel geht nicht auf.

Spiel?

Entschuldigen Sie bitte. Ich rede mit Ihnen, als seien Sie ein Kollege. Das erscheint Ihnen bestimmt fürchterlich taktlos, aber in Wirklichkeit bedeutet das nur, daß ich Ihnen vertraue, Ihnen und Ihrem gesunden Menschenverstand.

Sehen Sie mir das also bitte nach. Haben die Leute vom Fernsehen Sie inzwischen erreicht… die von dieser *Am-Tatort*-Sendung?

Ja. Sie haben es versucht. Ich glaube…

Und Sie haben abgelehnt. Aber wissen Sie, was wirklich erstaunlich ist? All Ihre Nachbarn haben ebenfalls abgelehnt. Die Leute haben Wind davon bekommen, hinter was die wirklich her sind, und darum hat sich niemand interviewen lassen. Sie standen mit laufender Kamera draußen im Hof, aber weit und breit hat sich niemand blicken lassen. Machen Sie sich also deswegen keine Sorgen. Das hier wird genauso laufen. Es ist der Job eines Journalisten, Geschichten zu schreiben, die sich gut verkaufen.

Und der Job eines Staatsanwaltes ist es, Geschichten so aufzubereiten, daß die Anklage Erfolg hat. Matty hatte davon gesprochen. Der Oberstaatsanwalt, ein guter Freund ihres verstorbenen Vaters, stand kurz vor der Pensionierung und hatte ihr gesagt, daß dieser Mann wahrscheinlich seine Nachfolge antreten würde. Und seine Stimme… seine Stimme wurde, je gefährlicher und vieldeutiger die Anspielungen, desto leiser und leiser, bis er ihn nur noch mit allergrößter Mühe verstehen konnte, und er zog einen tiefer und tiefer, hypnotisch…

Das Spiel geht nicht auf, glauben Sie mir. Die Öffentlichkeit wird es einfach nicht glauben, weil sie es nicht glauben will. Die Eltern in diesem Lande werden lauthals protestieren. In neunundneunzig Prozent der Fälle werden Kinder von ihren Verwandten mißbraucht oder umgebracht, aber die Menschen wollen in der Zeitung nur von dem anderen einen Prozent der Fälle lesen. Von dem gewalttätigen Perversen, der aus dem Nichts auftaucht. Ich weiß zwar noch nicht genau, was passiert ist, aber ich weiß, daß ich derjenige bin, der bestimmt, was in der Anklageschrift stehen wird, nicht die Presse. Was ich ihnen für die morgige Ausgabe gegeben habe, wird funktionieren. Es wird sie ablenken, uns ein wenig Freiraum verschaffen. Lesen Sie es. Und dann kommen Sie bitte in mein Büro.

Darum muß er unbedingt zum Bahnhof und sich ein druckfrisches Exemplar der Zeitung besorgen, darf nicht bis zum Morgen warten, muß Zeit zum Nachdenken gewinnen.

Er muß sich auf das Notwendige konzentrieren, muß tun, was zu tun ist. Also überquert er die Brücke. Trotz des gesenkten Kopfes nimmt er auf dem dunklen Wasser zu beiden Seiten der Brücke Punkte und Streifen glitzernden Lichts wahr, ebenso auffallend und penetrant wie die Worte, denen er zu entfliehen versucht, Worte, die sich aus dem Monolog des Staatsanwaltes in sein Hirn gefressen hatten.

Blutflecken, Gehirnmasse.

Kennen Sie den Mann? Sie können sich auf meine Diskretion verlassen.

Diskretion in bezug auf was? Wie konnte er es wagen?

Immer wieder fährt er erschrocken zusammen, wird ganz steif vor Furcht, während er weitergeht durch grüne und weiße Nebelschwaden, im Fackelschein, unter riesigen Kränzen aus Lorbeer- und Zitruszweigen. Durch eine vornehme Straße, verlassen, da es auf Mitternacht zugeht. Dann nach links in Richtung Bahnhof, sein Ziel. Das Kleingeld für den Zeitungskiosk ist in der Tasche. Die Beleuchtung hier wirkt geschmacklos billig, ein goldfarben blinkender

Weihnachtsstern, Frohe Weihnachten, eine aufleuchtende Tanne, Frohes neues Jahr. Blutflecken, Gehirnmasse, blitzendes Gold, Frohe Weihnachten. Kennen Sie den Mann? Blinkendes Grün, Frohes neues Jahr.

Sie können sich auf meine Diskretion verlassen.

Er muß sich die Zeitung kaufen und nachdenken …

Er kauft die Zeitung, faltet sie ordentlich zusammen und läßt sie in die Manteltasche gleiten. Ohne nach rechts und links zu schauen, geht er in den Bahnhof. Er muß sich Erleichterung verschaffen. Das ist jetzt eine ebenso dringende Notwendigkeit.

Der Junge ist sehr jung, zu dünn, zu traurig.

»Wenn es Ihnen hier nicht recht ist, können wir auch zu Ihnen nach Hause gehen.«

»Nein.«

»Sie können mir auch ein Essen spendieren. Ich habe Hunger und kenne einen Laden, da …«

»Nein. Können wir nicht irgendwo anders hingehen? Wo wir allein sind?«

»Sind Sie so bekannt, daß Sie nicht gesehen werden dürfen?« Da er keine Antwort bekommt, fragt der Junge nicht weiter.

»Laß dir etwas einfallen, denk nach. Es ist wichtig. Bitte.«

»Ich weiß was … aber das kostet.«

»Das macht nichts.«

»Warten Sie an der Bushaltestelle neben dem Seiteneingang auf mich. Aber nicht vergessen, das kostet Sie was.«

Er wartet, und als der Junge schließlich an ihm vorbeigeht, setzt er sich in Bewegung, überquert die Straße und folgt ihm mit einigem Abstand.

Eine Lampe beleuchtet das schmuddelige Treppenhaus, aber das winzige Zimmer liegt in tiefstem Dunkel.

»Der Strom ist abgestellt. Warten Sie.« Mit einem Feuerzeug zündet der Junge zwei Kerzen in roten Plastikbechern an. Pizzaschachteln, ausgepreßte Zitronenhälften und überquellende Aschenbecher nehmen in dem rosafarbenen Schein auf dem Tisch Form an. Wahrscheinlich kann er dankbar sein für alles, was die Dunkelheit gnädig verbirgt.

»Es ist kalt hier. Sie lassen besser Ihren...«

»Gib mir bitte kurz das Feuerzeug.« Ohne Mantel und Schal abzulegen, setzt er sich auf die nackte Matratze eines der Betten, die rund um den Tisch herum an die Wände geschoben worden waren, und schlägt im Schein des Feuerzeugs die Zeitung auf. »Sieh dir mal das Foto hier an. Kennst du diesen Mann?«

»Lassen Sie mal sehen... oh. Den kennt doch jeder. Der hat doch damals das Kind allegemacht.«

»Wie bitte?«

»Vor zwei Jahren oder so, an Weihnachten. Vor meiner Zeit, aber alle wissen darüber Bescheid. Manche haben Angst vor ihm, weil er nicht ganz richtig im Kopf ist. Warum ist sein Bild in der Zeitung? Hier ist noch ein bißchen Wein drin? Möchten Sie einen Schluck?«

»Nein.«

Der Junge zieht die Flasche aus der Plastiktüte, setzt sie sich an den Mund und leert sie. Als er sie auf den Tisch zurückstellt, fällt sie um und bringt den Stapel Pizzaschachteln ins Stürzen, die zusammen mit langen, in Zellophan verschweißten Nadeln auf den Boden fallen. »Möchten Sie, daß ich...«

»Nein.«

»Schätze, daß Sie es eher auf die etwas härtere Tour mögen, wenn Sie den kennen. Ich nicht... aber Sie können alles machen, was Sie wollen...«

»Wo ist er? Sag mir, wo er ist. – Nein...«

»Hab ich Ihnen doch gesagt. Er hat ein Kind allegemacht. Sitzt jetzt. Lebenslänglich.«

Dann spielte der Staatsanwalt also mit ihm. Ein billiger Trick, damit er zugab...

Die rote Dunkelheit ist schlagartig bedrohlich lebendig, jeder geisterhafte Schatten, jeder Geruch, der im Raum hängt, jede dunkle Ecke strömt Gefahr aus. Seine Nerven halten das nicht aus. Wenn die Polizei ihm hierhergefolgt war? Angst überflutet ihn und mit einem tiefen Seufzer, der fast schon ein Schluchzer ist, läßt er sich widerstandslos von ihr übermannen. Er ist zu erschöpft, um sich da herauszukämpfen.

»Was ist denn mit Ihnen los?« erkundigt sich der Junge leise flüsternd, oder liegt das nur an den anderen Stimmen, die ihn nicht in Ruhe lassen?

»Ich bin so müde.« Er will eigentlich sagen, daß er Angst hat, aber das muß er verbergen. Sogar in der verschwiegenen roten Dunkelheit und auch unter der Bettdecke, wo er aus lauter Angst vor der Schule weint. Wenn sein kleiner Bruder wissen wollte, warum er weinte, hat er ihm nie die Wahrheit gesagt. Er erfand Gründe, meistens behauptete er, er habe Zahnschmerzen. Und der kleine Cosimo sprang dann aus dem Bett und rief Louise.

»Nein!« Aber der Junge läßt nicht von ihm ab, er kann sich nicht rühren, schmerzendes Verlangen lähmt ihn, das

Verlangen, berührt zu werden, Verlangen nach Erleichterung. Er läßt es geschehen, läßt sich ganz tief fallen, wo die Stimmen ihn nicht mehr erreichen können.

»Ist es so richtig?«

Er antwortet nicht, streichelt und hält den Kopf des Jungen, damit er nicht aufhört.

Nicht aufhören, nicht aufhören...

Er steht an der Schwelle zur Freiheit. Jahrelang, als Teenager, hatte er davon geträumt, erwachsen zu sein, verantwortlich zu sein, hingehen zu können, wohin er wollte, frei zu atmen... nicht aufhören, bitte, nicht aufhören... in ihm leuchtet ein qualvoller Lichtpunkt auf, er fühlt sich ausgeliefert, verletzlich. Wenn er jetzt aufhört, wird er sterben, bitte... In London, nachts in den Straßen, war er anonym, frei... Furcht vor der Dunkelheit... nicht aufhören...

Es ist gut. Nichts kann ihn jetzt mehr aufhalten. Er hat die Schwelle überschritten, und der Lärm in ihm schwillt an, wächst tief in seinem Innern. Das Licht explodiert und zerfällt. Ja... Er ist frei.

Stille.

Er liegt still, dämmert vor sich hin. Leichter jetzt, er wiegt weniger als ein Vogel, der sich mit geöffneten Schwingen von einem warmen Aufwind tragen läßt. Sein Kopf ist klar, befreit von der Last der Scham und Angst, befreit von nörgelnden Stimmen. Nur noch eine einzige Stimme kann ihn erreichen.

Nimm mich mit zu dir nach Hause.

Das kann ich nicht.

Sind Sie jemand Wichtiges?

Er läßt sich vom Äußeren des Jungen nicht täuschen. Er

weiß, daß es Cosimo ist, und obwohl er sich in einer Art Halbschlaf befindet, weiß er, daß Cosimo tot ist. Aber wie soll er ihm das erklären? Sie nähern sich der Zypressenallee. Er muß es ihm sagen, bevor sie dort ankommen. Er schwitzt, aber nur, weil er noch immer in Mantel und Schal ist. Bei dem Gedanken, was er nun tun muß, überfällt ihn tiefe Traurigkeit, und mit großer Erleichterung stellt er fest, daß Cosimos Schritte auf dem Kies plötzlich nicht mehr zu hören sind. Dennoch hört er seine Stimme.

Ich bin hungrig.

Ich weiß. Es tut mir leid. Es tut mir so leid.

Ich muß zum Haus des toten Großvaters, nicht wahr?

Ja, das mußt du.

Er geht weiter, horcht auf das Knirschen beim Aufsetzen des Fußes, lauscht nach anderen Geräuschen.

Aus der Ferne dringt es schließlich zu ihm, ganz schwach.

Es ist kalt hier drinnen.

Dann hört er nichts mehr. Er ist fort.

»Hey! Sie können hier nicht schlafen! Ich hab gesagt, daß ich in einer halben Stunde mit dem Geld zurück bin.«

»Ja... schon gut...« Er steht auf, zieht seine Sachen zurecht, dankbar, daß er aufgeweckt wurde, bevor er richtig einschlafen konnte. Verwirrt blickt er auf, als seine Hand in die Innentasche fährt – keine Brieftasche, nur der große, eiserne Schlüssel für das Hoftor.

»Es tut mir leid, ich...« Noch während er die anderen Taschen überprüft, fällt ihm ein, wie er nach der Beerdigung nach Hause kam und wie seine Hand statt des großen Hausschlüssels die Brieftasche in die Silberschale auf dem Regal legte. In welcher Verfassung er das Haus vor einer Stunde verlassen hatte, daran kann er sich gar nicht mehr erinnern, aber zumindest hat er den Schlüssel. Das ist das wichtigste. Der Taxifahrer kann unten warten, während er das Geld holt. Dieser Junge muß natürlich ... morgen abend muß er...

»Mach dir keine Sorgen. Morgen bekommst du dein Geld. Ich versprech's.«

»Scheiße! Du hast ja keine Ahnung, wie er ist! Er wird mich umbringen, wenn ich kein Geld bringe! Verarsch mich nicht! Du hast Geld...«

»Du bekommst dein Geld.«

Das blasse, schwach rotgefärbte Gesicht in der Dunkelheit sieht ganz verängstigt und schrecklich jung aus.

»Ich habe bloß meine Brieftasche vergessen, tut mir...«

»Schweinehund!«

Die Stimme des Jungen klingt ganz schrill, zitternd vor Angst.

»Schon gut. Ich versprech's dir...« Er streckt die Hand aus, will ihm beruhigend über die Schulter streichen und spürt einen scharfen Schnitt.

»Ich bring dich verdammt noch mal um!«

Aus der Hand, die er rasch zurückzieht und an sich drückt, spritzt warmes Blut. Die glänzende, rote Klinge fliegt herbei, trifft auf seine Wange, er versucht auszuweichen, stolpert über Schachteln und fällt, kracht mit dem Ellbogen auf die Tischkante. Der Schmerz raubt ihm den Atem, er kann das Gleichgewicht nicht mehr halten. Als er auf dem Boden aufprallt, trifft ihn ein heftiger Schlag im Magen, ein anderer kracht in seine Rippen, und die dunkelrote Welt wird schwarz.

»Na? Wie geht es Ihnen denn? Nein, um Gottes willen, bleiben Sie doch sitzen.«

»Es geht mir ganz gut. Nichts von Bedeutung, aber danke, daß Sie so freundlich waren, sich zu mir nach Hause zu bemühen. Bitte, nehmen Sie doch Platz.« Filippo wies auf einen Lehnstuhl und blickte vielsagend auf seinen eingegipsten Arm und die dick bandagierte Hand, um anzudeuten, daß er ihm diesen nicht zurechtrücken konnte. Er selbst ließ sich am Ende des längsten Sofas im Salon nieder, das dem Sessel am nächsten stand. Er hatte sich dort ein wenig hingelegt, den verschlissenen Morgenmantel seines Vaters einfach über die Kleider gezogen, und mußte wohl eingeschlafen sein, denn Milena war ins Zimmer gekommen und hatte das Licht angemacht.

Der Staatsanwalt ließ sich langsam in den großen Stuhl sinken, den er ganz ausfüllte, und sah aus, als wollte er für immer dort bleiben. Er schaute Filippo an, betrachtete mit so ausdrucksloser Miene die unübersehbare Naht an seinem Kinn, daß Filippo den Eindruck gewann, er habe diesen Gesichtsausdruck vor dem Spiegel einstudiert. Aber hinter der Maske konnte er trotz der fast geschlossenen Lider die aufmerksamen, klaren Augen erkennen.

»Ich würde sechsundzwanzig Stiche nicht gerade bedeutungslos nennen, aber alles in allem haben Sie wohl ziemliches Glück gehabt.«

»Glück, ja.« Glück, daß es ihm gelungen war, aus dem dunklen Zimmer zu kriechen und, sich mit der linken Hand an die schmutzstarrende Wand stützend, die Treppe hinunterzuschleppen. Glück, daß er sich instinktiv richtig entschieden hatte und in Richtung der beleuchteten Busse weitergestolpert war, die hinter dem Bahnhof in einer langen Reihe parkten. Dort hatte ihn jemand stürzen sehen und den Krankenwagen gerufen.

»Und wir glauben, unsere Straßen seien ziemlich sicher. Natürlich haben wir jede Menge Taschendiebe, aber die brauchen nur ein bißchen Geld für den nächsten Schuß und haben es normalerweise eilig. Sie nehmen sich nicht die Zeit, ihr Opfer zu attackieren, sondern schnappen sich die Beute vom Rücksitz eines Motorrades und verschwinden sofort wieder. Ein derartiger Raubüberfall ist ziemlich ungewöhnlich, obwohl natürlich junge Zigeuner manchmal... Haben sie viel erbeutet?«

»Meine Brieftasche.«

»Hm. Ich fürchte, Ihr Geld werden Sie nicht wiedersehen, aber in der Regel werfen sie die Taschen und Brieftaschen gleich wieder fort, meist in den nächsten Mülleimer. Oft finden Straßenkehrer sie und geben sie dann ab. Passiert fast täglich.«

»Das ist nicht wichtig. Die Brieftasche war schon ziemlich alt. Wenn ich mich erst an eine gewöhnt habe, behalte ich sie, bis sie auseinanderfällt.«

»Tun wir das nicht alle? Nein, ich dachte gerade an wichtige Papiere, Kreditkarten und so. Das sind doch die Sachen, die viel mehr...«

»Nein. Ich hatte keine Papiere in meiner Brieftasche und Kreditkarten benutze ich nicht. Meine Frau hat eine oder zwei, glaube ich.«

Wieder schaute ihn der Staatsanwalt nur an, wartete – kommentarlos, ausdruckslos, den Kopf leicht zur Seite geneigt, als deute er damit eine unausgesprochene Frage an.

»Man kennt mich. Bis auf ein bißchen Kleingeld habe ich selten irgend etwas dabei«, erklärte er darum weiter. Aus welchem Grunde glaubte er eigentlich, sich vor diesem Mann rechtfertigen zu müssen? Und die Erwähnung des Kleingeldes veranlaßte ihn trotz innerer Gegenwehr, sich noch weiter zu erklären. »Ich wollte doch nur Ihren Rat befolgen.« Nicht nur, daß er sich vor ihm rechtfertigte, jetzt biederte er sich auch noch bei ihm an.

»Meinen Rat?«

»Sie wollten, daß ich die Zeitung lese und dann mit Ihnen spreche. Deswegen bin ich folgsam zum Bahnhof gegangen, um mir ein möglichst druckfrisches Exemplar zu besorgen.«

»Ach so. Gut. Das habe ich nicht gewußt.« Seine Stimme wurde leiser. »Wahrscheinlich waren Sie ziemlich fertig und sind ein wenig umhergeirrt, bis jemand Sie bemerkt hat, denn Sie kamen aus einer völlig anderen Richtung.« Sein Kopf befand sich noch immer in dieser leicht geneigten, fragenden Haltung, und seine Augen verengten sich zum Ansatz eines Lächelns, das jedoch seine Lippen nicht erreichte. Ein ironisches Lächeln oder ein geringschätziges? Welches auch immer, es blieb in seinen Augen sitzen, fand keine Fortsetzung in seinem Gesicht.

»Es tut mir leid, daran kann ich mich gar nicht mehr erinnern. Ich weiß nur noch, daß ich mir die Zeitung bereits gekauft hatte, als es passierte.«

»Gut. Ja.« Sanfter und sanfter. »Dennoch müssen Sie von Ihrem Weg abgekommen sein. Wissen Sie, dieses Haus ganz in der Nähe des Bahnhofs steht unter Beobachtung. Eines der Zimmer ist vollgestopft mit schmutzigen Matratzen.

Überall liegen gebrauchte Spritzen herum. Die Fixer gehen dorthin, setzen sich den Schuß und bleiben dort liegen, bis die ersten Wirkungen des Stoffs wieder nachlassen – alles im Preis inbegriffen. Der Kerl hat den Stoff mit Mörtel von der Wand versetzt. Es hat Todesfälle gegeben, deswegen ist er untergetaucht, aber spätestens wenn er glaubt, die Luft sei wieder rein, werden wir ihn uns schnappen. Auf jeden Fall ist dies kein Ort, an dem man sich nach Einbruch der Dunkelheit herumtreiben sollte. Sie haben wirklich Glück gehabt. Haben Sie hineingesehen?«

»Wie bitte?« Tat, als hätte er ihn nicht verstanden, um Zeit zu schinden. Der Staatsanwalt wartete, gewährte ihm Zeit.

»Ah... Sie meinen die Zeitung. Nein, nur ein kurzer Blick auf die Titelseite, dann habe ich sie in die Manteltasche gesteckt. Ich erinnere mich an die Schlagzeile und an das Foto. Das haben Sie mir schon mal gezeigt, wenn ich mich nicht irre.«

»Stimmt. Und Sie haben behauptet, daß Sie den Mann nicht kennen. Ihr Gedächtnis hat durch den Überfall offenbar keinen Schaden genommen.«

Will sagen: Sie bleiben also weiter bei Ihrer Lüge. Ärger flammte in Filippos Brust auf, aber seine Augen und seine Stimme blieben unbewegt.

»Ich habe mich nicht am Kopf verletzt.«

»Das stimmt. Da haben Sie wirklich Glück im Unglück gehabt, nicht wahr?« Sanft und beruhigend, sanft und beruhigend...

»Dennoch war es gut, daß man Sie über Nacht stationär aufgenommen hat, zur Sicherheit. Sie hätten sich den Kopf ja auch beim Fallen gestoßen haben können, ohne es zu merken. Sie werden den Vorfall nicht zur Anzeige bringen?«

»Nein. Wie ich schon sagte, in meiner Brieftasche befanden sich keinerlei wichtige Papiere und nur sehr wenig Geld. Ich würde damit nur Ihre und meine Zeit verschwenden.«

»Das ist sehr rücksichtsvoll von Ihnen, danke. Schade, daß Sie die Zeitung verloren haben... Ich nehme an, sie ist Ihnen aus der Tasche gefallen... Im Krankenhaus hätten Sie Zeit gehabt, sie in aller Ruhe zu studieren. Na ja, wahrscheinlich hätte Ihr Zustand das nicht wirklich zugelassen...«

»Ja.« Aus der Tasche gefallen... er war beschattet worden. Diese Schritte, gar nicht weit von zu Hause, in solch einer ruhigen Straße, bei dem kalten Wetter und um diese Uhrzeit. Er hätte es wissen müssen. Sie hatten sich in die entgegengesetzte Richtung entfernt, aber das hatte nichts zu bedeuten. Doch wenn der langhaarige Junge mit dem ausgeprägten Kinn, an dessen Namen er sich nicht erinnern konnte, im Gefängnis war, was bezweckte er dann mit diesem Spielchen? Filippos Wut wuchs, und je mehr sie wuchs, um so emotionsloser und wachsamer wurde er. Er sah den Blick seines Feindes wieder und wieder zu dem großen Aschenbecher auf dem Beistelltischchen wandern. Und das gefiel ihm sehr. Er wollte rauchen, brauchte dringend Nikotin. Filippo sagte nichts. Sollte er warten.

Er wartete, schaute sich um.

»Das ist ein wunderschönes Zimmer.«

»Ja, die Kassettendecken, so heißt es, seien ein ganz besonderes Meisterwerk.«

»Und dieser höchst erstaunliche Teppich mit all diesen Tieren und Blumen. Ich hoffe, Sie nehmen mir meine Bemerkung nicht übel, aber so einen großen Teppich habe ich noch nie gesehen, von allem anderen ganz zu schweigen.«

Das glaube ich dir gerne, mein Freund.

»Darauf sind einhundertvierundzwanzig springende Rehe und zweihundertsechzig springende Hasen. Weitere dreißig verstecken sich in den Blumen am Rand.«

»Sie haben sie gezählt?«

»Als Kind.«

»Verstehe. Wer weiß, Ihr kleiner Sohn hätte vielleicht genau das gleiche getan, wenn er noch leben würde. Aber Sie müssen jetzt an die Zukunft denken. Macht es Ihnen etwas aus, wenn ich ein wenig herumlaufe, während wir reden? Dann kann ich besser denken. Geht es Ihnen auch so?«

Nein, ganz und gar nicht, mit dir habe ich nichts gemein, und außerdem willst du dich mit dem Herumgelaufe doch nur von deinem unzähmbaren Verlangen nach einer Zigarette ablenken.

»Während wir unsere kleine Unterhaltung weiterführen, würde ich mir gerne dieses wirklich außergewöhnliche Zimmer noch ein wenig näher anschauen, wenn es Ihnen nichts ausmacht.«

»Aber bitte…« Kleine Unterhaltung, so konnte man das auch nennen.

Der kräftige Mann sprang mit solch lebhaftem Schwung aus dem Stuhl, daß Filippo erschreckt zusammenzuckte, als habe er einen Schlag erhalten.

»Entschuldigen Sie, bitte. Nach allem, was Sie durchmachen mußten, sind Sie mit den Nerven sicherlich am Ende.« Er blickte auf Filippo herab, mit einem Ausdruck auf dem Gesicht, der gleichgültiges Mitgefühl ausdrückte. Unverschämt.

»Ich bin ganz okay. Nur ein wenig müde. Habe in letzter Zeit wenig geschlafen.« Das hätte er nicht sagen sollen, damit buhlte er ja praktisch um sein Mitleid.

Der Staatsanwalt ging nicht weiter darauf ein, wandte sich einfach ab und wanderte durch den Raum, bewegte sich von einer sanften Lichtpfütze zur nächsten auf die dunklen Fenster zu.

»Manchmal hilft es schon, sich einfach ein wenig am Tatort aufzuhalten, dort herumzulaufen, die Luft zu atmen. Man bekommt dann eine bessere Vorstellung, ein Gefühl dafür, wie alles passiert sein könnte... daß, jetzt...« Er unterbrach sich, hob einen Finger. »War das etwa das Schlagen der Wohnungstür, was ich gerade gehört habe?«

»Ja, unser Hausmädchen ist gegangen, glaube ich. Es wird fünf Uhr sein.«

»Obwohl wir hier ziemlich weit weg sind, kann man die Tür bis hier noch hören. Das Hausmädchen, ist das die Frau, die mir die Tür aufgemacht und den Mantel abgenommen hat?«

»Ja. Sie heißt Milena.«

»Milena. In jener Nacht war sie nicht hier, wenn mich nicht alles täuscht. Sie arbeitet nicht an Wochenenden, haben Sie gesagt, nicht wahr?«

»Ja, aber ich glaube, Sie ist dennoch von der Polizei verhört worden.«

»Stört Sie das?«

»Nein, natürlich nicht.«

»Aber Sie hören sich so an, als ob es Sie doch stören würde, und falls das so sein sollte, tut mir das leid. Ich bin nicht hier, um Sie zu ärgern, ich bin hier...« Er ging noch ein wenig weiter auf die Wand zu, überließ es Filippo, den Satz selbst zu beenden. »Ah, Ihre hübsche Frau und das Baby...«

Faß es nicht an. Wage es bloß nicht, irgend etwas anzufassen. Bleib verdammt noch mal endlich stehen. Setz dich.

Er hatte das Gefühl, seine unter Hochspannung stehenden Nerven würden gleich durchbrennen.

»Möchten Sie rauchen?«

»Wie bitte?«

Er tat nur so, als sei er zu weit weg, um ihn verstehen zu können... oder war er es wirklich?

»Ich hab gefragt, ob Sie rauchen möchten.« Er hatte ihm nichts vorgespielt, denn jetzt kam er rasch zurück, kramte schon suchend in den Taschen, bevor er sich hinsetzte. »Nein, nein, bedienen Sie sich doch aus dieser Schachtel dort. Amerikanischen oder türkischen Tabak?«

»Danke. Und was ist mit Ihnen? Können Sie überhaupt...«

»Ich rauche nicht. Die hier sind für Gäste. Bitte verzeihen Sie mir, daß ich sie Ihnen nicht schon eher angeboten habe.«

Der Staatsanwalt kräuselte die Lippen und untersuchte ausführlich den silbernen Zigarettenanzünder, bevor er ihn benutzte. Was tat dieser Mann? Wog er ihn im Geiste ab? Mit einer plötzlichen Bewegung stellte er den Anzünder auf den Tisch zurück und inhalierte den Rauch der Zigarette tief. Offensichtlich braucht er es wirklich, dachte Filippo, der ihn mit einem Hauch Verachtung betrachtete und sich ein wenig entspannte, ohne jedoch in seiner Wachsamkeit nachzulassen.

»Ich nehme an, daß Sie Gründe dafür haben, diesen... diesen Mann, wer immer das auch ist, zu verdächtigen. Aber wahrscheinlich dürfen Sie nicht darüber sprechen...«

»Nein, nein. Wie ich schon sagte, ich vertraue da ganz Ihrem gesunden Menschenverstand.«

Du glaubst, du kannst mich reinlegen. Aber kaum war ihm der Gedanke durch den Kopf geschossen, verachtete sich Filippo dafür, daß er dieses Thema einfach nicht ruhen lassen konnte. Und dafür, daß er den Artikel nie gelesen hatte. Hatte der Journalist bei seinen Recherchen denn nicht herausgefunden, daß der Mann im Gefängnis saß? Zu beschäftigt damit, ihre Nasen in Sachen zu stecken, die...

Der Staatsanwalt lehnte sich zurück, betrachtete gedankenverloren seine Zigarette, rauchte sie eigentlich gar nicht. Als habe er sich plötzlich dazu entschieden, setzte er sich schlagartig aufrecht und fixierte Filippo mit klarem Adlerblick aus schmalen Augen.

»Wenn Sie mir doch nur den kleinsten Hinweis geben könnten, irgend etwas, womit ich ihn vielleicht...«

»Nein.«

»Er könnte irgendeine kleine Reparatur für Sie erledigt haben... hin und wieder hat er mit einem Kollegen zusammengearbeitet, Notfalldienst im Haushalt, Sie wissen schon... geplatzte Wasserrohre am Sonntag, solche Sachen, und natürlich die ganz klassischen Arbeiten: Wenn sich jemand ausgesperrt hat, brechen sie ein und setzen neue Schlösser ein. Nach außen hin war es eine richtige Firma, eine ganze Raubserie brachte uns schließlich auf ihre Fährte. Unser Freund hier war immer gerne bereit, bei illegalen Sachen mitzumischen. In diesem Fall war es seine Aufgabe, festzustellen, ob es sich lohnte, Zweitschlüssel für die Wohnung anzufertigen. Natürlich ist das jetzt schon ein paar Jahre her, aber diese offenstehende Tür hat mich auf ihn gebracht. Sie erinnern sich nicht, jemals den Schlüsseldienst gerufen zu haben... oder einen Handwerker, weil eine Scheibe zu Bruch gegangen ist?«

Die Läden standen noch immer offen, die Weihnachtsbeleuchtung färbte die Dunkelheit draußen mit einem sanften roten und goldfarbenen Glühen.

»Wenn es irgend etwas zu reparieren gibt, kommt ein Handwerker vom Gut. Ich würde aus ganz offensichtlichen Gründen nie zulassen, daß ein Fremder einen Fuß in diese Wohnung setzt.«

»Natürlich nicht.«

»Ich kenne diesen Mann nicht. Möchten Sie, daß ich lüge?«

»Nein, natürlich nicht. Jemand anderes hätte die Gelegenheit wahrscheinlich beim Schopf gepackt. Ich bewundere Ihre Ehrlichkeit, das muß ich zugeben.«

Du hast mich beschatten lassen. Du bewunderst meine Ehrlichkeit so sehr, daß du mich hast beschatten lassen. Und was ist mit deiner vielgerühmten Diskretion? Ich habe dein Versprechen nicht vergessen, aber für so ein Geständnis, daß man sich einen Handwerker ins Haus geholt hatte, galt das wahrscheinlich nicht. Wie kannst du es wagen...

»Das ist schade. Ich werde dieser Spur dennoch nachgehen, mal sehen, wohin sie führt. Wenn er früher einmal hier in der Wohnung gewesen wäre, hätte uns das wahrscheinlich sehr weitergeholfen, das kann ich nicht leugnen, aber es gibt auch genug Fälle, wo der Zufall ein Verbrechen initiiert... und die Waffe, die benutzt wurde, spricht sehr dafür, daß die Tat nicht geplant worden war. Darüber hinaus hat der Täter sie am Tatort zurückgelassen. Raub könnte das Motiv sein. Das Kind wacht auf, der Eispickel hängt griffbereit an der Wand. Nein, ich kann diese Spur nicht einfach ignorieren, nicht bei seinem Strafregister.«

»Der Mann ist bereits straffällig geworden?« Endlich kamen sie zur Sache.

»Ja, natürlich. Tut mir leid, ich vergesse immer wieder, daß Sie den Artikel ja gar nicht gelesen haben. Er hat ein kleines Mädchen umgebracht... vor etwa vier Jahren... sie kam aus ihrem Zimmer und störte ihn, als er die Wohnung ausrauben wollte. Sie fing an zu schreien, und er versuchte, sie daran zu hindern. Hat ihr mit bloßen Händen die Kehle zugedrückt. Wenn Sie seine Hände sähen...«

Er sah sie, fühlte sie an seiner eigenen Kehle, spürte die Handschellen, und die Erinnerung an diese qualvollen Wonnen durchströmte seinen Körper, so heiß und beschämend zugleich, daß er vom Sofa aufspringen und sich abwenden mußte.

»Vorsicht!«

»Alles in Ordnung.«

»Sie müssen auf Ihre Hand aufpassen bei den vielen Stichen. Es tut mir leid. Ich habe schon wieder mit Ihnen gesprochen, als seien Sie ein Kollege. Sie wirken so gefaßt und ruhig, aber ich unterschätze, was Sie haben durchmachen müssen. Sie denken an Ihren kleinen Sohn, ich weiß. Ich hätte nicht...«

»Es ist schon in Ordnung, wirklich. Es geht mir gut. Ich muß mich nur ein wenig bewegen. Das beruhigt meine Nerven. Bitte fahren Sie fort.« Mach schon weiter, komm, sag mir endlich, daß dieser Mann im Gefängnis sitzt, mein Freund, daß du mit mir Katz und Maus spielst, damit ich... Was? Was führte er im Schilde? Er glaubte doch wohl nicht, daß Filippo diesen Mann in die Wohnung eingeschleust hatte... Worauf wollte er nur hinaus? Worauf?

Er versuchte ihm zuzuhören, konzentrierte sich auf die Worte, die er kaum verstehen konnte, so laut rauschte das Blut in seinen Adern. Warum in Gottes Namen konnte er nicht lauter sprechen?

»Ich fürchte, ich stürze mich auf jeden Strohhalm. Tatsache ist, daß er einer von den fünf Männern war, die am Wochenende Freigang hatten, und bei seinem Strafregister zählt er automatisch zu den Hauptverdächtigen.«

»Freigang?« Filippo blieb stehen und wandte sich um.

»Ja, Sie haben allen Grund, mich so entsetzt anzuschauen. Wenn es uns auch in diesem Fall nicht weiterbringt, so bewirkt dieser Artikel vielleicht wenigstens strengere Kontrollen. Sie machen es von ihrem Verhalten abhängig, verstehen Sie, wie alle Privilegien für Langzeitgefangene. Sie müssen sich nur ruhig und gefügig zeigen, und der auf dem Bild stand seit Jahren unter Medikamenten, kein Problem für ihn, brav zu sein. Natürlich müssen sie um acht Uhr wieder zurück sein. Dieser Mann kam aber erst nach Mitternacht zurück, lange nachdem er seine Medikamente wieder hätte nehmen müssen, von allem anderen einmal abgesehen... und niemand meldet so etwas. Wenn ich ihn nicht überprüft hätte... solche Dinge überprüfe ich immer. Im vergangenen Jahr ist unter den gleichen Umständen eine Prostituierte ermordet worden... und niemand hatte etwas gemeldet. Geht es Ihnen gut?«

»Ja.« Filippo setzte sich. Da war er also. Der böse Fremde im Treppenhaus. Jetzt aber, da er ein Gesicht hatte, jetzt, da er real war, löste sich die Szene, die er sich Nacht für Nacht ausgemalt hatte, plötzlich in Nichts auf. Er mußte fragen, so viele Dinge fragen, herausfinden...

Er wußte, daß er nichts fragen konnte. Sein Hirn arbeitete schneller als je zuvor, lief auf Hochtouren, bewertete jede Figur auf dem Schachbrett seines Lebens in blitzartiger Geschwindigkeit. Aber er konnte nichts fragen, denn die Panik, die er seit Tagen mit Gewalt unterdrückte, kam nun langsam hoch und ließ sich nicht mehr aufhalten. Er bekam keine Luft mehr, seine Kehle war wie zugeschnürt. Entsetzt registrierte er, daß er nur ersticktes Gestotter hervorbringen würde, wenn er jetzt den Mund öffnete.

Erst ausatmen.

Weiter... und noch weiter... die Lungen völlig entleeren, so daß sie sich von ganz alleine wieder füllen.

Noch einmal.

Hab keine Angst. Versuch es noch einmal. Konzentriere dich auf das Atmen, zwinge die Luft nach draußen. Dann entspann dich und sag mir deinen Namen und deine Adresse, während du ausatmest. Denk daran, mach keine Pause dazwischen. Sag es mir in einem Zug, als sei alles ein einziges Wort.

Braver Junge. Und diesmal sagst du mir, was du mir vorhin sagen wolltest … atme aus … und aus … und sprich.

Ich will nach Hause.

Unter der Wolle und der dicken, rohen Seide brach ihm am ganzen Körper der kalte Schweiß aus, während er krampfhaft versuchte, sich die längst vergangenen Therapiestunden wieder ins Gedächtnis zu rufen. Am besten erinnerte er sich an das große Poster an der Wand mit all den Gegenständen darauf, die er nicht benennen konnte.

A-a-a-

Sag mir ein anderes Wort dafür. Fahrzeug. Pkw. Die Farbe. Sag irgend etwas, was dir dazu einfällt, aber sprich weiter. Wenn du steckenbleibst, fang noch einmal von vorne an und mach immer weiter …

»Ich fürchte, Sie sind krank. Soll ich …?«

Filippo hob die linke Hand, winkte ab und verbarg dann sein Gesicht dahinter, während er auszuatmen versuchte. Er mußte ein Geräusch dabei machen, aber der Staatsanwalt würde das sicher seiner Trauer oder seinen Schmerzen zuschreiben, ganz wie es ihm beliebte. Als Filippo endlich Mut fand aufzublicken, hielt er den Kopf wieder in dieser leicht geneigten, fragenden Position, die Augenwinkel in Fältchen, kein Lächeln diesmal, sondern Mitleid. Auch wenn er damit in die Falle tappte, er mußte einfach die Frage stellen. Atme aus und sprich, in einem Zug, nicht anhalten …

»Was sagt er? Ich nehme an, Sie haben mit ihm gesprochen?«

»Ja, das habe ich. Ich habe ihn nur gefragt, wo er den Abend verbracht hat, ohne ihm irgend etwas vorzuwerfen. Er war natürlich auf der Hut. Ganz abgesehen davon, daß er zu Gewalttätigkeit neigt, ist er auch – nun, ich will es einmal ›nicht ganz normal‹ nennen. Aber vielleicht verfügt er gerade aus diesem Grunde über die Instinkte und die Sensibilität eines Tieres in freier Wildbahn. Wie gesagt, er war sehr auf der Hut, aber ich glaube nicht, daß er dabei etwas Bestimmtes zu verbergen suchte, zumal er behauptete, sich um die Tatzeit auf dieser Seite des Flusses aufgehalten zu haben. Er sagte sogar, daß er in einer Kneipe auf dem Marktplatz gewesen sei. Ich schätze, daß ich Zeugen finde, die seine Aussage bestätigen. Das hier ist eine kleine Stadt, hier gibt es keine Geheimnisse, fast ein Dorf... Sie wissen schon...«

Er saß so bewegungslos, dieser Mann, kräftig und gelassen, seine Stimme ruhig, fortlaufend, unerbittlich. Filippo wollte so sprechen wie er, wollte so sein wie er. So unanfechtbar, so sicher. Als er fortfuhr, sprach er mit so leiser Stimme, daß Filippo sich ein wenig nach vorn beugen mußte, um seine Lippen zu beobachten, weil er sonst das eine oder andere Wort überhört hätte, und die Worte waren wichtig, sie würden Filippos weiteres Leben von nun an bestimmen. Und weiter... und weiter... er hielt nie inne, bewegte sich nicht... und weiter...

Er wußte, daß er hypnotisiert wurde, aber auch wenn sein Gehirn die darin verborgene Gefahr durchaus registrierte, reagierte sein Körper. Sein Blick blieb starr. Sein Hals hatte sich entspannt. Wo immer das hier hinführen würde, er wollte dorthin gehen.

»Ich werde für den größten Teil des Abends nachweisen können, wo er sich aufgehalten hat, schlußendlich zählen die forensischen Beweismittel, und in Anbetracht der Zeitdifferenz, der Möglichkeiten, die er hatte, plus der Tatsache, daß Ihre Frau alles wieder saubergemacht hat...«

An der Oberfläche seines Bewußtseins blitzten Bilder und Gegenbilder in rascher Abfolge auf. Er selbst, anonym, frei, in den dunklen, einsamen Straßen Londons... sein Vater, der sich vor einer nackten, weißen Fassade enttäuscht und traurig von ihm abwandte. Er selbst, verheiratet mit Annamaria, behalte das neue Kind, ausreichende Gründe für eine Annullierung... Cosimos durchdringender, verängstigter Blick, flehend, sein Körper blutend in der Nähe der Bushaltestelle, Richter und Geschworene, die einem Mann mit ausgeprägtem Kinn und fettigen, langen Haaren, die er zu einem Pferdeschwanz gebunden hatte, zuhörten. Und dieser Mann redete und redete und verriet ihnen auch die allerletzten Einzelheiten.

»Nein.«

»Wie bitte?«

»Nein. Sie können diesen Mann nicht anklagen.«

»Vielen Dank. Ich war auch dieser Ansicht, aber nur Sie konnten mir das bestätigen.« Der kräftige Mann beugte sich ein wenig nach vorn, stützte die Ellbogen auf die Knie. Filippo fühlte keinerlei Bedrohung von ihm ausgehen. Freundlichkeit wogte ihm entgegen wie an jenem Tag am Leichenwagen. Und wieder fragte er sich, warum. Warum sollten Fremde so freundlich zu ihm sein? Warum tolerierten sie ihn überhaupt? Er wartete auf die Stimmen von dem rothaarigen Jungen und von Louise, aber sie blieben stumm. Sie hatten keine Macht mehr über ihn. Er blickte dem Staatsanwalt in die Augen, folgte ihm, oder besser gesagt, versuchte dem zu folgen, was er sagte.

»Ich mußte diese Möglichkeit untersuchen, denn ich konnte nicht sicher sein, es sei denn, Sie helfen mir auf die eine oder andere Art, und, wenn ich das einmal sagen darf, ich bewundere Sie wirklich.«

»Mich bewundern... Warum sollten Sie mich bewundern?«

»Weil ich moralische Integrität bewundere, und die bekomme ich in meinem Beruf nicht allzu häufig zu sehen. Wenn es dann mal geschieht, weiß ich das durchaus zu schätzen. Für mich ist Moral das Kriterium, das einen Mann erst zu einem richtigen Mann macht, mindestens so sehr, wenn nicht sogar noch mehr als der Mut zur körperlichen Auseinandersetzung. Ein schwächerer Mann hätte die Möglichkeit ergriffen, und ich hätte es Ihnen ganz gewiß nicht verübeln können. Er hat lebenslänglich, und er wird lebenslänglich absitzen müssen, seine Situation würde sich dadurch keineswegs verschlechtern. Außerdem wäre der Fall nie vor einem Gericht verhandelt worden, da er in seiner momentanen geistigen Verfassung mit Sicherheit nicht in der Lage ist, ein Gerichtsverfahren durchzustehen. Sie wußten, daß Sie sich, was Ihr Privatleben angeht, ganz auf meine Diskretion verlassen können. Wie ich schon sagte, ein schwächerer Mann...«

Es wäre unpassend, an dieser Stelle zu lächeln, aber Filippo fühlte sich sehr danach. Er hätte vor nichts mehr Angst zu haben brauchen. Niemand hätte einen Schaden erlitten, nichts wäre vor Gericht verhandelt worden. Er würde nie sicher wissen, in welchem Ausmaße er die Bewunderung dieses Mannes verdient hatte. Er konnte ihm natürlich ganz einfach genau das geben, was er brauchte, um die Untersuchung auf diesem Wege voranzutreiben. Aber das würde er nicht tun. Er beschränkte sich auf ein einfaches »Danke«.

»Ich bin derjenige, der zu danken hat. Sie hätten mir das Leben verdammt schwermachen können. Mein Chef...«

»Ja, Sie sind sehr klug und sehr geduldig.«

»Das haben Sie aber sehr freundlich ausgedrückt.«

»Ich kann Ihnen versichern, daß ich es genauso meine. Sie haben mir Zeit gelassen... obwohl... selbst jetzt kann ich einfach nicht... ich kann nicht...«

»Möglicherweise wird es für Sie einfacher, wenn Sie erfahren, daß wir im Mund und im Magen des Kindes Beruhigungs- und Schlafmittel gefunden haben. So etwas kommt immer wieder vor. Eine Frau begeht Selbstmord und nimmt ihr Kind oder sogar ihre Kinder mit. Aber der kleine Junge mußte sich übergeben... Sie haben das nicht gewußt, und dennoch, Ihr Sohn ist brutal ermordet worden, und Sie haben mich nicht ein einziges Mal gebeten, herauszufinden, wer das getan hat. Weil Sie das nicht nötig hatten.«

»Ich... nein, ich könnte mir niemals vorstellen...«

»Das glaube ich Ihnen aufs Wort. Es gibt Dinge, die wollen wir uns nicht vorstellen, weil sie unerträglich sind, weil uns beigebracht worden ist, daß man sich so etwas nicht vorstellen darf. Wir unterdrücken sie. Das ist ganz natürlich.«

»Darum haben Sie mir... darum haben Sie mir von der Zeitung erzählt...«

»Sie meinen, daß die Menschen von dem einen Prozent lesen wollen, von dem gefährlichen Perversen, der aus dem Nichts auftaucht? Ja, genau deswegen.«

»Ich verstehe. Und was werden sie morgen in der Zeitung lesen wollen?«

»Wenn sie der Wahrheit nun endlich ins Gesicht sehen müssen? Sie wollen, daß die Frau, die bis zu jenem Zeitpunkt die perfekte Frau und Mutter war, für verrückt erklärt wird, um so das verklärte Mutterbild unbefleckt und rein zu halten, diese nicht ganz ungefährliche Mischung aus billiger Sentimentalität und lukrativer Vermarktung, protegiert vom Klerus... Es tut mir leid. Bitte entschuldigen Sie meine polemische Abschweifung, aber ich sehe die Opfer, Mütter wie Kinder. Mütter, die sich zu sehr schämen, um um Hilfe zu bitten, und Kinder... Es gibt Dinge, an die kann man sich einfach nie gewöhnen. Dürfte ich noch eine Zigarette rauchen? Ich möchte mit Ihnen durchgehen, was als nächstes auf Sie zukommen wird. Zunächst einmal sollten Sie wissen, daß Ihre Frau per Gesetz bis zwei Jahre nach der Geburt des Kindes, mit dem sie zur Zeit schwanger ist, nicht vor Gericht gestellt werden kann.«

Ja natürlich, sie ist schwanger.

Matty, Matty hat ihre Schwester verstanden.

Armes, kleines Häschen... hat versucht, mich anzurufen.

Sie wird Hilfe brauchen, Filippo... Seine Mutter, die Cosimo zu sich holen wollte, sie hatte genug gespürt, um Angst zu haben. Aber wie hätte man das, was geschehen war, verhindern können?

Wenn es nach dem Mann ging, der nun ganz leise und ernst sprach, hätte auch Filippo sich das Unvorstellbare vorstellen müssen...

Cosimo ... hatte Cosimo es geahnt ...? Diese flehenden, verängstigten Augen ...

Bitte, Papa, bitte, nimm mich mit ...

Paß auf und hör zu. Konzentrier dich.

»Wir müssen ein psychiatrisches Gutachten beantragen, damit ihr derzeitiger Geisteszustand untersucht wird. Sie wird wohl für ein paar Jahre zwangseingewiesen, die, bis wir soweit sind, schon wieder vorbei sein werden, da mit der Behandlung ja jetzt sofort begonnen werden muß. Sie könnten mir ihre Vorgeschichte geben. Ich nehme an, es gibt eine Vorgeschichte.«

Ich habe immer und immer wieder versucht, sie aufzuwecken, Papa.

Arme, arme Francesca. Was haben wir ihr nur angetan?

Teddy Braun, Filippo. Teddy Braun.

Ja, da gibt es eine Vorgeschichte.

»Jeden Tag treffe ich auf Menschen, die glauben, das, was ihnen passiert ist, sei das Ende der Welt«, erklärte der Staatsanwalt, während er sich den Mantel zuknöpfte und den Kragen hochstellte, »besonders schlimm ist es natürlich für solche, die wirklich viel zu verlieren haben, so wie Sie. Aber es ist nie das Ende. Das Leben geht einfach weiter. Donnerstag um zehn also. Nein, nein, ich nehme lieber die Treppe. Gute Nacht.«

Filippo schloß die Tür und kehrte zurück in die warme, stille Wohnung.

Tick ... Tack ...

Mit der linken Hand wiegte er die verletzte rechte, dick bandagiert unter tröstlicher Rohseide.

Die Schmerzen der Schnitte und Prellungen überlagerten die anderen Schmerzen, und das war gut. Jetzt hatte er etwas, für das er durch Pflege Heilung erzielen konnte.

Er mußte baden, sich umziehen, sich für das Krankenhaus fertig machen.

Er ließ sich ein Bad ein und legte sich in das warme Wasser, der Gipsarm ruhte auf dem Wannenrand. Er hatte es nicht eilig. Etwas hatte sich verändert, obwohl alles genauso war wie immer. Er wollte die verschiedenen Stücke seines Lebens untersuchen, genauso wie Cosimo an jenem Tag, als er ihn fotografierte, die Dinge untersucht hatte, sie in seiner Hand gedreht und gewendet, das Material betastet, es geschmeckt, daran gerochen und Perlen, Haar und Seide befühlt hatte. Vielleicht lag es ja daran, daß er im Wasser lag, daß er mit seinem Bruder beginnen wollte, er wollte wissen, ob sich diese Geschichte für ihn jetzt anders darstellte. Ein guter Anfang. Aber als er seinen Kopf frei machte, ihn öffnete und auf die gewohnten Gefühle, Worte und Bilder wartete, passierte nichts. Wie gut das heiße Wasser seinem mitgenommenen, schmerzenden Körper tat. Er lag da, atmete einfach nur, atmete so entspannt und tief, daß es fast schon ein Schnarchen war. Er schlief nicht ein. Ganz im Gegenteil, eine Quelle der Energie sprudelte in ihm auf.

Eingehüllt in ein warmes Handtuch, stand er vor dem Spiegel und betrachtete die schwarze Naht an dem vom Jod verfärbten Kinn. Zu wund, um sich dort zu rasieren, aber das machte nichts. Er starrte in die eigenen, tief umschatteten Augen und wartete wieder. Wieder passierte nichts, bis sie – nur für einen kurzen Augenblick – Cosimos Augen waren. Eine Welle der Trauer wogte durch seinen Körper, ebbte ab, löste sich in echten, körperlichen Schmerz. Er nahm zwei Schmerztabletten, die er im Krankenhaus bekommen hatte, und begann sich anzuziehen. Frisch gewaschenes Leinen, weiche Wolle, alles fühlte sich so gut an. Sich nur mit einer Hand anzukleiden war recht anstrengend, aber doch – es war Ankleiden. Es war Leben.

Menschen wie Sie, die soviel zu verlieren haben …

Sie haben Glück gehabt …

4

»Sitz aufrecht.«

»Ich sitze aufrecht.«

»Hände auf die Hüften.«

»Ich will auch noch eine ganze Runde traben!«

»Wenn du eine halbe schaffst, bist du gut.«

Doch Eugenia war sich sicher, daß sie heute eine ganze Runde schaffen konnte. Heute konnte sie sogar hübsch sein. Der Tag fühlte sich ganz danach an. Die Sonne schien warm und frisch, und ein sanfter Wind kitzelte ihr Gesicht. Der Geruch nach Gras und die Vorstellung von reinem, weißem Satin ließen die Schmetterlinge in ihrem Bauch tanzen.

»Schließ die Augen.«

Sie schloß die Augen und hob das Kinn, schnüffelte prüfend nach dem Sonntagsbraten, aber sie waren von der Küche zu weit weg. Doch allein der Gedanke daran machte die Schmetterlinge in ihrem Bauch hungrig, sehr hungrig. Sobald Mami da war, würde sie sie fragen, ob sie Locken haben durfte. Sie malte sich aus, wie ihr braunes Haar wie durch Zauberhand plötzlich in Mamis glänzende, schwarze Locken verwandelt wurde.

»Und jetzt hoch mit dir!«

Sie stieg in die Steigbügel und rief: »Zwei Runden im Schritt!«, aber ihre Gedanken waren noch ganz und gar bei glänzenden Locken, so daß sie fast sofort wieder in den Sattel zurückplumpste.

»Das zählt nicht! Ich habe noch gar nicht richtig angefangen!«

»Schließ die Augen und reck das Kinn in die Luft.«

»Meine Augen sind geschlossen.«

»Du schummelst.«

»Tue ich nicht!« Unter den gesenkten Lidern blinzelte sie auf Daisys sorgfältig gebürstete Mähne und dann zur Seite, nach Jojo am anderen Ende der Longe, nur um sich rasch zu orientieren. Dann erhob sie sich und schloß die Augen.

»Sag mir, wenn ich eine ganze Runde geschafft habe!«

»Sag es selbst.«

»Jetzt vielleicht?«

»Nein.«

»Und jetzt?«

»Nein.«

»Doch, ich muß sie geschafft haben. Das dauert ja ewig.«

»Du hast die Runde noch nicht. Mach weiter... mach weiter...«

»Jojo!«

»Mach die Augen auf. Du hast zwei Runden geschafft. Und jetzt im Trab. Kinn hoch und Augen geschlossen. Auf geht's, steig hoch... nein, nein, ich lasse die Stute laufen, du folgst ihr nur. Halte nicht die Luft an. Du hältst die Luft an.«

Sie wollte zurückschreien, daß sie nicht die Luft anhalte, aber sie hielt die Luft an und konnte es darum nicht. Sie mußte unbedingt eine ganze Runde schaffen, denn dann würde Papa ihr zur Erstkommunion ein eigenes Pferd kaufen müssen. Er mußte, denn Daisy war zu alt und konnte nicht mehr springen. Die Schmetterlinge in ihrem Bauch flogen mit einem Schlag nicht mehr, und sie fiel zurück in den Sattel.

»Nein, nein, nein!« Jojo kam zu ihr, schob ihre Beine zurück. »Wie würde es dir gefallen, wenn jemand an deinem Mund herumzerren und dir so unsanft auf den Rücken plumpsen würde?«

»Ich bin nicht geplumpst, ich habe nur eine kleine Pause eingelegt... Ich bin nicht...«

Liebe Daisy, geduldige Daisy, freundliche Daisy, die sich nie beschwerte. Für einmal Streicheln und ein Stück Zukker würde sie sich die Seele aus dem Leib galoppieren, behauptete Papa.

»Schultern zurück und die Fersen nach unten drücken. Was ist los? Weinst du?«

»Nein, tue ich nicht.«

»Was hast du dann?«

»Magenschmerzen.« Schmetterlinge und Hunger und eine große Traurigkeit wegen der weißen Haare in Daisys Fell. Sonia, ihre Cousine, hatte ihr erzählt, daß alte Pferde zum Pferdeschlachter gebracht würden.

Aber natürlich, meine Mutter hat mir das erzählt.

Tante Matty würde niemals... aber sicherheitshalber hatte sie doch ihren Vater gefragt, und der hatte gesagt, daß er das nicht zulassen würde. Daisy würde niemals vom Gut fortmüssen.

Auch nicht, wenn sie lahmt?

Auch dann nicht. Was Sonia dir erzählt hat, stimmt, Eugenia, aber Daisy ist etwas ganz Besonderes.

Warum? Warum ist sie etwas Besonderes?

Weil es so ist. Sie wird langsam alt, und sie wird sterben. Tiere haben nicht so ein langes Leben wie wir Menschen, aber sie wird hier zu Hause sterben, das verspreche ich dir.

Eugenia dachte an Daisy, daran, daß sie sterben mußte, und an ein neues Pferd, das springen konnte... die Brust tat ihr weh, und Tränen rollten ihr die Wangen hinunter.

»Komm schon, steig ab, wenn es dir nicht gutgeht.«

»Nein! Ich muß noch eine ganze Runde im Trab schaffen, und ich habe noch zehn Minuten, weil du mit Papa zu spät vom Ausritt zurückgekommen bist.«

»Nein, sind wir nicht. Er wollte heute besonders rechtzeitig wieder zurück sein, weil er deine Mutter vom Flughafen abholt.«

»Das ist mir egal. Ich will eine ganze Runde schaffen. Bitte, bitte, laß mich. Ich weine ja nicht mehr, also verrate meinem Vater nichts davon, ja? Versprich's mir.«

»Trab weiter! Laß die Augen geschlossen... hoch mit dir, und wenn du glaubst, du verlierst das Gleichgewicht, dann halte dich an ihrer Mähne fest, laß dich nicht wieder in den Sattel plumpsen... sehr schön... du hast es fast geschafft...«

Sie schluchzte noch immer leise, aber sie konnte den Duft des Grases wieder riechen, und Daisy war noch da, warm und lebendig, trabte im Rhythmus ihrer kleinen Schluchzer. Sie hielt die Augen jetzt wirklich geschlossen, sah, während sie sich mit Daisy auf und ab bewegte, ihre Locken unter einem Blumenkranz, das glänzende, weiße

Kommunionkleid... ein überwältigendes Sonntagsmahl und Sonia, mit der sie später spielen konnte... und ein Geschenk aus London! Mami brachte ihr immer ein Geschenk mit!

»Halt!«

Eugenia öffnete die Augen. »Habe ich eine Runde geschafft?«

»Zwei!«

»Daisy!«

Sie bedankte sich bei Daisy so, wie Papa es ihr gezeigt hatte, tätschelte ihr den Hals und dann die Kruppe, während Jojo sie zum Tor führte.

Als sie es erreichten, blieb Daisy wie gewohnt stehen, drehte den Kopf und wartete auf Zucker, denn sie hatte ihre Arbeit für heute getan. Eugenia trocknete sich mit dem Handschuh die Augen und kramte in ihrer Tasche nach Zuckerstückchen. Eines sollte eigentlich noch dasein, aber es war zerbröselt, und die Krümel klebten in der Tasche fest.

»Jojo, hast du ein Stückchen Zucker?«

»Zucker ist für Menschen, nicht für Pferde. Pferde fressen Gras.«

Papa hatte ihr erklärt, das käme daher, weil Jojo in Rumänien sehr arm gewesen sei, und sie hatte das vergessen. Sie hatte ein schlechtes Gewissen deswegen, denn es war unfair gegenüber Daisy. »Laß sie von der Longe, bitte, nur für den Weg bis zum Stall, bitte, bitte, bitte!« bettelte sie darum.

Er löste die Longe, hielt sie aber noch am Halfter.

»Du mußt sie loslassen! Ich bin doch kein Baby mehr, ich bin schon acht!«

Er ließ das Halfter los, um das Gatter zu öffnen. Blitzschnell wandte sie sich mit Daisy um und rannte davon.

»Eugenia!«

»Lauf, Daisy, lauf!«

Sie rannten wie immer zu einem Busch Futterwicken auf halbem Weg ins Feld. Hungrig begann Daisy daran zu fressen.

»Beeil dich, Daisy, er kommt!«

Daisy kannte das Spielchen und riß eifrig die Wicken ab, bis ihr Maul so voll war, daß sie nicht einmal mehr kauen konnte.

Jojo erreichte sie mit der Longe, er grinste. »Du schaffst es doch immer wieder, mich hereinzulegen.«

Eugenia wußte, daß sie die strengen Regeln ihres Vaters ungestraft brechen konnte, wenn er nicht da war und es nicht sah. Einmal hatte sie zufällig gehört, wie er Tante Matty erzählte, daß seine kleine Eugenia mutig wie eine Löwin sei und vor nichts Angst hätte. Und damals, als sie sich heimlich auf einen Ballen Stroh gestellt hatte, um Ikarus, sein großes Reitpferd, zu satteln und anschließend heimlich zwei Runden mit ihm ums Feld zu reiten, da hatte er ihr eine endlose Strafpredigt gehalten, mit ihr geschimpft, daß sie zu wild und ungebärdig sei, und dann hatte er sie mit in die Stadt genommen und ihr ein Paar neue Reithandschuhe gekauft.

Ikarus begrüßte seine Stallgenossin, als sie hereinkamen. Eugenia kratzte die geschmolzenen Zuckerkrümel aus ihrer Tasche und hielt ihm die Hand zwischen den Gitterstäben hin, damit er sie abschlecken konnte, während Daisy abgesattelt wurde.

»Ich kann dir nicht helfen, Jojo, weil Sonia heute kommt. Ich könnte wetten, daß sie schon da ist. Ich muß gehen.«

»Nein, noch nicht. Zieh zuerst deine Turnschuhe an und laß die Reitstiefel hier, damit ich sie putzen kann. Reitstiefel kosten viel Geld. Wenn deine Mutter sieht, daß du damit herumtobst, werde ich die Schuld bekommen.«

»Das wirst du nicht.« Das würde er sehr wohl, doch Eugenia wußte, daß Mami Jojo zwar endlos viele Dinge vorwarf, aber sie schimpfte nie mit ihm, nur mit ihr. »Ich werde sie ausziehen, aber mach sie zuerst sauber, bitte, bitte, bitte.«

»Ich muß mich um Daisy kümmern.«

»Bitte, Jojo, bitte! Du tust es auch bei Papa. Bitte!«

Sie stellte einen Fuß auf den Strohballen vor Daisys Box, die Hand auf Jojos widerspenstigen blonden Locken, um das Gleichgewicht nicht zu verlieren.

»Ich weiß wirklich nicht, warum ich das nicht später machen kann.« Er fuhr mit Bürste und Lederfett über ihren Stiefel.

»Weil es so schön ist. Es kitzelt in meinem Bauch. Jojo, hast du schon immer Locken gehabt? Auch als du erst acht Jahre alt warst?«

»Schon immer. Und alle meine Brüder und Schwestern auch. Halt still.«

»Tante Matty sagt, ihr Haar sei mit den Jahren lockiger geworden. Glaubst du, daß ich auch einmal Locken bekommen werde? Du hast richtige Korkenzieherlocken.«

»Das andere Bein.«

»Ich mag sie wirklich.« Sie zog eine Locke mit dem Finger gerade, paßte aber auf, daß es nicht ziepte. »Papa mag deine Locken auch.«

Jojo richtete sich auf, zog das Haar aus ihrer Hand und warf die Bürste auf den Boden. Sein Gesicht war dunkelrot. »Das hat er dir niemals gesagt.«

»Das stimmt, aber er faßt sie genauso gerne an wie ich. Ich habe ihn gesehen. Sei doch nicht böse. Ich wollte dich nicht an den Haaren ziehen.«

»Fuß hoch.«

»Es tut mir leid. Es tut mir wirklich schrecklich leid. Du hast deinen Kopf bewegt. Ich wollte dich wirklich nicht...«

Er nahm das weiche Tuch in beide Hände und fuhr damit schnell wie der Blitz über den Stiefel, brachte ihn zum Glänzen. Sie hielt das Gleichgewicht, berührte mit ihrer Hand nur sanft eine Locke, so daß er es gar nicht merkte.

»Gib mir den anderen.«

Als er fertig war, setzte sie sich auf den Strohballen, damit er ihr die Stiefel ausziehen konnte.

»Lehn dich mit dem dunkelblauen T-Shirt nicht so weit zurück, die Wand ist frisch gekalkt.«

»Das ist mir egal, ich muß mich sowieso umziehen. Jojo, was hast du zu deiner Erstkommunion geschenkt bekommen?«

»Daran kann ich mich nicht mehr erinnern. – Anderes Bein.«

»Warum sagst du immer, daß du dich daran nicht mehr erinnern kannst?«

»Weil ich mich nicht mehr daran erinnere. Mein Leben begann, als dein Vater mich von der Arbeit im Feld hierhergeholt hat, damit ich mich um die Pferde kümmere.«

»Er wird dich im nächsten Turnier Ikarus reiten lassen. Ich habe gehört, wie er es zu Mami gesagt hat.«

»Turniere kosten Geld.«

»Sie sagt das immer, aber ich wette, sie erlaubt ihm, dich zu schicken, selbst wenn sie die neuen Olivenbäume pflanzt. Wir haben doch schon Hunderte von Olivenbäumen. Egal, ich will ein eigenes Pferd als Geschenk zu meiner Erstkommunion, aber Daisy liebe ich immer noch. Uuääääh! Ich hasse diese Turnschuhe und Papa tut das auch. Für meine Erstkommunion bekomme ich weiße Lackschuhe.«

»In denen wirst du auch nur herumtoben.«

»Das werde ich nicht. Wir müssen so laufen. Sieh doch. Du schaust ja gar nicht hin.«

Sie lief nach draußen vor die Stalltür und kam mit winzig kleinen, gezierten Schritten zurück, die Hände gefaltet und den Kopf leicht gesenkt.

Jojo fuhr fort, Daisy zu striegeln. »Wenn du so gehst, wirst du unweigerlich mit irgend jemandem oder irgend etwas zusammenstoßen.«

»Das werde ich nicht. Wir üben das jetzt schon seit Wochen. Jojo, wenn ich ein eigenes Pferd bekomme, dann kann ich doch mit dir und Dad ausreiten, nicht wahr?«

»Wenn du mir schon nicht hilfst, dann geh wenigstens nachschauen, wo deine Cousine ist.«

»Bin schon weg! Mach's gut, Daisy!«

Daisys Hals fühlte sich groß und warm und glatt wie Seide an, wenn man sie umarmte. Eugenia lief hinaus in den Sonnenschein, aber ihr Weg führte sie nicht geradewegs zurück ins Haus. Sie hatte noch etwas zu erledigen.

»Es blüht der Blumen eine auf ewig grüner Au,
Wie diese blühet keine, so weit der Himmel blau.
Wenn ein Betrübter weinet, getröstet ist sein Schmerz,
Wenn ihm die Blume scheinet ins leidenvolle Herz.«

Eugenia sang das Lied ganz leise, unterbrach nur hier und da mit einem kurzen Ächzen oder Stöhnen, wenn sie sich nach einer versteckten Blume bückte oder an einem Stengel zog, der nur schwer zu brechen war. Sie sang immer dasselbe Lied, wiederholte die erste Strophe wieder und wieder, weil ihr Vater ihr diesen Rat gegeben hatte, damals, als sie fünf Jahre alt gewesen war und von ihm wissen wollte, was sie tun sollte. Wenn ich ganz still stehe und ganz, ganz lange nach oben schaue, wird der Himmel immer blauer und blauer und blauer, und diese kleinen, dicken Wölkchen mit dem rosa Rand segeln höher und höher, und mir wird schwindlig, und ich muß die Augen schließen, und dann muß ich über alles nachdenken. Über die Blumen, ganz besonders über die weißen, die so stark duften, und über Daisy und darüber, ob ich mit Sonia ans Meer fahre... oder ob ich hier bei dir und Mami bleibe... und über das Sonntagsessen und wie ich mit Sonia die Böschung auf der Wiese hinunterrolle... und über das Kichern und den Sonnenschein... und wenn ich zuviel denke, dann tut es mir in meiner Brust weh, denn da ist nicht genug Platz für alles, und es tut so schrecklich weh, als wolle sie gleich platzen, Papa, und ich weiß nicht, was ich tun soll, damit es aufhört, außer daß ich zu weinen anfange.«

Dein Herz fühlt sich zu groß an für deine Brust.

Ja, und das tut sehr weh.

Du könntest versuchen zu singen. Du hast eine hübsche kleine Stimme, und wenn du laut genug singst, wird dir das helfen und einigen Druck wegnehmen.

Eugenia sang nicht laut, denn sie konzentrierte sich ganz darauf, die richtigen Blumen auszuwählen, und so hatte sie nicht immer genug Luft. Einige Zeilen wiederholte sie immer wieder, weil sie ›Wenn ein Betrübter weinet, getröstet ist sein Schmerz‹ und ›Wenn ihm die Blume scheinet ins leidenvolle Herz‹ besonders gern mochte. Der Rest war langweilig.

Papa sagte meistens nette Sachen. »Du hast eine hübsche kleine Stimme« war ziemlich nett. Aber als sie ihn fragte, ob sie hübsch sei, da lachte er nur und sagte, sie hätte besser daran getan, ihrer Mutter nachzuschlagen und nicht ihm. Darum wollte sie Locken haben. Er mochte Locken, Mamis dunkle und Jojos helle. Tante Matty wollte Sonia die Haare aufdrehen, und sie hatte für sie beide die Kleider genäht, beide ganz genau gleich, und heute nachmittag sollten sie sie anprobieren, damit die Säume abgesteckt werden konnten. Schmetterlinge und Hunger... Die linke Hand, die die Blütenstengel umklammerte, war heiß und schweißfeucht. Sie pflückte lange Winden, mit denen sie die wilden Möhren in der Mitte umwickeln und den Strauß binden wollte. Keine Gänseblümchen, deren Stengel waren zu kurz. Mit Sonia Blumen zu pflücken war auch ganz in Ordnung, aber sie machte sich keine Gedanken, welche sie haben wollte. Sie pflückte einfach irgendwelche, und wenn Eugenia etwas sagte, dann antwortete sie nur, daß das doch egal sei. Schließlich seien sie alle hübsch.

Mami hat gesagt, das käme daher, weil Sonia ein Jahr

älter sei und erwachsen würde, und denk immer daran, es war sehr nett von ihr zu warten, um die Erstkommunion zusammen mit ihrer Cousine zu feiern. Es stimmte, Sonia war größer und dicker, und ihre Brüste begannen zu wachsen, aber Eugenia würde nicht langweilig werden, wenn sie größer wurde und Brüste bekam, sie würde ihre Blumen immer sorgfältig auswählen.

Wie konnte Sonia nur? Ihr war sogar egal, welche Farbe die Perlen ihres Rosenkranzes hatten, den sie bei ihrer Erstkommunion tragen sollten. Sie würde den blauen nehmen, den sie schon seit Jahren besaß, und der sogar einmal repariert worden war. Ihr war das egal, sie fand Blau und Weiß sähe hübsch zusammen aus, dabei weiß doch jeder, daß man ganz in Weiß gehen sollte. Als Papa ihr sagte, sie solle Großmutters gräßlichen schwarzen Rosenkranz nehmen, weil Großmutter doch so gerne diesen Tag mit ihnen gefeiert hätte, hatte Eugenia geweint und geweint, und Mami hatte ihr einen wunderschönen weißen Rosenkranz mit einer goldenen Kette gekauft, und jede Perle hatte die Form einer Rosenknospe. Er lag auf einem Wattepad in einem mit Perlmutt ausgelegten Schmuckkästchen und einer Raphael-Figur auf dem Deckel. Jeden Abend öffnete Eugenia das Kästchen, um sich den Rosenkranz vor dem Einschlafen anzuschauen, aber sie betete noch nicht damit, denn an dem Tag aller Tage mußte er schneeweiß sein, und überhaupt, selbst die ersten zehn Perlen würden zu lange dauern, wo es doch so viele aufregende Sachen gab, an die man vor dem Einschlafen denken mußte.

Es blüht der Blumen eine auf ewig grüner Au,
Wie diese blühet keine da da da dada blau.

Die meisten Blumen auf der Wiese unterhalb der Terrasse blühten rosa und gelb im Mai, aber da standen auch zahllose wilde Iris, knospend und ganz, ganz blaßblau. Eugenia betrachtete sie, ging in die Hocke, um ihren Duft zu riechen, der so frisch und so rein wie der Himmel war. Blaue Blumen waren etwas ganz Besonderes, das wußte sie. Sie kannte die Geschichte von der winzigen Blume, die Gott vergessen hatte, als er die Farben vergab. Um das wiedergutzumachen, gab er ihr eine ganz besondere Farbe, die Farbe des Himmels, und nannte die Blume Vergißmeinnicht. Blau und Weiß sahen hübsch zusammen aus, das stimmte, und auf der Wiese standen sehr viele Vergißmeinnicht… aber das würde alles verderben. Eugenia hatte jede Einzelheit genau geplant. Sie würde ihren Strauß draußen im Schatten verstecken, wo er schön frisch bleiben würde. Dann würde sie Pia in der Küche um etwas Alufolie bitten, um den Strauß mit einer silbernen Rüsche zu verzieren. Und wenn sie dann ihr weißes Satinkleid trug und Tante Matty den Saum gesteckt hatte, würde sie ihn Mami zeigen, den Strauß tragen wie eine Braut, wie Mami auf ihrem Hochzeitsfoto, in der Hoffnung, daß die häßlichen Turnschuhe unter dem Kleid nicht hervorlugten. Dann würde sie Mami die Blumen schenken, denn sie mochte weiße Blumen am allerliebsten, und dann würde sie sie fragen, ob sie Locken haben durfte, und sie würde sie küssen und drükken und küssen, so daß sie ja sagen mußte. Außerdem hatte sie sich fest vorgenommen, daß sie, sobald sie das Haus erreicht hatte, nur noch mit den zierlichen Erstkommunionschritten gehen würde, die ganze Zeit bis zum nächsten Samstag, damit sie es dann perfekt konnte.

Sie kletterte den Hügel hinauf, klopfte sich die Blütenblätter und den Pollenstaub aus den Kleidern und konzentrierte sich auf ein anderes Problem. Wollte sie nun eine Heilige werden oder nicht? Sonia hatte gesagt, sie würde auf keinen Fall eine werden, denn dann müsse man die ganze Zeit beten, statt zu spielen, und als Opfergabe auf sein Lieblingsessen verzichten, und daß es wirklich langweilig sei. Sie würde lieber Stewardess werden. Eugenia dachte, daß das mit dem Beten stimmte, aber sie ging gerne in die Kirche, wenn sie mit ganz vielen rosafarbenen und weißen Blumen geschmückt war und Kerzen in goldenen Kandelabern brannten. Sie glaubte, sie würde gerne ein langes Kleid und einen langen Mantel tragen und Rosen um die nackten Füße wie die Heilige Theresa. Sie hatte beschlossen, eine Woche lang zu probieren, eine Heilige zu sein, und danach weiterzusehen. Aber leider konnte sie sich einfach nicht entscheiden, wann sie anfangen sollte. Sie fragte Schwester Philomena in der Schule. Die sagte, die Woche vor der Erstkommunion wäre genau richtig dafür. Das Problem war nur, daß sie gestern damit hätte beginnen müssen, und da hatte sie das leider völlig vergessen – und heute morgen hatte sie das Morgengebet schon wieder vergessen, weil sie es so eilig hatte, nach unten in den Stall zu kommen.

Sie hielt den Strauß fest umklammert, während sie angestrengt darüber nachdachte, wann sie nun damit anfangen könnte, eine Heilige zu sein. So erreichte sie den Torbogen, der in den Hinterhof führte, hörte das Plätschern des Springbrunnens und roch das Brathähnchen in der Luft. Wenn es Brathähnchen gab, gab es auch Bratkartoffeln, ihr allerliebstes Lieblingsessen. Rasch versteckte sie den Strauß bei den Wasserlilien, so daß die Stengel im Wasser schwammen, und drapierte ein paar großblättrige Jasminwedel darüber, weil die Sonne schon bald den Springbrunnen erreichen würde. Perfekt. Alles war perfekt, und sie beschloß, erst nach der Firmung zu entscheiden, ob sie eine Heilige werden wollte, darum konnte sie heute noch so viele Bratkartoffeln essen, wie sie Lust hatte. Und da ihr Herz so übervoll war, daß Singen allein nicht genügte, lief sie hüpfend über den Hof und strich mit einer Hand über die tiefhängenden Weinreben, während sie mit der anderen in rascher Folge gegen den Mund schlug und in ein langes, lautes Kriegsgeheul ausbrach, denn die Welt war sooo schön!